TOUTE LA VIOLENCE DES HOMMES

PAUL COLIZE

TOUTE LA VIOLENCE DES HOMMES

HC ÉDITIONS HERVÉ CHOPIN

ISBN 9782357205253

1

Une coccinelle sur une toile de tente

L'homme posa les mains sur la table et le dévisagea.

— J'ai l'impression de parler à un mur.

Il ferma les yeux.

Un mur. Un mur lézardé, dont chaque brique était moulée dans les larmes, le sang, la violence et la haine. Les rares moments de répit n'en étaient que le ciment précaire.

L'homme tira une chaise à lui et s'assit.

— Bien. Reprenons depuis le début.

Il rouvrit les yeux, fixa un point devant lui.

De quel début parlait-il ?

Toute fin ramène au début. La mort ne survient que s'il y a eu naissance. Elle boucle la boucle. Einstein a dit que le temps n'est pas une ligne droite, Gaudi que rien n'est droit dans la nature. Ni l'eau, ni l'air, ni la terre, ni le feu. Pas même la ligne de l'horizon. Tout n'est que courbes et arabesques.

Un atoll volcanique dans l'immensité de l'océan ? Tout est dans le détail, pour ceux qui savent les observer.

L'homme reprit d'une voix monocorde.

— Vous vous appelez Nikola Stankovic, vous avez 35 ans, vous n'êtes pas marié, vous n'avez pas d'enfants.

Nikola ?

Ce prénom lui parut étranger.

Son père l'appelait Niko. Sa mère *Dušo.* Mon âme.

Elle lui ébouriffait les cheveux quand il passait à sa portée. *Želim da te zagrlim.* J'ai envie de te prendre dans mes bras.

Les parents dictent la norme. À ce moment, il croyait encore en leur pouvoir. À présent, il savait que le pouvoir appartient aux plus forts. La force permet d'imposer.

L'homme poursuivit.

— Vous êtes domicilié à Saint-Gilles, rue de la perche. Vous êtes artiste-peintre, vous n'avez pas de revenus fixes. Est-ce exact ?

Des revenus fixes ?

Les artistes n'ont pas de revenus fixes, sans quoi ils ne seraient pas des artistes. L'argent ne permet pas de réécrire le passé.

Une boule de feu parcourant le ciel ?

L'homme monta le ton.

— Est-ce exact, monsieur Stankovic ?

Il décela de l'impatience dans sa voix, une volonté d'en finir.

Le silence était son allié.

L'art ne dévoile ses secrets que dans le silence absolu. On devrait interdire aux gens de parler dans les musées. Le silence peut aussi être une arme. Il masque les mensonges, les aveux et les trahisons.

L'homme secoua la tête avec dépit.

— Vous ne m'aidez pas beaucoup, monsieur Stankovic.

Il se tut.

L'homme s'emporta.

— Vous pourriez au moins me regarder quand je vous parle.

Une coccinelle sur une toile de tente ?

Il releva la tête.

— Vous avez une tache sur votre chemise.

2

Lire entre les lignes

— Passez-moi son dossier.

La secrétaire avança d'un pas prudent et posa une chemise cartonnée sur le bureau.

— S'il vous plaît, madame.

— C'est bon. Vous pouvez y aller.

Pauline Derval parlait peu, ne souriait pas, disait à peine bonjour, jamais merci.

Telle était l'image que son personnel avait d'elle.

Elle était capable d'assister à de longues réunions sans desserrer les dents, se contentant de prendre des notes à la volée avant d'asséner son verdict qui ne supposait aucune discussion.

Sa gravité, accentuée par sa haute taille, sa blondeur nordique et ses yeux bleu acier en glaçaient plus d'un. Il n'était pas rare qu'un membre de son équipe emprunte une voie de traverse à la vue de sa silhouette arpentant les couloirs à grandes enjambées. En aparté, certains la surnommaient Sa Sévérité, d'autres, Folcoche, la mère indigne du roman d'Hervé Bazin.

Elle le savait et s'en moquait.

Qu'ils s'amusent avec ces gamineries, tant qu'ils font leur boulot.

Hors de son contexte professionnel, ses amis et connaissances la voyaient comme une quadragénaire distinguée et cultivée, à la compagnie agréable, maniant l'humour à froid avec brio.

Cette métamorphose s'opérait de manière spontanée durant le trajet entre sa maison située dans le Brabant wallon et son lieu de travail. Quatre-vingt-cinq kilomètres qu'elle avalait à vive allure dans son cabriolet Mercedes bleu marine en écoutant de la musique classique.

Elle ouvrit le premier rapport, une vingtaine de pages, et chercha le nom de l'expert.

Philippe Bourmanne.

Ils auraient pu trouver mieux.

Elle releva la tête et passa en revue les diplômes alignés sur le mur. Son regard fut attiré par la voiture d'un auxiliaire qui remontait l'allée du parking à contresens. Ce n'était pas la première fois qu'il enfreignait la règle. Elle nota de lui adresser un avertissement.

Certains sont là pour commander, d'autres pour obéir, chacun son métier.

Elle revint au dossier et commença par le rappel des faits. Les faits enseignent ce qu'il convient de faire.

Ils étaient sordides, comme elle le craignait.

En vingt ans, elle avait appris à se blinder.

Elle imagina la scène, leva les yeux au ciel et poursuivit par la biographie du sujet, sa scolarité, son parcours professionnel et sa sphère psychosexuelle.

Intéressant.

Elle aborda ensuite le contenu de l'entretien.

Fidèle à lui-même, le vieux Bourmanne avait été expéditif. Il lui avait fallu moins d'une demi-heure pour établir son diagnostic. Elle jeta un coup d'œil aux résultats de l'évaluation sur l'échelle de Hare, passa au pronostic et aux conclusions.

Jargon prétentieux et précautions oratoires.

La vieille école.

Elle s'empara du deuxième rapport, plus volumineux, élaboré quelques semaines plus tard en vue d'un nouvel examen.

Les noms des trois signataires étaient plus prestigieux, le contenu plus dense, mais les conclusions identiques.

Elle referma le dossier d'un geste sec.

En vingt ans, elle avait aussi appris à lire entre les lignes.

Une chose était claire.

Ce type allait lui poser des problèmes.

3

Bon débarras

La vie de Franco avait basculé le 27 juin 2006.

Ce soir-là, alors qu'il regardait le match France-Espagne à la télévision en compagnie de sa sœur, deux individus étaient entrés par effraction dans une villa cossue du sud de Bruxelles, à vingt kilomètres d'où il se trouvait.

Par malchance, le cambriolage avait mal tourné.

Surpris par le propriétaire armé d'une batte de base-ball, les malfaiteurs n'avaient pas hésité à l'éliminer, son épouse et une domestique dans la foulée.

Accusé à tort de ce triple meurtre, il avait écopé de vingt-six ans de prison.

Son alibi avait été balayé par le juge qui estimait que ses empreintes digitales et son ADN trouvés sur la scène de crime l'emportaient sur le témoignage de sa sœur, par ailleurs connue des forces de police pour des faits de mœurs.

Pour ajouter à son malheur, l'arme utilisée avait été retrouvée chez lui lors d'une perquisition.

Desservi par ses antécédents judiciaires, mal défendu par son avocat, il avait rejoint les 98 % de détenus innocents qui peuplaient les prisons belges.

Telle était sa version des faits.

À force de se la repasser, il s'en était persuadé.

De Saint-Gilles, où il était resté jusqu'à son procès, il avait été transféré à Jamioulx, puis à la prison de haute sécurité d'Ittre d'où il avait été à deux doigts de se faire la belle.

Un après-midi, pendant qu'il se dégourdissait les jambes au cours de son heure de promenade, un hélicoptère avait surgi au-dessus du préau. Alors que l'appareil achevait sa descente, un gros bonnet s'était élancé dans sa direction.

Proche de là, il avait attendu que le gars monte à bord pour piquer un sprint et s'accrocher au train d'atterrissage.

D'autres taulards avaient suivi son exemple. En surpoids, l'hélico n'était pas parvenu à décoller et s'était écrasé dans la cour.

L'accident s'était soldé par la mise en isolement du malfrat et l'arrestation de ses complices. En plus d'une jambe cassée et de multiples contusions, il avait hérité d'un contrat sur sa tête pour avoir fait capoter l'évasion.

Par chance, son avocat était intervenu pour éviter son élimination physique en obtenant son transfert non loin de là, à la prison de Nivelles, un établissement réputé pour abriter Marc Dutroux, le pédophile, et Mohamed Abrini, l'homme au chapeau, un des kamikazes de Zaventem.

Malgré leur proximité immédiate, il ne les avait jamais croisés, les deux pensionnaires étant sous régime extra.

La prison de Nivelles n'était pas qu'une maison de peine. Au vu de la surpopulation carcérale, elle faisait également office de maison d'arrêt pour les prévenus en attente de leur procès ou d'une décision judiciaire, comme c'était le cas pour Niko, son compagnon de cellule.

Il n'avait jamais apprécié ce gamin.

Plusieurs fois, il avait tenté de nouer des contacts avec lui, sans succès.

Il aurait aimé lui parler de l'actualité, des femmes, de son fils, de la mère de son fils, des résultats du foot, de ses projets, de son retour au pays, quand il sortirait.

Peine perdue, rien ne semblait l'intéresser.

En plus, à part les pots de Nutella, les canettes de Coca et les boîtes de thon qu'il se procurait à la cantine, il ne pouvait rien en tirer. Ni shit ni coke. À se demander à quoi il fonctionnait.

Niko ne faisait pas partie de son monde.

Ni d'aucun monde connu.

Pendant huit mois, il avait supporté ses bizarreries, sa façon de fixer le plafond, ses silences prolongés, ses phrases incohérentes, sa gueule de gosse paumé, son pantalon noir, son pull noir, ses chaussures noires.

Le morveux pouvait rester des heures à regarder la télévision sans la regarder, assis sur le lit, la tête contre le mur, l'air absent, son pot de Nutella sur les genoux. Quand un autre détenu lui adressait la parole dans le couloir, il le dévisageait sans un mot, un sourire aux lèvres, comme s'il se marrait à l'intérieur. Sans qu'on sache pourquoi, il se refermait d'un coup, reniflait, se mouchait, s'essuyait les yeux. D'autres fois, il se levait, tournait en rond, parlait tout seul, les poings serrés, l'attitude agressive.

Plus d'une fois, il avait été à deux doigts de lui casser la gueule. Seule la crainte des sanctions l'avait retenu. Surtout le jour – ou plutôt la nuit – où Niko avait eu la bonne idée de redécorer la cellule.

Pendant qu'il roupillait, Niko avait dessiné à la craie sur les quatre murs et le plafond. Des serpents, des visages grimaçants, une femme à poil, un gamin de dos, un château d'eau, des membres arrachés, une rose, des étoiles, des graffitis multicolores.

Du grand n'importe quoi.

Le matin, ne sachant comment réagir, les matons avaient appelé le directeur. Il avait débarqué pour évaluer les dégâts et décider de la punition. Après avoir jeté un coup d'œil circonspect, il avait déclaré que l'initiative était originale et était reparti sans infliger de sanction.

Les geôliers en étaient restés muets.

Le Niko avait souri dans sa barbe.

Il avait moins souri quelques jours plus tard.

Alors qu'il se baladait dans le préau où il lui arrivait de faire du yoga ou des exercices de respiration, il avait shooté dans un ballon dévié. Les bledards lui étaient tombés dessus. On l'avait ramassé en petits morceaux dans un coin de la cour.

Vivant, mais dans quel état !

Il avait eu de la chance. Quelques années auparavant, deux Hells Angels s'étaient fait massacrer par une dizaine d'Arabes. Le lynchage avait duré quinze minutes sous le regard indifférent des gardiens.

Aucun n'était intervenu. L'un d'eux s'était contenté de filmer la scène avec son téléphone, d'en haut, dans sa guérite chauffée.

En attendant l'éventuel retour de Niko, il en avait profité pour nettoyer les murs.

Après quelques jours d'hosto, le footballeur de l'année avait regagné la cellule. Allongé dans le lit, le nez en bouillie, il toussait, crachait, chialait, gémissait et déraillait dans sa langue.

Fatigué par les pleurnicheries de Niko, il lui avait refilé quelques cachets de sa réserve personnelle pour le faire taire. Revenu à la vie, le ressuscité avait bredouillé un vague merci avant de se renfermer dans son black-out.

Pendant tout ce temps, il n'avait jamais su pourquoi le Niko était là.

À la longue, il avait fini par connaître son histoire. Radio couloir s'en était chargé.

Ce matin, Niko avait fait sa valise.

Direction les dingos.

Bon débarras.

4

Dominer l'univers

Le gamin se tenait au sommet de la butte, campé dans son attitude familière, les mains croisées dans le dos, la tête penchée sur le côté.

Au-delà du terrain de jeux composé d'un bac à sable, d'un toboggan et d'une balançoire, la pelouse descendait en pente douce vers le fleuve qui marquait la frontière, une centaine de mètres plus bas.

Il ferma les yeux, tenta de capter la rumeur monotone de l'eau.

Son père prétendait qu'à force de l'entendre, on finissait par ne plus l'entendre.

Il refusait cette fatalité.

Il épia les bruits ambiants, s'efforça d'isoler le murmure apaisant du courant.

La sirène du ferry le sortit de sa rêverie.

Il rouvrit les yeux, observa le navire qui quittait le port.

Quand il serait grand, il ferait partie de l'équipage.

Comme eux, il arborerait l'élégante tenue bleue. Comme eux, il aurait la voix grave et l'allure imposante.

Son regard traversa le fleuve, se perdit sur l'autre rive.

L'été touchait à sa fin. Bientôt, la cloche de l'école sonnerait la rentrée des classes.

Il avait hâte de retrouver ses camarades pour leur raconter ses vacances à la montagne, les écouter exagérer leurs exploits et reprendre leurs conversations enflammées sur le football et le championnat de Formule 1.

Les lendemains de Grand Prix, ils refaisaient la course, défendaient leurs héros et réglaient leurs comptes, l'un fustigeant l'arrogance d'Alain Prost, l'autre applaudissant l'audace d'Ayrton Senna ou se plaignant du manque de chance de Nigel Mansell.

Cette année, il passerait en troisième.

Il aimait le cours de nature et les mathématiques, même s'il se lassait des interminables séances de récitations par cœur, l'ensemble des élèves déclamant à l'unisson des formules compliquées dont ils ne comprenaient souvent pas le sens.

Il inclina la tête de l'autre côté.

Dès ses trois ans, sa mère lui avait appris à lire.

Pour le stimuler, elle projetait la vidéo de *Winnetou et le trésor du lac d'argent*, son western préféré. À force de la visionner, la cassette était usée.

Une fois le film lancé, elle mettait le magnétoscope en pause et l'aidait à déchiffrer les sous-titres. Il connaissait certains dialogues de mémoire et prenait plaisir à les reproduire dans un anglais approximatif en singeant la posture des acteurs.

— *À quelle tribu appartiens-tu ?*

— *À la tribu Tonkawa.*

— *Celle des mous qui s'enfuient devant un chat ? Ah, ce n'est pas avec toi que je ferai des manières ! Alors, tu veux boire ?*

— *Je bois pas eau-de-feu.*

Après la matinée de cours, il irait chez oncle Anto, dans la maison voisine. Assis à la table de la cuisine, leur chat allongé à ses pieds, il réviserait ses leçons, apprendrait le solfège ou lirait en attendant la permission d'aller sur le terrain de jeux.

Le mercredi, il se rendrait chez son professeur de piano. Il n'était pas doué, mais ses parents insistaient pour qu'il poursuive l'enseignement.

Les jours d'hiver, il s'installerait devant la télévision et regarderait les clips vidéo sur MTV jusqu'au retour de ses parents.

Comme bon nombre d'habitants de la ville, son père travaillait dans l'usine qui fabriquait les chaussures Startas. Il en avait trois paires, achetées à bon prix.

Sa mère était coiffeuse dans un salon situé au centre, près de la gare. Durant sa petite enfance, il y avait passé de nombreuses heures, passant de genoux en genoux, câliné par les clientes qui attendaient leur tour.

Le jour commençait à décliner, mais il n'avait pas envie de s'en aller.

Il aimait la chaleur du soleil qui lui caressait le visage, le calme qui régnait et le sentiment de dominer l'univers que lui inspirait l'endroit.

Il ressentit une présence familière dans son dos, mais continua à scruter l'horizon.

Une main lui ébouriffa les cheveux.

— Tu es là, *Dušo* ? Je te cherchais partout. Il est temps de rentrer.

5

C'est pas moi

D'un geste nerveux, Philippe Larivière alluma sa vingtième cigarette de la matinée, la dernière du paquet.

Il broya l'emballage, le lança à la poubelle et retint un juron.

La nouvelle qu'il venait d'apprendre marquait l'aboutissement, provisoire espérait-il, de huit mois d'un parcours chaotique.

L'affaire avait commencé à Auderghem le 5 mars 2018, dans un immeuble situé sur le boulevard des Invalides.

Vers 14 heures, alertés par des cris, les voisins avaient appelé le 112. Arrivés sur les lieux, les policiers avaient découvert le cadavre d'une femme dans un appartement du troisième étage.

Ils avaient aussitôt contacté le parquet. La cohorte habituelle était descendue sur les lieux : le substitut, la juge d'instruction et son greffier, une équipe de la police scientifique et le médecin légiste.

Les photos et le relevé des indices effectués, ce dernier avait acté que la victime était morte des suites de plusieurs coups de couteau.

En fin d'après-midi, la juge d'instruction avait confié l'affaire à la police judiciaire.

Ceux-ci avaient établi que la victime était une dénommée Ivanka Jankovic, âgée de 26 ans, d'origine croate, née à Zagreb en 1991. Elle travaillait comme serveuse dans un restaurant du centre et n'avait pas d'antécédents judiciaires.

En consultant l'ordinateur de la jeune femme, les enquêteurs avaient découvert qu'elle se livrait à la prostitution de manière sporadique. Domiciliée à Ixelles, elle proposait ses services sur Internet et ne venait au pied-à-terre d'Auderghem qu'à ces occasions. Aucun téléphone portable n'avait été trouvé dans le meublé, pas plus qu'à son adresse officielle.

L'enquête de voisinage n'avait rien donné de probant. Les témoins interrogés avaient décrit une femme discrète, respectueuse et polie. Son patron s'était déclaré très satisfait de son travail. Ses amis ne lui connaissaient pas d'ennemis. Personne, pas même sa demi-sœur venue d'Allemagne, seul membre restant de la famille, ne se doutait qu'elle se prostituait.

Après avoir pratiqué l'autopsie, le médecin légiste avait précisé que la victime avait reçu cinq coups de couteau dans le dos, suivis de quatre coups dans la poitrine. L'arme était un couteau pliant équipé d'une lame avec scie, souvent utilisé par les randonneurs et les chasseurs.

Il avait d'autre part souligné que la victime n'avait pas eu de rapports sexuels dans les heures qui avaient précédé sa mort.

Trois jours plus tard, le 8 mars, la police avait reçu le relevé de la téléphonie.

Les enquêteurs s'étaient d'emblée intéressés au dernier appel sortant que la victime avait donné peu de temps avant l'heure estimée de sa mort. La communication n'avait duré que 4 secondes. Le numéro composé appartenait à un certain Nikola Stankovic, 35 ans, artiste-peintre, également d'origine croate.

L'homme était domicilié à Saint-Gilles, mais son lieu de travail se trouvait rue des Goujons, le long du canal, dans un ancien entrepôt aménagé en ateliers d'artistes.

Auditionné, Nikola Stankovic avait eu une réaction pour le moins étrange.

Il avait déclaré avoir rencontré Ivanka Jankovic lors d'un vernissage, mais avait assuré qu'il la connaissait à peine. Il admettait néanmoins qu'elle lui avait téléphoné le 5 mars dans le but de lui acheter un tableau. Étant occupé à travailler, il avait rapidement mis fin à l'appel.

Il avait ensuite affirmé n'avoir rien à voir dans le meurtre et avait juré que ce n'était pas lui qui l'avait tuée.

Après cette mise au point inattendue, il avait refusé de répondre aux questions, s'évertuant à répéter sans discontinuer ce qui deviendrait un leitmotiv et son système de défense : *c'est pas moi.*

Pour le moins intriguée par son comportement, la police s'était penchée sur les images prises par les caméras urbaines installées non loin de l'appartement de la victime.

Nikola Stankovic y apparaissait quelques minutes après le meurtre, s'éloignant à vélo.

Dans la matinée du 9 mars, la juge d'instruction avait émis un mandat d'amener à son nom.

Vers 11 heures, Stankovic avait été conduit au siège de la police judiciaire. Lors de l'interrogatoire, il avait une nouvelle fois refusé de coopérer, s'était replié sur lui-même, serinant sa phrase convenue : *c'est pas moi.*

Informée de son entêtement, la juge d'instruction avait délivré deux mandats de perquisition, le premier à l'adresse de son domicile, le second à celle de son atelier.

L'équipe dépêchée à Saint-Gilles en avait rapporté des objets personnels, quelques vêtements et une paire de baskets dont la semelle comportait des traces de sang. L'ensemble avait été envoyé sur-le-champ au labo.

Une surprise de taille attendait l'autre équipe.

En fouillant l'atelier, ils avaient mis la main sur des centaines de croquis dont certains représentaient les fresques qui émaillaient les murs de la capitale depuis plusieurs mois. L'auteur de ces fresques, anonyme et insaisissable, avait été baptisé *le Funambule* par la presse en regard des risques insensés qu'il prenait pour exécuter ses œuvres. Plus stupéfiante encore fut la découverte d'une série de dessins dépeignant sans équivoque la scène du crime.

Nikola Stankovic avait aussitôt été emmené au cabinet de la juge d'instruction.

Malgré la patience et la persuasion dont la magistrate avait fait preuve, elle n'avait rien obtenu de plus que la sempiternelle formule : *c'est pas moi.* En fin d'après-midi, elle avait délivré un mandat d'arrêt.

Nikola Stankovic continuant à se murer dans le silence, un avocat de garde avait été désigné.

En début de soirée, Stankovic avait été incarcéré à la prison de Forest.

Le 11 mars, les résultats du labo avaient démontré que le sang trouvé sur ses chaussures correspondait à celui de la victime. De plus, ses empreintes digitales avaient été relevées sur le lieu du meurtre.

Face à ce faisceau de preuves accablantes et en manque d'expérience dans le domaine pénal, l'avocat assigné d'office avait contacté Stankovic pour lui suggérer de faire appel à un confrère de renom, Philippe Larivière, mieux qualifié dans ce genre d'affaires.

Nikola avait obtempéré.

Il souffla la fumée vers le plafond.

Avocat pénaliste depuis près de trente ans, il avait assisté à toutes sortes de rebondissements judiciaires, mais c'était la première fois qu'il se trouvait face à un tel imbroglio.

Quinze jours auparavant, la Chambre du conseil avait rendu son avis, estimant que Nikola Stankovic n'était pas *en état d'être jugé.* En effet, le collège d'experts psychiatres avait conclu *qu'il était « probable » que Nikola Stankovic était atteint d'un trouble mental grave au moment des faits et qu'il existait un danger qu'il commette de nouvelles infractions.*

Pour leur permettre d'affiner leur position, ils suggéraient que ce dernier fasse l'objet *d'une mise en observation résidentielle de plusieurs semaines, encadrée par une équipe pluridisciplinaire.*

Une mise en observation résidentielle ?

Une équipe pluridisciplinaire ?

Quelle hypocrisie !

La moitié des quelque 1 800 internés que comptait la Belgique ne vivaient pas dans des centres spécialisés, entourés de médecins consciencieux, mais croupissaient dans les annexes psychiatriques des prisons, pour autant qu'elles aient de la place pour les accueillir. Au vu du manque de personnel, ils n'étaient pas soignés comme ils le devraient et bon nombre retournaient en cellule.

En 2016, la Cour européenne des droits de l'homme avait condamné la Belgique à propos de cette situation.

Deux ans plus tard, rien n'avait changé.

Ce matin, il apprenait que le ministre de la Justice, dans le but évident d'échapper à une lapidation médiatique, s'en était mêlé et avait trouvé une solution.

Par un tour de passe-passe, il était parvenu à contourner les listes d'attente et avait déniché une place pour Stankovic dans l'un des rares établissements de défense sociale présents en Belgique, tous par ailleurs supposés complets.

Son client y serait transféré dans l'après-midi du 19 novembre pour y être mis en observation.

Il écrasa sa cigarette et prit un nouveau paquet dans le tiroir du bureau.

Dans le cadre des Chambres de protection sociale, il s'était rendu à plusieurs reprises dans ces endroits. Il en était chaque fois ressorti secoué, habité par les visages tordus et les regards hallucinés des internés, imprégné de l'odeur qui flottait dans les couloirs, assourdi par les hurlements qui déchiraient les murs.

Pour sa part, il préférerait moisir cinq ans dans une prison surpeuplée que trois mois dans un de ces antres.

Si Stankovic était déclaré non responsable de ses actes à l'issue de cette période d'observation, l'internement par décision de la Chambre du conseil était inéluctable.

Cette perspective le révoltait.

S'il était vrai qu'on ne mourait plus de vieillesse dans les prisons belges, il n'en allait pas de même pour ces établissements. On savait quand on y entrait, jamais quand on en sortait. Pour autant qu'on en sorte un jour.

Ce n'était pas l'idée qu'il se faisait de la justice.

Ni de la médecine.

Il alluma une cigarette et chassa la fumée d'un revers de main.

Huit mois perdus, beaucoup d'énergie dépensée et pas un euro d'honoraires.

Malgré cela, il ne regrettait rien.

Derrière tout avocat se cache un être humain. Ses collaborateurs le jugeaient sensible, voire émotif, quand la réalité et la cruauté d'un dossier le rattrapaient.

Il devait l'admettre, au fil de leurs rencontres, il s'était attaché à cet homme énigmatique qu'il appelait *le garçon*. Malgré son âge, il donnait l'impression d'être un enfant égaré dans le monde des adultes.

Le 12 mars, il lui avait rendu visite à la prison de Forest.

Il se souvenait du sentiment de gâchis que cette première entrevue lui avait laissé.

Nikola était entré dans le parloir, la silhouette décharnée, la tête basse. D'épais sourcils ombrageaient son regard. Son visage osseux et sa barbe éparse renforçaient son apparence chétive.

Il s'était présenté.

— Bonjour, monsieur Stankovic, mon nom est Philippe Larivière. Je suis là pour vous aider.

Pour toute réponse, Niko avait grimacé un sourire.

Il avait tout d'abord cru qu'il se moquait de lui avant de comprendre qu'il s'agissait d'un rictus de gêne, de ceux qu'arborent les gamins pris en faute.

— Êtes-vous bien traité ? Avez-vous besoin de quelque chose ?

De but en blanc, Niko avait fondu en larmes.

— C'est pas moi.

— Nous en reparlerons, monsieur Stankovic.

Pour ne pas le perturber davantage, il en était resté là.

Deux jours plus tard, Niko avait été transféré à la prison de Nivelles.

Lors de sa deuxième visite, il lui avait expliqué sa méthode de travail.

— Dans mon métier, il y a deux écoles, aussi respectables l'une que l'autre. Certains de mes confrères ne veulent rien savoir. Ils s'en tiennent aux faits et à la procédure. Je fais partie de l'autre école. Si vous voulez m'aider, vous devez tout me dire, sans rien omettre. Sachez que je suis lié au secret professionnel. Rien de ce que vous me confierez ne sortira de ces murs.

Niko avait secoué la tête et murmuré.

— C'est pas moi.

Quelle tête de mule !

Malgré lui, il s'était emporté.

— Voyons, monsieur Stankovic, vous ne pouvez pas vous enfermer dans cette logique. Si ce n'est pas vous, vous conviendrez avec moi qu'il y aura du travail pour démonter les éléments à charge : l'appel téléphonique, votre présence sur les enregistrements vidéo, le sang sur vos chaussures, vos empreintes dans l'appartement et les croquis de la scène du crime. Il ne leur manque que l'arme qui a tué.

— C'est pas moi.

Il avait soupiré.

— Je sais, j'ai bien compris, ce n'est pas vous. Est-ce *la* vérité ou est-ce *votre* vérité ?

— C'est la vérité. Les fresques, c'est moi, le reste, c'est pas moi.

Ce n'est que bien plus tard que Niko lui avait confié un élément supplémentaire. Un élément susceptible de changer la donne, mais que le secret professionnel l'empêchait de dévoiler.

6

Le Funambule

La folle épopée du Funambule avait commencé le 20 septembre 2016, vers 7 heures, non loin de la Barrière de Saint-Gilles.

Le premier témoin était un homme d'une trentaine d'années habitant rue Jean Robie. Alors qu'il attendait le tram comme chaque matin devant la friterie de l'avenue du Parc, son regard avait été attiré par une fresque peinte sur le mur latéral d'un immeuble situé en face de l'Institut des Filles de Marie.

Intrigué, il avait enregistré l'image à l'aide de son smartphone et l'avait agrandie sur l'écran.

Sa vue ne l'avait pas trompé, il s'agissait bel et bien d'un pénis géant.

L'œuvre, et par conséquent l'objet en question, mesurait au bas mot huit mètres de long sur trois de large.

L'homme avait attiré l'attention des personnes présentes et leur avait indiqué le dessin. Certains avaient détourné les yeux, l'air offusqué, d'autres s'étaient esclaffés.

Dans la journée, la photo avait fait le tour des réseaux sociaux, puis la une de certains quotidiens. Le soir, elle avait paru au journal télévisé.

Le lendemain, la majeure partie de la Belgique connaissait l'existence du *zizi saint-gillois* et débattait de la question. Les réprobateurs qualifiaient l'image d'obscène et de mauvais goût, les partisans vantaient ses qualités graphiques et la considéraient comme une œuvre d'art à part entière.

À l'issue d'une réunion du conseil communal, le cabinet du bourgmestre de Saint-Gilles avait déclaré que dans la mesure où le dessin avait été exécuté sans autorisation, il avait été décidé, en bonne intelligence avec le propriétaire de l'immeuble, de le faire retirer à moyen terme.

Quelques jours plus tard, une fresque suggérant un accouplement avait fait son apparition rue des Poissonniers, semant la même consternation. Un homme de dos s'activait entre les jambes d'une femme allongée sur une table, le corps arc-bouté, la tête rejetée en arrière. La scène était obscène, plus pour la brutalité et la cruauté qu'elle évoquait que pour son caractère pornographique.

Le 21 janvier 2017, une nouvelle peinture était venue recouvrir un mur bruxellois, le long du canal, ne laissant personne indifférent.

Cette fois, le caractère sexuel avait fait place à une scène d'une rare violence. Elle représentait un homme en égorgeant un autre. Le bras de l'agresseur, armé d'un poignard triangulaire, était retenu par la main d'un troisième personnage qui tentait de l'empêcher d'accomplir son acte. Le visage du supplicié inspirait la terreur. Un cri d'épouvante semblait jaillir de ses lèvres.

La vision donnait froid dans le dos et avait choqué plus d'un témoin, bon nombre l'interprétant comme une incitation à la haine en lien avec le djihadisme et exigeant son retrait immédiat.

De leur côté, les amateurs d'art avaient identifié un élément constitutif du *Sacrifice d'Isaac,* un tableau réalisé au XVIIe siècle par Le Caravage dans lequel Abraham s'apprête à tuer son fils quand un ange arrête son geste.

Ils reconnurent les qualités picturales de l'œuvre, la capacité de l'artiste à attirer l'attention sur le centre de la composition, le réalisme brutal, l'absence de perspective et les contrastes marqués entre ombre et lumière.

Ils furent d'autant plus impressionnés que l'œuvre avait été exécutée en l'espace de quelques heures.

Le surlendemain, ce fut au tour d'un immeuble situé rue des Brigitinnes, à deux pas de la gare Bruxelles-Chapelle, d'accueillir une fresque démesurée. Un homme ensanglanté, pendu par les pieds, le ventre ouvert, s'étalait sur les douze étages que comptait le flanc du bâtiment. Les habitants du quartier en avaient été traumatisés. Une femme âgée avait été victime d'un malaise en découvrant la scène d'horreur.

Aux dires des spécialistes, l'image faisait allusion à un tableau de Jan de Baen, un peintre néerlandais.

Si la commune de Saint-Gilles avait choisi de masquer les peintures, il n'en fut pas de même pour la ville de Bruxelles.

L'échevine de la Culture avait annoncé qu'une telle démarche venant d'une autorité publique s'apparenterait à une forme de censure et risquerait de créer des tensions entre les communautés. Par conséquent, les œuvres ne seraient soustraites à la vue que si les propriétaires des immeubles concernés en faisaient la demande.

De fil en aiguille, les fresques bruxelloises étaient devenues une affaire d'État et leur auteur, le désormais célèbre Funambule, un héros intrépide ou l'ennemi public numéro 1, selon les cas.

Interrogée, la ministre de la Culture avait déclaré qu'il n'était pas de son ressort d'estimer si ces œuvres étaient de valeur ou non. Elle avait néanmoins précisé que le rôle de l'art était d'interpeller le public et qu'en l'occurrence, l'auteur avait atteint son objectif.

Malgré ces remous médiatiques, à aucun moment le peintre anonyme n'avait revendiqué la paternité des dessins.

Lors d'une interview, un graffeur réputé dans le monde du *street art* avait affirmé que les fresques étaient la production d'un seul et même artiste. Elles n'étaient à coup sûr pas les premières qu'il réalisait, les techniques, pinceaux pour les unes, bombes pour d'autres, étaient différentes et parfaitement maîtrisées.

Il estimait que les thèmes étaient liés et contenaient sans nul doute un message. Il avait déclaré ignorer l'identité de l'auteur, mais ne s'était pas privé d'applaudir sa maturité et son audace.

« *Pour réussir un tel exploit, il faut être un artiste accompli doublé d'un acrobate hors pair. Des créations de ce genre nécessitent un grand travail préparatoire, tant pour les croquis que pour le repérage des lieux. Lorsqu'on réalise une œuvre commandée, on dispose de chariots élévateurs et de perches. On peint de jour, à son rythme. Ici, les tableaux ont été exécutés en une nuit, dans l'obscurité, avec un énorme niveau de stress. Quand vous êtes suspendu à une corde, en rappel, à trente mètres du sol, l'adrénaline peut paralyser vos gestes. Le moindre écart et c'est la chute ou la dégradation de la peinture. Ces conditions extrêmes et le fait qu'elles ne sont pas signées magnifient ces peintures. L'auteur de ces fresques est un génie ou un fou. Ou un peu des deux. Si vous me permettez l'expression, une chose est sûre, il a du talent et des couilles.* »

7

Peindre

Le front collé à la vitre du combi, il observait le paysage qui défilait en enregistrant chaque détail.

Les villages, les champs, les arbres parés des couleurs de l'automne.

Il aurait aimé baisser la fenêtre, écouter le bruit du vent, respirer l'air de l'extérieur, se remplir les poumons d'un dernier souffle de liberté.

Son avocat ne s'était pas montré optimiste.

— À partir de maintenant, je ne peux plus rien faire pour vous. À la fin de votre période de mise en observation, nous aviserons. En attendant, je viendrai vous rendre visite, je vous le promets.

Ses rares amis en avaient dit autant.

Au début, ils étaient venus quelques fois le voir à la prison.

La plupart avaient été interrogés par les enquêteurs. Ils lui parlaient d'une autre façon, cherchaient leurs mots, évitaient de sourire.

Il lisait dans leurs yeux ce qu'ils pensaient.

Leur compassion était feinte, leurs encouragements sonnaient faux.

Les visites s'étaient espacées, avant de prendre fin.

Seul Jérôme s'était encore montré.

À l'avant du fourgon, les policiers discutaient à bâtons rompus. Il voyait leurs lèvres bouger, mais la paroi intérieure l'empêchait d'entendre ce qu'ils disaient. Dès la sortie de sa cellule, ils lui avaient passé les menottes, sans même lui adresser la parole.

Que craignaient-ils ?

Il n'était ni un tueur ni un fou dangereux. Il n'avait pas, comme Franco, assassiné trois personnes de sang-froid pour leur voler un peu d'argent.

Il repensa à Ivanka.

Il se réveillait la nuit, revoyait le sang, tout ce sang.

Le véhicule ralentit, passa une première clôture de sécurité et s'arrêta quelques mètres plus loin devant une porte métallique aménagée dans un imposant mur d'enceinte.

Le chauffeur baissa sa vitre et pressa le bouton de l'interphone.

L'angoisse le prit.

Des pensées confuses l'assaillirent. Un gémissement plaintif s'échappa de sa poitrine.

Il aurait aimé revenir en arrière, faire les choses autrement.

Désormais, il ne pouvait, il ne voulait rien dire. En aucun cas, il ne voulait remuer le passé, subir des interrogatoires, mettre des mots sur les images qui le hantaient.

Il voulait retrouver son atelier, ses pinceaux, ses toiles, ses croquis.

Il voulait peindre, peindre, peindre encore. Peindre pour oublier, peindre pour exorciser son mal, peindre pour se sentir libre, peindre pour remplir le trou noir qui lui rongeait l'âme.

Peindre avant de mourir.

8

Suis-je claire ?

L'EDS, l'établissement de défense sociale, était situé en rase campagne, à cinq kilomètres du village le plus proche.

Il s'étendait sur une dizaine d'hectares et était composé de plusieurs pavillons. Des préaux, un terrain de football et une piste de santé étaient mis à la disposition des résidents.

Situé à mi-chemin entre le régime pénitentiaire et la vie en hôpital psychiatrique, l'EDS abritait des individus masculins internés à la suite d'un délit ou d'un crime. Tous avaient été considérés comme non responsables de leurs actes.

Délinquants sexuels, agresseurs, pédophiles, braqueurs, meurtriers, les quelque deux cents pensionnaires étaient répartis dans les différentes sections en fonction de leur pathologie.

La majorité avait séjourné quelques semaines, voire plusieurs années en prison avant d'être internés.

Le bloc multifonctionnel situé à l'entrée du complexe hébergeait les bureaux, les parloirs, la salle de visite, la cuisine et les deux salles de réunion.

Une demi-douzaine de participants étaient installés dans la plus grande d'entre elles. Certains avaient emporté leur ordinateur, d'autres se contentaient d'un simple cahier ou d'un bloc-notes.

Assise en bout de table, Pauline Derval, la directrice générale, occupait la seule chaise équipée d'accoudoirs.

Depuis 1998, elle dirigeait l'EDS d'une main de fer.

La durée moyenne d'internement était de dix ans, mais certains patients *long stay*, qualifiés de dangereux, se trouvaient dans les murs avant son entrée dans l'établissement, en 1993, cinq ans avant sa nomination.

Le plus ancien, un pyromane récidiviste, y séjournait depuis trente-deux ans. Un forcené qui avait tué deux femmes à coups de marteau y était entré en 1987.

Dotée d'une mémoire prodigieuse, elle connaissait le nom de tous les pensionnaires, savait quel drame se cachait derrière chacun d'eux et pouvait citer de tête leur parcours et leur programme de soins.

Elle attendit que Serge Marchand, le chef psychiatre, termine la lecture du rapport d'admission. Il avait réuni les différents résultats de la batterie d'examens que le nouvel arrivant avait subis depuis trois jours et énumérait la liste des données d'une voix monocorde.

— Le généraliste a pratiqué une prise de sang, une radio du thorax, un électrocardiogramme et un bilan neurophysiologique. Rien de particulier à signaler à part une carence vitaminique. Le neurologue a testé sa réactivité, son audition, sa vue et enregistré les potentiels évoqués cognitifs. J'ai moi-même vu le sujet et conclu qu'il n'était pas psychotique. J'ai évalué son QI à 105. Pour la forme, je vous rappelle que le QI moyen des internés ne dépasse pas 70.

Elle s'endormait.

À bout de patience, elle coupa court.

— Son traitement médicamenteux ?

Marchand consulta son ordinateur.

— À Nivelles, il était sous Seroxat. Plus trois Xanax et deux Risperdal par jour.

Elle haussa les sourcils.

Au vu des faits et de l'incertitude du diagnostic, elle avait ordonné qu'on l'intègre dans une chambre individuelle du secteur B, l'un des mieux surveillés avec le quartier de haute sécurité.

Elle ôta un cheveu qui traînait sur sa manche.

— En deux mots, sur le plan physiologique, il est plus ou moins stable, sur le plan psychique, on ne sait pas ?

Il opina.

— Pas encore, en tout cas.

Elle tapota sur la table.

— Quels soins préconises-tu ?

— Dans un premier temps, je continuerais le traitement actuel.

Elle tiqua.

— Tu continuerais le traitement actuel ?

Elle se tourna vers un jeune infirmier.

À l'inverse des autres services où le personnel soignant était en majorité féminin, seuls des hommes étaient affectés au secteur B.

— Vous ?

Pris au dépourvu, l'infirmier bafouilla.

— Il est difficile de se prononcer après 72 heures. Je l'ai vu hier après-midi et ce matin. J'ai l'impression qu'il a bien dormi.

Le silence se fit.

Les participants baissèrent les yeux, en attente de la tornade qui allait s'abattre sur le malheureux.

Psychiatre émérite, formée à l'école comportementaliste, Pauline Derval s'attachait aux faits, seulement aux faits et rien qu'aux faits. Les impressions, le feeling et les ressentis n'avaient pas cours dans son établissement. Pas plus que l'empathie, la compassion et les bons sentiments.

Qu'on laisse ces futilités aux conseillers moraux, curés, rabbins ou autres imams qui se promenaient dans les couloirs à longueur de temps.

Elle avait appris à ses dépens que la seule manière de ne pas sombrer était de traiter le cas, pas la personne. Quand ses convictions vacillaient, elle se remémorait l'événement qui l'avait ébranlée peu après son entrée. Depuis, elle ne se privait pas de faire la leçon à ses collaborateurs.

À votre arrivée, laissez vos émotions dans le coffre de votre voiture ou enfermez-les dans votre casier. Tenez-vous-en aux faits. L'émotion vous aveugle, les faits ne mentent pas.

Elle vrilla son regard dans celui de l'infirmier.

— Vous avez l'impression qu'il a bien dormi ?

Elle avait pris une intonation particulière pour souligner *l'impression.*

Le jeune homme se troubla.

— Oui, enfin, je crois.

— Sur quoi vous basez-vous ? À quelle heure s'est-il endormi ? À quelle heure s'est-il réveillé ? A-t-il eu le sommeil agité ? A-t-il eu des suées nocturnes ? Combien de fois s'est-il retourné dans son lit ? S'est-il levé pendant la nuit ? Est-il allé aux toilettes ? S'est-il lavé les mains ? A-t-il bu ?

L'infirmier bredouilla de plus belle.

— Je ne sais pas, madame.

— Dans ce cas, parlez-nous de son sommeil quand vous saurez.

Elle se tourna vers l'assemblée.

— Quelqu'un d'autre ?

L'assistant social prit la parole.

— Je lui ai parlé hier. Il aimerait rejoindre l'unité créative pour faire de la peinture. Il m'a aussi demandé s'il pouvait avoir du Nutella.

Elle hocha la tête.

— Du Nutella et de la peinture ?

Il embraya.

— Pour la peinture, je pense que c'est une bonne idée. Dans un premier temps, ça nous permettrait de voir comment il se comporte en petit groupe.

La belle affaire !

Si cela ne tenait qu'à elle, elle aurait mis en fonction un système de badge qui octroie des droits au patient selon son évolution, comme on le fait dans les pays avancés. La carte ouvre des accès allant de haute vers basse sécurité et autorise la durée et le type de sorties selon la courbe de progression ; interdites, accompagnées, en famille ou seul.

Les patients qui travaillent dans les ateliers sont payés *via* cette carte magnétique, ce qui leur permet d'effectuer des achats à la cantine, comme cette infâme pâte à tartiner bourrée d'acides gras saturés.

Elle lança un coup d'œil circulaire.

— Qui pense que c'est une bonne idée ?

Personne n'osa se manifester.

Elle se redressa sur sa chaise.

— Je vous rappelle que ce monsieur n'est pas interné. Il est chez nous en observation. C'est une première pour vous, mais il faudra vous y faire. À votre avis, que fait-on quand quelqu'un est en observation ?

Un silence lui répondit.

Elle posa les coudes sur la table et se pencha en avant.

— Je vais vous le dire. Quand quelqu'un est en observation, on observe. Si nous voulons savoir ce qu'il a dans la tête et dans le ventre, il est hors de question de le bourrer de tranquillisants. On arrête tout. Plus un cachet. Donnez-lui une aspirine s'il a mal au crâne et un sparadrap s'il a un cor au pied, c'est le maximum autorisé.

Elle fit mine de ne pas remarquer la moue de dépit sur le visage de Serge Marchand et se tourna vers l'assistant social.

— Concernant son violon d'Ingres, je vous informe qu'à l'unité créative, on peut se procurer des pinceaux et des crayons, instruments rigides dont l'extrémité se termine en pointe acérée. Vous avez lu le dossier ? Responsable ou non, cet homme a tué une femme de neuf coups de couteau et vous le laisseriez se promener au milieu d'autres patients, armé d'un poinçon ? Ni Nutella, ni neuroleptiques, ni coloriage. Il restera dans sa chambre tant qu'on n'en saura pas plus sur lui. Suis-je claire ?

9

Nous et eux

L'angoisse le tenaillait. Il avait beau enfouir la tête sous l'oreiller, compter les moutons, fredonner des berceuses, rien n'y faisait, il n'arrivait pas à s'endormir.

Depuis une semaine, ses parents se comportaient de manière étrange.

Son père semblait perdu dans ses pensées, sa mère si expansive en temps normal effectuait les tâches ménagères comme un automate. Ils marchaient d'un pas lourd, s'affalaient dans les fauteuils, parlaient à mi-voix, se taisaient dès qu'il approchait.

Il ne saisissait que quelques bribes de leur conversation. Les mots *nous* et *eux* revenaient sans cesse dans leurs échanges sans qu'il sache de qui il s'agissait.

Aujourd'hui, le malaise avait pris forme. L'après-midi, il était allé au centre avec oncle Anto pour effectuer les derniers achats avant la rentrée des classes.

Au magasin, il avait croisé Janko, un élève de l'école qu'il évitait autant que possible.

Janko avait un an de plus que lui. Il était hautain et n'arrêtait pas de se vanter. À l'en croire, il avait fait plusieurs fois le tour du monde et croisé les plus grandes stars. Son père travaillait à la police. Il pensait que cela le rendait infaillible. Il n'y avait pas moyen de discuter avec lui, il savait tout mieux que les autres et devait toujours avoir raison.

Pendant qu'Anto attendait à la caisse, Janko l'avait tiré sur le côté en prenant l'air mystérieux.

— Les Serbes vont nous attaquer. Mon père dit que c'est la quatrième armée la plus puissante d'Europe. Ils ont des tas de navires, plein d'avions, des centaines de chars et des milliers de soldats. Dans quelques jours, ils vont nous envahir. Mes sœurs et moi allons partir en Allemagne avec ma mère.

Il avait fait mine de croire à son histoire.

S'ils comptaient vraiment aller en Allemagne, pourquoi sa mère dépensait-elle son argent pour la rentrée des classes ?

Comme d'habitude, Janko racontait n'importe quoi pour se faire remarquer.

Il savait qu'il y avait eu un incident en juillet, quand il était à la montagne. Un bateau de guerre serbe avait lancé quelques obus sur la ville, mais son père lui avait dit que tout était réglé depuis, que ce n'avait été qu'une affaire politique.

Il ne comprenait rien à la politique.

Au début de l'été, leur professeur leur avait dit qu'après le référendum, la Croatie était devenue indépendante.

Il ne voyait pas ce que ce mot signifiait. Pendant quelque temps, il s'était attendu à ce que des changements se produisent autour de lui, mais il n'avait rien remarqué.

Sur le chemin du retour, il avait observé les gens dans la rue, guettant un sourire, un clin d'œil ou un bonjour rassurant qui chasseraient les prédictions apocalyptiques de Janko.

En rentrant à la maison, son cœur s'était serré.

Deux hommes étaient debout dans le salon, silencieux. L'un d'eux lui était familier, il s'appelait Blago Zadro, un ouvrier de l'usine qui défendait les travailleurs et était venu quelques fois chez eux.

L'autre portait un uniforme militaire.

Son père était assis dans le fauteuil, pensif. Sa mère se tenait derrière lui, droite comme un i. On aurait dit qu'elle avait pleuré. La radio était allumée. Il avait reconnu la voix du présentateur de la station locale, mais il parlait plus vite que d'habitude et semblait essoufflé.

Sa mère l'avait chassé d'un geste pendant que son père coupait la radio.

— Va dans ta chambre, *Dušo.*

Il était monté à l'étage.

Inquiet, il était resté en haut de l'escalier et avait tendu l'oreille.

D'une voix sourde, Blago avait pris la parole.

— Depuis près d'un an, les civils serbes se ravitaillent en cachette. Ils ont collé des étiquettes sur leurs portes et leurs fenêtres pour s'identifier. Les livraisons d'armes et de munitions se font pendant la nuit, mais nous avons découvert le stratagème. Nous avons placé la même pancarte sur nos maisons, cela nous a permis de constituer un arsenal.

Avant de s'en aller, le militaire avait prononcé quelques mots troublants.

— Nous comptons sur vous.

Durant le dîner, il n'avait pas osé poser de questions.

Sa mère mangeait sans appétit. Son père fixait un point devant lui, le visage fermé. Il connaissait cette expression de colère rentrée qui précédait une explosion de violence.

Le repas à peine terminé, sa mère l'avait renvoyé dans sa chambre.

— Ne t'inquiète pas, *Dušo.* Nous avons quelques préoccupations, mais tout va s'arranger. Dors bien.

Il se retourna une nouvelle fois dans son lit.

Il aurait voulu que cette journée n'ait jamais existé, que les menaces qu'il avait entendues ne soient que l'arrière-goût d'un mauvais rêve.

La guerre. Des armes. Des munitions. Eux. Nous.

Cela n'avait aucun sens.

De nombreux Serbes vivaient à Vukovar. Des centaines d'autres traversaient le Danube chaque matin pour travailler à l'usine.

Les Serbes et les Croates parlaient la même langue, habitaient les mêmes quartiers, riaient des mêmes blagues, jouaient, buvaient, mangeaient, dansaient ensemble. La seule chose qui les différenciait était leur écriture.

Cyrillique pour eux, latine pour nous.

Personne ne penserait à se battre pour une question d'écriture.

10

Sortir de l'enfer

Libérée de ses contraintes professionnelles, Pauline Derval appréciait les toilettes élégantes, les plats raffinés, le champagne millésimé et les conversations mondaines, en particulier en fin de soirée, quand le relâchement et l'alcool déliaient les langues.

Les dîners organisés chaque quinzaine par son amie Fabienne lui donnaient l'occasion de se livrer pleinement à ces divertissements.

Propriétaire de plusieurs agences de voyages, veuve depuis huit ans, Fabienne occupait un luxueux appartement à Uccle, au cœur du parc J. F. Kennedy. Adepte de feng shui, elle avait opté pour un décor composé pour la majeure partie de rouge et de blanc. Les effluves de son parfum préféré se mêlaient à l'odeur épicée de cuir et de bois précieux.

Seul bémol au tableau, une kyrielle de chats, tous de souche noble, plus onéreux l'un que l'autre, squattait les canapés.

Merci les poils.

En règle générale, son amie lui réservait la présence d'un célibataire invétéré ou d'un divorcé de fraîche date.

Assis à ses côtés, le prétendant du jour était un quinquagénaire égotique qui étalait son savoir depuis l'entrée.

Il lui avait fallu moins de dix secondes pour conclure qu'il n'avait pas une chance sur un million de passer le pas de sa porte.

L'homme était d'origine française.

Les Français savent tout sur tout et tiennent à ce que ça se sache. Il avait d'emblée revendiqué sa nationalité, en précisant la région et la ville de naissance, comme ils le font généralement entre eux pour évaluer les forces en présence.

Les chiens se reniflent le derrière, au moins, c'est silencieux.

En plus de sa propension à s'écouter, il était atteint d'une solide surcharge pondérale et son eau de toilette bon marché ne suffisait pas à masquer l'haleine de buffle qu'il exhalait. Elle était d'autant plus déçue que son amie lui avait présenté le candidat sous un jour favorable. Mise en confiance, elle s'était préparée en conséquence, tant sur le plan mental que physique.

Consciente que ses jambes, son allure distinguée et son apparente inaccessibilité constituaient ses meilleurs atouts, elle avait mis une robe noire fendue sur le côté, relevé ses cheveux en chignon et choisi quelques bijoux de valeur.

La perspective que l'un des invités la surprenne dans son environnement de travail, la tenue stricte, le visage impénétrable, l'amusait.

L'inverse était tout aussi vrai.

Quelle ne serait la stupéfaction d'un membre de l'EDS s'il la découvrait au cours d'une de ces soirées, épanouie, maquillée, détendue et affable ?

Elle avait étudié en suffisance l'œuvre de Jung pour savoir que ces changements comportementaux étaient sans rapport avec le trouble dissociatif de l'identité comme le prétendaient les apprentis sorciers qui polluaient la profession.

Toute personne qui franchit la frontière séparant sa vie privée de sa vie sociale est confrontée au phénomène. Les modifications interviennent bien souvent à leur insu et sont plus ou moins marquées selon leur persona.

Il lui arrivait de combiner ses deux modes de fonctionnement quand elle participait à un tournoi de bridge où ses revirements stratégiques désarçonnaient ses adversaires. Plus d'une fois, on lui avait assuré qu'elle ferait une redoutable politicienne.

En dehors de ses épisodes d'extraversion, elle aimait la solitude propice à la lecture et à l'écoute des grandes œuvres de musique classique.

Elle appréciait Chopin, Liszt, Schubert ou Rachmaninov, mais accordait sa préférence aux compositeurs allemands. Ses œuvres de prédilection étaient les concertos pour piano de Brahms et les dernières sonates de Beethoven, écrites alors qu'il était déjà enfermé dans la surdité.

L'homme avala une bouchée, s'essuya les lèvres et se pencha vers elle.

— Fabienne m'a confié que vous étiez directeur général dans un établissement de défense sociale.

Elle esquissa un sourire.

— Directrice générale, ne soyez pas vieux jeu.

La seule chose qui ne variait pas était son franc-parler. Quand l'occasion se présentait, elle n'hésitait pas à gratifier un paraphraseur d'une saillie bien sentie.

Elle n'était pas opposée à une aventure sans lendemain, mais exigeait le minimum requis.

Une quinzaine d'années auparavant, elle avait commis une tentative de mariage sans réelle conviction. L'union avait duré cinq ans. Cinq années soporifiques sans piment ni grossesse.

Sans parler de la misère sexuelle.

Depuis, elle était d'avis qu'on vit mieux seule que mal accompagnée. Ce n'étaient ni l'approche de ses 50 ans ni la crainte de passer pour une vieille fille mal baisée qui allaient changer son opinion.

Elle avait vécu quelques relations épisodiques, mais avait toujours refusé d'envisager une cohabitation.

Les hommes sont par nature envahissants.

L'idée qu'un de ses amants emménage chez elle, ne fût-ce que quelques jours, la rebutait. Il était hors de question qu'un mâle dominant mélange son linge au sien, s'affale devant la télé et contamine sa maison dans laquelle chaque objet avait sa place et chaque place son objet.

Sans compter son jardin secret.

L'érudit revint à la charge.

— J'ai lu que le peintre tueur fou d'Etterbeek avait été enfermé chez vous.

Elle haussa les sourcils.

— Vous devriez être plus attentif au choix de vos lectures, cher monsieur. Les tueurs fous n'existent que dans les thrillers bas de gamme. Et puis, cet homme n'est pas interné. À ce jour, la reconnaissance de sa non-responsabilité n'a pas été établie.

Il sourit et lui adressa une œillade complice.

— Figurez-vous que je l'ai rencontré.

Elle dissimula sa surprise, ramassa une miette égarée sur la nappe et la posa dans son assiette.

— Fichtre. Racontez-moi.

Il reposa sa serviette, un coin baignant dans la sauce.

— Mon père a 78 ans. Je l'ai installé dans une maison de retraite, à Woluwe-Saint-Lambert. Il y a deux ou trois ans, ils ont construit une annexe et commandé une fresque murale. Ils ont fait un appel d'offres et c'est ce Stankovic qui a remporté l'affaire. Il leur a proposé le meilleur prix et la peinture la plus originale.

Il baissa le ton.

— Je vous rassure, elle est plus pudique que celles qu'il a réalisées à Bruxelles ces derniers mois. J'ai été étonné d'apprendre qu'il était le Funambule. Il avait l'air tellement candide. Cela dit, je n'ai échangé que quelques mots avec lui. Vous l'avez rencontré ?

— Pas encore. Que représente cette fresque ?

Il dessina des arabesques aériennes avec son couteau.

— Une sorte de jardin tropical dans lequel évoluent des

oiseaux et des insectes imaginaires. Plutôt innocent à première vue, mais depuis, je me pose des questions. On dit que la pulsion créative vient de la part la plus sombre de la personnalité.

Elle le toisa d'un air interrogatif.

— Qui a dit ça ?

— Vous.

Le bougre avait bien préparé son dossier, même s'il avait interprété ses propos.

Quelques années auparavant, elle avait rédigé un article dans lequel elle établissait une corrélation entre la créativité et la pathologie mentale. Selon elle, le lien entre les sujets créatifs et la schizophrénie, le trouble bipolaire ou l'autisme était probant, surtout en regard des schizophrènes et de leur capacité à créer des associations inhabituelles.

— Ce n'est pas ce que j'ai écrit.

Le Français originaire de Lyon, région Auvergne-Rhône-Alpes, ne tint pas compte de son objection et poursuivit sur sa lancée.

— Comme vous, je suis convaincu que le souffle créatif et les troubles psychiques vont de pair. Depuis des siècles, on rapproche l'art de la folie. Déjà de son temps, Aristote disait qu'il n'existait pas de génie sans grain de folie. Ce ne sont pas les artistes dont l'œuvre est marquée par des pathologies psychiatriques qui manquent, Vincent Van Gogh, Guy de Maupassant, Edvard Munch, Salvador Dalí, Camille Claudel, la liste est longue.

Ce type commençait à l'agacer.

— Dalí n'était pas fou. Il prenait un malin plaisir à entretenir le mythe du génie créatif torturé.

Il soupira.

— Je n'en suis pas si sûr. Antonin Artaud, un homme qui savait de quoi il parlait, a dit que nul n'a jamais écrit, peint ou sculpté que pour sortir de l'enfer.

— Une jolie citation, mais sans fondement scientifique.

Il la dévisagea d'un regard amusé.

— C'est bien ce que je reproche à la médecine et à la psychiatrie. On ausculte le malade, on lui prescrit des examens, on regarde les résultats de ses analyses, on compare les chiffres avec la norme, mais on ne s'intéresse pas à ce qu'il dit.

Elle rectifia le pli de sa jupe pour se donner une contenance.

Cet imbécile venait de marquer un point.

11

Le droit de vie et de mort

Il se tenait devant la fenêtre, les mains derrière le dos.

Par chance, sa chambre se trouvait à l'étage. De là-haut, il pouvait voir au-delà de l'enceinte et laisser errer son regard dans la campagne environnante.

Un champ bordait le mur et s'élargissait jusqu'à la route, trois cents mètres plus loin. La récolte était terminée. Il ne restait que de longs sillons boueux sur lesquels se dandinait un couple de corbeaux.

La scène le remplissait de nostalgie.

Il imaginait l'autre rive, la sirène du ferry, les chuchotements du fleuve.

Il se souvenait des étés insouciants de son enfance, des champs dorés qui s'étendaient à l'infini dans la plaine de Slavonie, de la caresse du soleil, des parties de cache-cache et du rire de sa mère qui le cherchait, tapi entre les plants de maïs.

Il ferma les yeux et entendit sa voix.

— Où es-tu, *Dušo* ?

En une semaine, il n'était sorti de sa chambre que pour passer des examens.

Pendant la journée, des gardiens et des infirmiers circulaient en permanence dans le couloir. Quelquefois, un visage surgissait derrière la vitre et s'évanouissait aussitôt. Hormis ces brèves apparitions, il pouvait se replier dans la solitude.

La nuit, seuls des cris lointains venaient troubler le silence.

Il n'avait plus à subir les monologues de Franco, les invectives des détenus dans le préau, les ordres des matons, les appels, la fouille et la prise de ces comprimés qui l'assommaient.

Depuis, ses pensées étaient moins embrouillées, il reprenait ses esprits, mais les crises d'angoisse revenaient le terrasser. Elles survenaient sans signes avant-coureurs. La panique le gagnait, son cœur se mettait à battre, il transpirait, tremblait. Ses doigts le démangeaient.

Il aurait voulu peindre, mais sa demande avait été refusée sans qu'on lui précise d'où venait la décision et quelles en étaient les raisons.

Plus tard, soyez patient.

Peut-on empêcher quelqu'un de boire ou de respirer ? De le contraindre à s'éteindre par asphyxie ?

Il entendit le mécanisme de la serrure.

Un gardien fit irruption dans la chambre. Un talkie-walkie pendait à sa ceinture. Un autre homme attendait à la porte, le visage impassible.

Le premier prit la parole.

— La directrice aimerait vous parler. Nous allons vous conduire dans son bureau.

La directrice.

Il haïssait l'autorité et ce qu'elle représentait. Le pouvoir d'imposer, d'interdire, de juger et de s'arroger le droit de vie ou de mort en toute impunité.

Bientôt, d'autres personnes décideraient de manière arbitraire s'il était fou ou non. Sous le couvert de la justice ou de la science, elles l'enverraient passer vingt ans dans une prison ou le reste de ses jours dans un asile.

Elles penseraient avoir accompli leur devoir, mais ne sauraient jamais ce qu'il avait vécu ni ce qui l'avait poussé à commettre ce meurtre.

12

Blanc comme un linceul

Après de longs mois de tergiversations, la décision fut prise de recouvrir la fresque murale située sur le boulevard Barthélemy, le long du canal.

Dès son apparition, en janvier 2017, le propriétaire du bâtiment avait demandé à la ville de Bruxelles que la peinture soit retirée. Peu lui importait que cette décapitation soit inspirée d'un tableau célèbre. Il trouvait la scène cauchemardesque et ne voulait pas que son caractère équivoque porte préjudice aux locataires de l'immeuble.

Bien que réfractaire à sa requête, l'échevine de Bruxelles ne put s'opposer à sa volonté, mais refusa toute contribution financière.

D'une part, il était hors de question d'avoir recours à la méthode utilisée par l'artiste. Se suspendre à un fil était un pur suicide. De l'autre, le toit adjacent étant en très mauvais état, il était risqué d'y prendre appui pour travailler à l'aide de perches.

La technique la plus appropriée consistait à faire appel à un engin capable d'atteindre cette hauteur, ce qui occasionnerait des frais importants.

De négociations en pourparlers, de mises en demeure en médiation, le propriétaire de l'immeuble était parvenu à un accord avec la ville de Bruxelles.

Le 26 novembre 2018, l'entreprise chargée du chantier dépêcha une équipe munie d'un chariot élévateur doté d'un mât télescopique et d'une nacelle automotrice pouvant monter à plus de seize mètres.

Les deux ouvriers prirent place à bord de celle-ci et entamèrent l'ascension.

Arrivé à hauteur de la scène d'égorgement, le premier jeta un coup d'œil au sommet du toit.

Il siffla.

— Putain, ce mec était vraiment givré.

L'autre acquiesça.

— Je ne comprends pas comment il ne s'est pas cassé la gueule. Même pour 5 000 euros, je ne le ferais pas. En plus, il ne s'agit pas de taper une couche vite fait. Tu as vu le bazar ? On dirait que le sang va gicler et que le mec gueule comme un goret.

Le premier fit une grimace.

— Oui. C'est crade à mort.

— Il paraît que c'est la copie d'un tableau. On attaque ?

Ils entamèrent le travail.

Lorsqu'ils arrivèrent à la tête du supplicié, l'un d'eux remarqua de fins traits griffonnés sur la main de l'homme qui tenait le couteau.

Il fit part de sa découverte à son collègue qui se pencha à son tour sur le dessin.

— Ben dis donc, il faut avoir de bons yeux.

— Je suis sûr que personne ne l'a vu avant nous.

— Déjà avec mon nez collé dessus, je ne le voyais pas.

— Qu'est-ce qu'on fait ?

L'homme haussa les épaules.

— Qu'est-ce que tu veux qu'on fasse ? On nous a dit de repeindre le mur, on repeint le mur.

Le premier insista.

— Tu sais que le type a tué une bonne femme ?

— Quel rapport ?

— Je ne sais pas. Il y en a peut-être un. Il faudrait peut-être en parler.

— À qui ? Au ministre de la Justice ? Et tout arrêter pour recommencer demain ? Et se faire engueuler en prime ? Ce n'est pas notre problème. En plus, il commence à dracher. Fais une photo si ça te chante, on termine cette merde et on se barre d'ici.

L'ouvrier sortit son téléphone et prit quelques photos.

À 17 heures, la fresque avait disparu, faisant place à un mur blanc comme un linceul.

13

Une blessure profonde

— Entrez.

Niko avança dans le bureau, encadré par les gardes.

Elle l'examina avec attention.

Maigre, le teint blême, les cheveux en bataille.

Il ne respirait pas la santé.

— Bonjour, monsieur Stankovic. Je suis Pauline Derval, la directrice de cet établissement. J'aimerais faire votre connaissance. Asseyez-vous.

Il continuait à scruter le sol, la tête basse, les épaules rentrées.

Elle adressa un signe du menton à l'un des gardes. Celui-ci tira une chaise et la posa devant lui.

Il s'affala sur le siège et croisa les bras.

Elle fouilla son regard, observa son langage gestuel, nota sa posture défensive.

Au contraire des principes qu'elle prônait, elle se fiait à sa première impression.

Elle s'abstenait de partager ce point de vue avec ses collaborateurs. Ils l'auraient jugé irrationnel et en contradiction avec ce qu'elle prescrivait : les faits, seulement les faits, rien que les faits.

En son for intérieur, elle savait que la première impression est la résultante d'un examen subconscient d'éléments concrets. Elle connaissait les pièges et les biais cognitifs liés à la perception immédiate, tel l'effet halo, mais elle s'appuyait sur son expérience pour ne pas se laisser influencer par de quelconques préjugés.

— Comment vous sentez-vous ?

Il ne répondit pas.

Elle accueillit son mutisme avec placidité.

Les premiers entretiens se déroulaient souvent à sens unique, excepté avec un bipolaire en phase maniaque.

— Les raisons pour lesquelles vous êtes ici ne m'intéressent pas. Je ne vous poserai aucune question à ce sujet. Je ne suis ni juge ni avocate. Pour moi comme pour mon équipe, vous êtes un patient et notre mission est de soigner les patients.

Il garda le silence.

— Commençons par votre état de santé.

Elle lui fit part des résultats issus des analyses cliniques, sans mentionner les tests psychométriques. Elle termina par la carence en vitamines constatée lors de la prise de sang.

— Vous vous nourrissez en suffisance ? Je parle d'une alimentation saine et équilibrée.

Pas de cette saloperie de graisse chocolatée.

Il se tortillait sur sa chaise en jetant d'incessants coups d'œil vers l'arrière.

Elle décoda le geste et s'adressa aux hommes de la sécurité.

— Vous pouvez y aller.

Elle était consciente de l'effet que pouvait produire cette démarche. En répondant à son attente tacite, elle démontrait qu'elle respectait son libre choix et qu'il n'était pas assujetti à des règles inflexibles, comme c'était le cas à la prison de Nivelles.

Le binôme obéit et évacua le bureau.

Elle les regarda sortir.

Que ces tire-au-flanc ne s'avisent pas d'aller fumer une cigarette.

Le règlement stipulait qu'ils devaient stationner dans le couloir, à proximité. Comme chaque membre du personnel, elle tenait un digi-alarme à portée de main. Il lui suffisait d'actionner un bouton pour ameuter les troupes. De plus, si elle quittait la position verticale, le dispositif se déclenchait de lui-même.

— Vous vous sentez plus à l'aise ?

Il acquiesça d'un vague signe de tête.

Elle reprit d'un ton modéré.

— J'ai demandé à ce qu'on interrompe la médication qu'on vous avait prescrite à la prison de Nivelles. Éprouvez-vous des douleurs, des nausées ou une sensation de manque ?

Elle attendit quelques instants, mais il n'embraya pas sur le sujet.

— Nous allons soigner votre régime. Viande, poisson, légumes. Faites-moi confiance, vous vous sentirez mieux dans quelques jours.

Silence.

— Avez-vous un besoin à exprimer ?

Il tourna la tête vers la fenêtre et fixa l'horizon.

— J'aimerais peindre. À la prison, on me laissait dessiner et peindre. Si je ne peux pas peindre, je préfère retourner en prison.

Le signal était clair.

— Je sais. On m'a relayé votre demande. Un peu de patience, monsieur Stankovic. Laissez-nous encore quelques jours, le temps de mieux vous connaître. Vous voyez qui est Sébastien ? Le grand barbu roux avec une boucle d'oreille, celui qui sourit tout le temps ?

Il opina.

— Il s'occupe bien de vous ?

Il haussa les épaules.

Elle traduisit sa réaction comme un assentiment.

— Sébastien sera votre référent, votre courroie de transmission, si vous préférez. Vous pouvez vous adresser à lui pour la moindre question.

L'idée parut lui plaire.

Le rôle de référent avait été instauré à son initiative.

À l'exemple d'un coach ou d'un parrain, son but était de créer une relation privilégiée avec l'interné. Une fois la confiance établie, ce rapprochement permettait d'observer l'évolution du patient et de recueillir des messages qu'il ne communiquerait pas à un médecin.

— Puis-je faire autre chose pour vous ?

Ses yeux roulèrent dans leurs orbites.

— J'aimerais me raser et avoir d'autres vêtements.

Indicateur positif, il ne comptait pas se laisser aller.

— Nous pouvons arranger cela.

— Quand ?

Elle fit mine de réfléchir quelques instants.

— Dès cet après-midi, vous allez pouvoir sortir de votre chambre. On vous fournira des habits. Je demanderai également à ce que vous puissiez recevoir des visites à partir de la semaine prochaine. Les gens qui souhaitent vous voir doivent disposer d'une autorisation.

Aucune réaction.

— Vous avez une compagne, monsieur Stankovic ?

Elle connaissait la réponse, mais guetta sa réaction.

Il fit non de la tête, grimaça un sourire et se passa une main sur la bouche.

Elle baissa le ton.

— De la famille ou des amis qui aimeraient vous rendre visite ?

Son regard se brouilla.

Il chercha ses mots, les lâcha d'une voix étranglée.

— Mon avocat m'a dit qu'il viendrait.

Le trouble que ces dernières questions avaient provoqué ne lui avait pas échappé.

Son intuition se confirmait.

Ce patient n'était pas comme les autres. Il ne répondait pas aux schémas dysfonctionnels établis. Son instinct lui disait que cet homme saignait d'une blessure profonde, antérieure aux événements qui l'avaient amené dans cet endroit.

14

Le bruit du moteur

La lueur d'un éclair traversa les tentures et illumina la pièce. Le tonnerre éclata, tout proche. Les murs et les vitres se mirent à trembler.

Il se réveilla en sursaut, le cœur battant.

Le silence était retombé.

Il tendit l'oreille, guettant en vain le grondement de l'orage et le crépitement de la pluie contre le toit. Une vague odeur de fumée imprégnait l'air, mais la maison semblait calme.

Un moment, il crut avoir rêvé.

Un bruit de pas résonna dans l'escalier.

Son père fit irruption dans la chambre, les traits tendus. Il était vêtu d'un simple tee-shirt. Le bas de son corps était dénudé.

Il ne l'avait jamais vu nu auparavant. La scène lui parut irréelle, grotesque, honteuse. Il ressentit une gêne à la vue de son sexe, ballant entre ses jambes.

Sans un mot, son père le tira hors du lit, le serra contre lui et se rua dans l'escalier. Des cris fusèrent dans la rue. Des moteurs vrombirent, des pneus crissèrent. Le hurlement d'une sirène retentit.

Sa mère attendait au bas des marches, enveloppée dans un peignoir à peine noué, le visage méconnaissable.

— Dans la cave, vite.

Un sifflement strident déchira la nuit. Une violente déflagration secoua la maison. Des vitres volèrent en éclats. Les lampes clignotèrent puis s'éteignirent.

Un fourmillement lui parcourut le ventre et un liquide chaud s'écoula le long de ses jambes.

Il fondit en sanglots.

Quelqu'un frappa à la porte et une voix tonna à l'extérieur.

— Ne restez pas là !

Son père ouvrit à la volée.

Oncle Anto était en pyjama, les cheveux hirsutes, des bottes en caoutchouc aux pieds, une lampe torche à la main.

— Venez avec nous !

Sa mère hurla, au bord de l'hystérie.

— Où ?

— À la caserne, à l'hôpital, je ne sais pas, on verra, mais il faut partir d'ici, ils vont nous massacrer.

Une nouvelle explosion se fit entendre, plus lointaine. Le sol trembla.

Son père le posa et s'adressa à sa mère.

— Pars avec lui, j'arrive tout de suite.

Sa mère l'attrapa par la main.

Ils sortirent de la maison et se précipitèrent vers la voiture d'Anto. Le moteur tournait, les phares étaient allumés. Sa femme était assise à l'avant, en pleurs. Une odeur de plastique brûlé lui agressa les narines.

Des gens allaient et venaient dans l'obscurité, des véhicules passaient à toute vitesse dans la rue.

Ils s'engouffrèrent à l'arrière. Son père les rejoignit en courant. Il avait enfilé un pantalon et une veste. Il tenait dans les mains un fusil qu'il n'avait jamais vu auparavant.

La voiture démarra.

Un incendie embrasait le ciel à leur gauche. La silhouette du château d'eau se découpait dans la lumière rougeoyante.

Il se blottit contre sa mère, chercha sa chaleur.

Anto couvrit le bruit du moteur.

— Les chars arrivent par Borovo Selo. Il paraît qu'ils sont des dizaines. Ils seront là dans une heure si on ne les retient pas.

Son père aboya.

— Arrête-toi !

La voiture freina et son père sortit.

— Occupe-toi d'eux, je vous rejoins.

La portière se referma.

Il grelottait, tremblait de tous ses membres, claquait des dents.

— Qu'est-ce qui se passe, *Mama* ?

Elle renifla, lui caressa les cheveux.

— La guerre, *Dušo*. C'est la guerre.

15

Le grand jour

Chaque jour offre ses petits moments de bonheur à qui sait les percevoir et s'en réjouir.

Tel était le credo de Sébastien.

Que ce soient les élans d'amour de sa femme, le rire de ses enfants, le chant matinal des oiseaux ou la satisfaction du devoir accompli, il saisissait toute opportunité pour s'enthousiasmer.

Durant sa jeunesse, il avait parcouru le monde, un sac à dos sur les épaules et quelques billets dans la poche. Depuis, il proclamait à qui voulait l'entendre que la Belgique était un pays de cocagne. Que ceux qui se plaignent à longueur de journée franchissent les frontières pour voir ce qui se passe ailleurs.

Son optimisme inébranlable n'occultait pas son sens des réalités.

Très tôt, il avait été confronté à la problématique des troubles mentaux et à l'assistance aux personnes handicapées. Son frère aîné souffrait de schizophrénie et son père était paraplégique après avoir été victime d'un accident de voiture.

Ce contexte familial difficile l'avait poussé à suivre des études à l'institut d'enseignement de promotion sociale de sa région.

Il y avait obtenu son diplôme d'aide-soignant, puis le visa lui permettant d'exercer en milieu hospitalier.

En septembre 2012, il avait rejoint l'EDS, en tant qu'intérimaire dans un premier temps. Après six mois, on lui avait proposé un contrat d'emploi à durée indéterminée, l'un des plus beaux jours de sa vie.

Passionné par son travail, attentif aux valeurs de la santé et de la liberté, il mettait tout en œuvre pour aider les internés à affronter l'adversité. Il en avait fait sa cause et se dépensait sans compter pour la servir.

Son métier demandait une disponibilité de chaque instant. Bras droit de l'infirmier, son rôle consistait à veiller au bien-être et au confort des malades en leur prodiguant des soins d'hygiène tout en leur assurant un maximum d'autonomie.

Il avait accueilli avec ravissement la mission de référent que lui avait confiée Pauline Derval.

Le cas de Nikola Stankovic le captivait. Cet homme était différent des patients qu'il suivait d'habitude. Malgré son fort caractère introverti, Nikola était *présent*. Il était conscient du temps et de l'espace. Il n'avait pas dans les yeux cette lueur lointaine qui brouillait le regard des autres pensionnaires.

Sébastien n'était ni médecin ni psychiatre, mais il savait d'expérience qu'il n'existait pas d'examens paracliniques capables d'identifier une psychose schizophrénique.

Les troubles mentaux ne se dépistaient pas de la même manière qu'une maladie organique. Il ne suffisait pas de passer une radio pour déceler une quelconque anomalie psychique. Pour asseoir un diagnostic, tout reposait sur des batteries de tests à la fiabilité incertaine assorties d'une bonne dose d'observation.

Concernant Nikola, la neuro-imagerie et l'électro-encéphalogramme n'avaient rien apporté de concluant. Son dossier indiquait qu'il ne fumait pas, ne buvait pas et ne prenait pas de drogues.

Pour éviter un lynchage public, il ne comptait pas annoncer lors de la réunion hebdomadaire que Nikola Stankovic était *présent*. Il lui fallait étayer son ressenti par des faits concrets, ce qu'il s'attachait à recueillir jour après jour.

Depuis qu'il s'occupait de Nikola, il n'avait pas relevé de symptômes négatifs marquants. Son protégé se levait tôt, exécutait quelques postures de yoga, soignait son hygiène corporelle, changeait de linge, rangeait ses affaires.

Sous son apparence chétive, il était tout en nerf et en muscle, à l'égal des marathoniens qui paraissent faméliques lorsqu'ils sont habillés, mais dévoilent un corps athlétique en tenue de sport, les jambes puissantes, les abdominaux saillants.

La télévision et les journaux ne semblaient pas l'intéresser. Dès qu'il avait été autorisé à sortir de sa chambre, il s'était mis à arpenter le couloir, multipliant les allers-retours en rasant les murs.

Il lui arrivait de soliloquer, mais ce n'étaient que de courts épisodes.

Il fuyait la compagnie des autres patients sans manifester la moindre agressivité à leur égard. Le trio habituel de joueurs de cartes l'avait invité à se joindre à eux, mais il avait décliné. Lui-même lui avait proposé une partie de billard, sans succès. Le sortir de son mutisme se révélait laborieux, mais il ne perdait pas courage.

La veille, il était parvenu à lui arracher quelques mots.

— Mine de rien, vous êtes baraqué, Nikola. Vous pratiquez un sport, en dehors du yoga ?

Niko avait grommelé.

— Je n'ai pas de voiture, je n'ai jamais passé mon permis. Je fais tout à pied ou à vélo.

Il s'était animé.

— Bravo. C'est une bonne chose. On passe trop de temps assis. On finit par s'encroûter.

Il s'était frappé sur le ventre avant de poursuivre.

— Surtout quand on aime bien manger. Vous faites de la muscu ? Du jogging ?

— De l'escalade.

— Super. Dans un club ? Dans les Ardennes ?

Le miracle s'était produit, Niko avait esquissé un sourire.

— En ville.

Il avait éclaté de rire, mais s'était bien gardé d'évoquer ses exploits de funambule.

— Bien sûr. Pourquoi faire compliqué quand on peut faire simple ?

Niko s'était aussitôt refermé, comme s'il se sentait coupable de s'être laissé aller.

Ce bref échange l'avait néanmoins mis en confiance. La glace était rompue. Il lui restait à consolider leur relation.

Il entra dans la chambre et adopta une pose triomphale.

— Bonjour, Nikola, le grand jour est arrivé.

Niko était assis contre le mur, entièrement nu, la tête posée sur les genoux.

Il évita toute remarque et indiqua l'armoire.

— Habillez-vous et passez un pull, il fait froid dehors.

L'incompréhension se marqua sur son visage.

— Vous avez bien entendu, Nikola, on va prendre l'air.

Niko se leva et se couvrit le sexe des mains.

— Je suis obligé ? C'est un ordre de la directrice ?

Il secoua la tête.

— C'est un premier pas vers plus de liberté, ne le voyez pas comme une contrainte.

— Je préfère peindre que sortir.

— Je sais, ça viendra. Je suis votre allié, faites preuve de bonne volonté, envoyez-nous des signaux positifs, ça m'aidera à appuyer votre demande.

— D'accord.

Niko se dirigea vers l'armoire et se vêtit à la hâte.

Ils descendirent et débouchèrent dans la cour intérieure.

Deux patients s'y trouvaient.

L'un d'eux, la cinquantaine, fumait une cigarette, assis sur les marches. Il les suivit du regard, l'air absent. Le second, la vingtaine, jouait au ballon contre le mur.

Tous deux étaient internés au rez-de-chaussée, dans le secteur A, le quartier de haute sécurité. Cette section accueillait des patients qui exigeaient une attention particulière. Réputés impulsifs ou dangereux, ils s'étaient montrés inaptes à vivre en communauté et devaient être isolés.

Niko se dirigea vers le centre de la cour, leva la tête vers le ciel et ouvrit les bras. Il prit de grandes respirations, les yeux mi-clos, la bouche béante.

Il pleuvinait, l'eau lui rafraîchissait le visage.

Sébastien observa la scène avec ravissement. Un petit bonheur de plus dans sa journée.

— Alors, Nikola, qu'en dites-vous ?

Niko plissa les yeux et lui adressa un sourire.

À l'extrémité de la cour, l'adolescent shootait avec force contre le mur. Le bruit du rebond résonnait et se répercutait en écho.

Sébastien l'apostropha.

— Calme-toi, Cyril, tu vas bousiller l'enceinte.

Ce dernier s'arrêta et le toisa avec mépris. Le gabarit imposant de Sébastien ne semblait pas l'impressionner.

Il s'empara du ballon et le fit rouler en direction de Niko.

— Toi, le nouveau, renvoie la baballe à papa.

Le ballon s'immobilisa aux pieds de Niko.

Sébastien évalua la situation. Il savait que Cyril était imprévisible. Pour bien faire, il aurait dû vérifier qui était dans la cour et attendre qu'il soit rentré. Il lui restait à gérer la situation.

Le mieux était de réagir de manière naturelle.

Il sourit et encouragea Niko.

— Renvoyez-lui le ballon, il a seulement envie de jouer avec vous.

Niko semblait statufié.

Cyril durcit le ton.

— Tu ne comprends pas le français ?

Niko fixait le ballon, muet, les bras ballants.

Le jeune avança vers lui, le regard mauvais, les poings serrés.

— Tu te fous de ma gueule ?

Sébastien pressentit le danger. Les choses risquaient de s'envenimer.

Il se lança à la rencontre de Cyril, les bras écartés.

— C'est bon, ça suffit, fiche-lui la paix.

L'adolescent attendit qu'il soit à sa portée et lui asséna un violent coup de poing.

Sébastien vacilla, les mains sur le visage.

Niko se rua aussitôt sur l'agresseur, le ceintura et le souleva du sol.

Le deuxième patient se redressa d'un bond et se mit à hurler sans discontinuer.

— Sécurité, sécurité, sécurité !

Cyril se débattait, lançait les bras et les jambes en tous sens sans pourtant parvenir à se libérer de l'étreinte. Déséquilibré par les variations brusques de son adversaire, Niko tournoyait sous la pluie en poussant des gémissements plaintifs.

Cyril se tortillait et crachait des insultes.

— Connard, enculé, je vais te casser la gueule.

Les traits crispés, Niko ne lâchait pas prise.

Trois gardiens firent irruption dans la cour et foncèrent sur les combattants pour les séparer.

Sébastien se releva, le visage en sang.

— C'est bon, les gars, ça va aller, tout le monde va se calmer.

Maintenu par l'un des gardes, Niko le dévisagea et lança un long cri rauque avant de perdre connaissance.

16

Anéantir la planète

Cela faisait trois jours que le petit homme à lunettes venait le tourmenter à intervalles réguliers.

Il en avait assez d'être soumis aux mêmes questions à longueur de temps.

— Vous arrive-t-il d'entendre des sons ou des voix ?

L'épisode du ballon avait semé l'émoi au sein de l'équipe médicale.

Après l'incident, Sébastien avait rentré un rapport relatant sa version des faits. Il avait reconnu avoir commis une erreur en sortant au moment où Cyril se trouvait encore dans la cour. Ce dernier était connu pour son instabilité, même s'il s'était tenu tranquille depuis huit mois.

— Vous arrive-t-il de voir des images ou d'avoir l'impression de vivre des événements comme si vous étiez dans un rêve ?

De son côté, Cyril avait prétendu que le *nouveau* l'avait provoqué, ce que le deuxième patient avait confirmé. Pour ajouter à la confusion, les hommes de la sécurité avaient déclaré qu'il s'était jeté sur Cyril quand ils avaient fait irruption dans la cour.

— Avez-vous des sensations de brûlure ou de fourmillement dans certains membres ?

Depuis, il était à nouveau confiné dans sa chambre et ne pouvait en sortir que pour prendre ses repas et rencontrer ce psy.

— Avez-vous l'impression d'être menacé ?

Le silence était son allié.

— Pensez-vous courir un quelconque danger ?

De temps à autre, il haussait les épaules ou secouait la tête pour donner le change.

L'homme continuait à le harceler.

— Avez-vous le sentiment qu'un phénomène ou une force venant d'ailleurs dicte vos actes ou vous oblige de revivre certaines scènes ?

Il en avait assez.

Il maugréa.

— Quelqu'un m'a dit de ne pas toucher à ce ballon.

Le petit homme s'anima comme un pêcheur dont la ligne frémit.

— Qui est ce quelqu'un ?

— Je ne sais pas.

— Que vous a-t-il dit ?

— De ne pas toucher au ballon.

— Pourquoi ?

— Parce que si j'y touchais, il allait exploser et anéantir la planète.

L'homme nota avec fébrilité, l'air absorbé.

— Cela vous arrive souvent ?

— Tout le temps.

L'homme ôta ses lunettes et le fixa dans les yeux.

— Pourquoi ne pas nous l'avoir dit plus tôt ?

Il haussa les épaules.

— Je ne sais pas.

L'homme revint à la charge.

— Ce quelqu'un vous a-t-il également suggéré d'agresser Ivanka Jankovic ?

Il sentit son estomac se nouer. Un goût de bile lui emplit la bouche. Ses mains se mirent à trembler.

Il bredouilla.

— Ivanka, c'est pas moi.

Il revit le corps dénudé d'Ivanka allongé sur le sol.

Le sang, le sang partout.

Des larmes embuèrent sa vision.

Pardon, petite sœur.

17

Deux étoiles à huit branches

Son assistante passa la tête par la porte du bureau.

— Excusez-moi, mais j'ai à nouveau ce monsieur au téléphone. C'est la troisième fois qu'il appelle. Il insiste pour vous parler personnellement. Il n'a pas voulu me donner son nom ni me dire de quoi il s'agit.

Philippe Larivière écrasa sa cigarette et soupira.

— C'est bon, je vais le prendre.

Il décrocha le téléphone.

— Philippe Larivière.

— Bonjour, monsieur, je m'excuse beaucoup de vous déranger.

L'homme s'exprimait avec un fort accent étranger.

— Je vous écoute.

— Voilà. Je me trompe peut-être, mais c'est aussi possible que ce que j'ai à vous dire va vous intéresser. Je suis commerçant, j'ai 55 ans, j'habite à Charleroi et c'est mon fils qui vit avec moi. Il est peintre en bâtiment et travaille pour une entreprise générale à Bruxelles. La semaine passée, il a dû repeindre l'homme sur le mur avec le couteau près du canal.

Malgré la formulation alambiquée, il situa le contexte.

Il fit appel à sa réserve habituelle, ne sachant qui était son interlocuteur.

— En quoi cela me concerne-t-il ?

L'homme semblait mal à l'aise.

— J'ai lu dans le journal que c'est vous l'avocat de celui qui a fait ce tableau.

La prudence lui parut de mise.

— Pardonnez-moi de vous contredire, monsieur. Je sais que la presse a diffusé un communiqué en ce sens, mais à ce jour, rien n'atteste que mon client est l'auteur de cette fresque.

Il niait l'évidence, tout le monde savait que le Funambule et Nikola Stankovic ne faisaient qu'un, mais tel était son rôle.

L'homme bafouilla.

— Alors, je m'excuse beaucoup.

Il relança.

— Où voulez-vous en venir, monsieur ? Peut-être pourrais-je vous renseigner.

— Oui, peut-être. Voilà, en repeignant le mur, quand il avait presque fini, mon fils a remarqué un dessin sur la main de l'homme qui tient le couteau.

L'information éveilla son intérêt.

— Quel genre de dessin ?

— C'est en tout petit, on ne peut vraiment le voir que si on est tout près. Mon fils a fait une photo avant de terminer le travail.

Quelque chose ne cadrait pas.

Pourquoi cet homme l'appelait-il, lui ?

— Puis-je vous demander si votre fils en a parlé à la police ?

— Non, monsieur, nous n'en avons pas parlé. Je lui ai dit de ne pas le faire.

— Pourrais-je savoir pour quelle raison ?

L'homme s'anima.

— Voilà. Nous avons accueilli des migrants de notre pays chez nous. Ces gens étaient abandonnés. Nous avons fait notre devoir de citoyen. La police est venue perquisitionner dans notre maison et nous avons été traités comme des criminels.

La colère vibrait dans sa voix.

L'argument était plausible. Cet homme n'était pas le seul à avoir connu cette situation. À sa manière, il prenait une revanche indirecte sur les forces de l'ordre.

— Je suis désolé de l'apprendre, monsieur. Qu'attendez-vous de moi ?

— Je peux vous envoyer la photo du dessin, si vous voulez. À part son collègue, personne ne l'a vue. Et son collègue a dit qu'il s'en fiche. Alors, voilà, avec mon fils, je me suis dit que peut-être ça peut vous intéresser.

Il se détendit, mit de la chaleur dans sa voix.

— Bien sûr, monsieur, avec grand plaisir. Je ne sais pas si cela peut m'être utile, comme je vous l'ai dit, mais je vous remercie.

— Je vais demander à mon fils de vous l'envoyer avec son ordinateur, je ne sais pas comment ça marche.

— C'est parfait. Vous avez de quoi noter ? Je vous donne mon adresse de messagerie.

Il lui communiqua ses coordonnées, ce qui prit un certain temps.

La démarche accomplie, il le remercia une nouvelle fois et raccrocha.

Le mail arriva dans la foulée.

Il vérifia le nom de l'expéditeur et passa la pièce jointe à l'antivirus.

Courrier légitime.

Il ouvrit le fichier et examina l'image.

Par précaution, il rechercha une photo de la fresque sur Internet, en choisit une en bonne résolution et l'agrandit pour s'assurer que le cliché pris par le fils de son interlocuteur correspondait à la peinture du boulevard Barthélemy.

Sauf photomontage, cela concordait.

Il se pencha sur la photo.

L'homme disait vrai. Il était impossible de discerner le détail de loin.

Deux minuscules étoiles à huit branches étaient dessinées sur la main de l'agresseur, une sur la deuxième phalange, l'autre sur la troisième. Elles ne devaient pas mesurer plus de cinq centimètres et avaient probablement été exécutées au marqueur rouge.

Il resta pensif et retourna sur Internet.

La fresque avait été réalisée le 21 janvier 2017, soit quatorze mois avant le meurtre d'Ivanka Jankovic.

Selon ses dires, Niko avait rencontré Ivanka Jankovic lors d'un vernissage, mais il n'avait jamais précisé la date.

Cette obstination aveugle à taire la moindre information avait été à la base d'une de leurs prises de bec.

— Voyons, monsieur Stankovic, soyons sérieux deux minutes. Je suis votre avocat, je suis chargé de vous défendre. Comment voulez-vous que je fasse mon travail si vous me cachez tout, même les choses les plus insignifiantes ?

Niko avait croisé les bras, l'air buté.

— Alors, arrêtez de me défendre.

Il s'était emporté et avait frappé sur la table.

— Maintenant, ça suffit ! J'en ai marre de vous entendre répéter les mêmes phrases ! C'est pas moi, je sais pas, je ne me souviens pas, je peux rien dire. Si vous voulez changer d'avocat, faites-le ! Je lui souhaite bonne chance.

Sur ce, il avait quitté le parloir en claquant la porte.

Il savait que ce genre de mise au point était souvent salutaire et permettait de repartir sur de nouvelles bases, mais il craignait d'avoir été trop loin.

Il n'en avait pas dormi de la nuit.

Le lendemain matin, Niko l'avait appelé.

— Je m'excuse, je veux que vous restiez mon avocat.

Il ne lui en avait pas dit plus pour autant.

Quoi qu'il en soit, rien ne semblait relier la fresque exécutée en janvier 2017 au meurtre commis en mars 2018.

Cela dit, il avait appris à connaître Niko, sa sensibilité, ses silences, ses tourments intérieurs, son sens du détail. S'il avait peint ces étoiles sur la main de l'agresseur, ce n'était pas sans raison.

Depuis le début, il était persuadé qu'un événement majeur était survenu dans la vie de Niko et l'avait incité à réaliser ces fresques sur les murs bruxellois. Le pénis, la scène de pénétration, l'égorgement, l'homme pendu par les pieds, tout était lié.

Ces étoiles faisaient à coup sûr partie de l'énigme et en étaient peut-être l'un des fils conducteurs.

18

La route de Trpinja

Anto les avait déposés au centre et était resté au volant, l'air hésitant.

Après un moment, il avait dit qu'il s'inquiétait pour leur chat. Il ne l'avait pas trouvé au moment de partir. Il devait y retourner.

Avant que sa femme réagisse, il avait redémarré.

La gare était en feu. Les reflets de l'incendie illuminaient la place. Les gens couraient en tous sens. Leurs ombres démesurées dansaient sur les façades.

Ils se tenaient tous trois sur le trottoir, collés l'un à l'autre, ne sachant quelle direction prendre.

Des larmes lui brouillaient la vue.

Il saisit la main de sa mère et s'y accrocha avec force.

Ils parcoururent la rue Nazora, passèrent de maison en maison.

Ses jambes lui faisaient mal.

Les caves étaient bondées. Ils croisèrent une femme qui poussait un vieux landau chargé de victuailles. Elle tenta de couvrir le bruit et leur cria qu'ils trouveraient refuge dans un des immeubles qui bordaient l'avenue Andrića.

Une explosion secoua le quartier.

Ils traversèrent à la hâte le terre-plein et descendirent au sous-sol du premier bâtiment dans lequel une trentaine de personnes se tenaient dans la pénombre. Quelques bougies éclairaient leurs visages. Il vit des femmes, des enfants, des vieillards, peu d'hommes.

Il pensa à son père et éprouva l'angoisse.

Ils s'assirent à même le sol. Une forte odeur de transpiration et d'urine prenait à la gorge. Il faisait frais, les murs suintaient d'humidité.

Une radio était allumée. Les gens passaient d'une station à l'autre et commentaient les informations à mi-voix. On disait que Vukovar tomberait dans les prochaines heures, que l'ambition du maître de Belgrade et son rêve d'une Grande Serbie prenait forme.

Encore une affaire politique.

Il ne comprenait pas ce que cela voulait dire. Plus d'une fois, il avait vu le président Tudjman à la télévision, un homme calme, intelligent, qui parlait bien. Les hommes politiques ne sont pas des assassins. Ils allaient trouver une solution.

Les bombardements reprirent avec force.

L'immeuble vibrait à chaque détonation. Des craquements secs et des bruits de vitres brisées résonnaient dans le vide.

Il se réfugia dans les bras de sa mère et se boucha les oreilles.

De temps à autre, quelqu'un faisait irruption dans l'abri et lançait des nouvelles.

Tous les accès à Vukovar étaient bloqués. L'hôpital avait été touché, les salles d'opération étaient en partie détruites. Le personnel et les patients étaient retranchés dans les caves. Les médecins soignaient les blessés à même le sol, éclairés par de simples lampes de poche.

Il pensa à Janko.

Janko qui savait tout. Janko qui avait eu raison. Il l'imagina avec ses sœurs, en sécurité dans une paisible ville d'Allemagne.

Les bombardements se poursuivirent durant toute la nuit.

Le lendemain, vers midi, il y eut une accalmie.

Une femme se leva et harangua le groupe.

— Nous n'allons pas attendre de mourir dans cette cave. Nous devons trouver de l'eau, de la nourriture, préparer à manger, voir où sont nos hommes.

Les gens lui obéirent.

Tous se dirigèrent vers la sortie.

Il serra sa mère de près. La lumière du jour l'aveugla. L'air était glacé. Une fine pluie tombait. Le vent charriait une odeur de poussière et de roussi.

Des tirs de mitrailleuse crépitaient au loin.

La ville lui parut étrangère.

Il chercha ses repères, mais ne reconnaissait pas le quartier ni les bâtiments. Le spectacle était cauchemardesque. L'avenue était jonchée de briques, de déchets, de morceaux de verre, de voitures calcinées.

Une forme était allongée sur le trottoir, à côté d'un vélo tordu comme un simple fil de fer.

Sa mère lui masqua la vue et le guida vers l'église, suivie par la femme d'Anto et une dizaine de personnes.

Une épaisse fumée barrait la voie.

Un homme en tenue de soldat émergea des décombres en titubant, les épaules recouvertes d'un drapeau croate. Il était trempé de sueur et avait le visage noirci. Il tenait un fusil à lunette dans une main, une bouteille d'alcool dans l'autre.

Il s'approcha du petit groupe.

— Ils ont essayé de rentrer avec leurs chars. Nous en avons détruit cinq et capturé un.

Il grimaça.

— Ils ne s'attendaient pas à ça. Ils ont reculé. Il y a des morts, beaucoup de morts. Des deux côtés.

Il revit son père nu dans la chambre, le visage meurtri d'Anto.

Une femme s'avança.

— Il est possible de quitter Vukovar ?

L'homme but une rasade d'alcool.

— Tôt ce matin, un bus a tenté de passer par la route de Trpinja. Il transportait une cinquantaine de personnes. Des femmes, des enfants.

Il secoua la tête.

— Nos enfants.

Les gens le dévisagèrent, remplis d'effroi.

Il avala une nouvelle gorgée, rebroussa chemin et disparut dans la brume.

19

Plus que ses silences

Assis en arc de cercle autour du bureau, le quatuor attendait que Pauline Derval termine la lecture d'une pièce administrative.

Elle connaissait le document sur le bout des doigts, mais prenait soin de parcourir chaque ligne avant d'apposer sa signature en bas de page.

Une façon comme une autre de ménager ses effets.

À des fins stratégiques, elle avait évité d'aborder le sujet lors de la réunion et avait convoqué les trois hommes à l'issue de celle-ci.

Étaient présents Serge Marchand, le chef psychiatre, Luc Geens, l'assistant social et Sébastien Servais, l'aide-soignant. La quatrième participante était Cristina Rodriguez, la responsable des Ressources humaines, conviée à titre de témoin neutre.

Cristina était un petit bout de femme énergique et capable. Du moins quand elle n'était pas retranchée dans son moi profond, le regard dans le vide, à l'écoute de sa voix intérieure.

Une thermos de café, des tasses et un paquet de biscuits avaient été préparés sur un plateau, mais personne n'aurait osé se servir sans son assentiment.

Elle posa son stylo et leva la tête.

— Nous sommes le 17 décembre. Nikola Stankovic est chez nous depuis quatre semaines.

Le téléphone se manifesta.

Elle attendit avec stoïcisme que la sonnerie s'interrompe.

Le silence rétabli, elle poursuivit.

— Je ne tiens pas à ce que ce monsieur mobilise un de nos lits plus longtemps que nécessaire. Vous êtes tous trois proches de lui, j'aimerais connaître votre position à ce jour. Selon vous, est-il conscient de ses actes ? Je ne vous demande pas quel était son état d'esprit quand il a commis les faits. Je veux savoir s'il est capable aujourd'hui de focaliser ses perceptions vers un stimulus interne ou externe, s'il est capable de concentrer son attention sur ses propres pensées et s'il est capable de se repérer dans les quatre sphères que sont le lieu, le temps, les personnes et le contexte. À toutes fins utiles, épargnez-moi les nuances philosophiques qui différencient conscience et responsabilité.

Le psychiatre manifesta son étonnement.

— Tu me surprends, Pauline. Tu commences par où tu nous demandes d'habitude de conclure.

Les autres participants se tinrent cois.

Ce qu'ils redoutaient était en passe de se produire, la réunion allait virer à l'affrontement.

Le personnel au grand complet connaissait l'antagonisme persistant qui opposait Pauline Derval et Serge Marchand.

Tous deux avaient suivi leurs études dans le même établissement. Marchand était entré à l'EDS quelques mois avant elle. Comme ils recherchaient un psychiatre supplémentaire pour le seconder, il l'avait contactée et lui avait mis le pied à l'étrier.

Les choses s'étaient bien passées jusqu'au jour où le directeur général de l'époque était arrivé en fin de carrière. Serge Marchand était persuadé que la fonction allait lui revenir, mais au final, Pauline Derval avait été choisie. Il ne s'était jamais remis de cette blessure d'orgueil.

Elle ignora le sarcasme.

— À ma question, vous avez deux réponses possibles : petit *a*, selon moi, Nikola Stankovic est conscient de ses actes ou petit *b*, selon moi, Nikola Stankovic n'est pas conscient de ses actes. Je pense que c'est clair.

Elle interpella l'assistant social.

— Vous ?

Elle connaissait le personnage.

Froussard et pleurnicheur.

Il dévorait les romans de Gilles Legardinier et écoutait Radio Nostalgie. Il allait bredouiller qu'il ne pouvait pas se prononcer.

L'homme se tortilla sur sa chaise.

— J'ai bien compris, madame, mais je ne dispose pas d'assez d'éléments me permettant de prendre position. De plus, il n'a reçu aucune visite et je n'ai rencontré personne de son entourage, entourage qui semble par ailleurs inexistant.

Elle acquiesça.

Un jour ou l'autre, il faudrait qu'elle s'occupe de lui. Il ferait du meilleur boulot dans un mouroir.

Pour la forme, elle insista.

— Je ne vous demande pas d'argumenter, mais de me livrer le fond de votre pensée.

— Je suis désolé, je ne suis pas en mesure de trancher.

— Bien.

Elle fixa Sébastien, l'aide-soignant.

L'homme était toujours de bonne composition, faisait preuve de conscience professionnelle et était apprécié des patients. Et d'elle-même. Un type fiable.

— Vous ?

Il réagit au quart de tour.

— D'après moi, il est conscient de ses actes.

— Bien.

Le psychiatre leva les yeux au ciel, geste qui n'échappa à personne.

Elle apostropha ce dernier.

— À toi.

Il ôta ses lunettes et la considéra d'un air las.

— Mon avis est aussi clair que ta question. Nikola Stankovic n'est pas conscient de ses actes. Sur ce point, je suis catégorique. Ma conviction s'appuie sur de nombreux faits et constatations.

Elle récapitula mentalement.

Un je ne sais pas, un oui, un non.

Les pions étaient en place, elle pouvait lancer l'offensive.

— Tu es catégorique ? Je m'en réjouis. Nous allons pouvoir clore le dossier. Exception faite que j'ai lu ton premier rapport. Dans son état actuel, il ressemble comme deux gouttes d'eau à ceux de tes confrères mandatés par la juge d'instruction et l'avocat de la défense. Ils ne sont pourtant pas arrivés à la même conclusion que toi.

Il rétorqua du tac au tac.

— À la différence que mes confrères n'ont vu Stankovic que durant quelques heures et que je le côtoie depuis quatre semaines.

— Dans ce cas, parlons de ce qui s'est produit durant ces quatre semaines. Depuis combien de temps es-tu ici ?

La question le déconcerta.

— Je ne vois pas le rapport.

— J'y viens. Vingt-six ans. Durant ces vingt-six années, combien d'incidents avec agression de personnes as-tu connus ?

— Je ne sais pas, quelques-uns. Excuse-moi, je n'ai pas consulté les statistiques avant de venir.

Elle balaya l'argument d'un revers de la main.

— En cas d'agression, que font les internés présents ?

Il marqua des signes de nervosité.

— Les réactions sont diverses. Il n'y a pas de règles. Cela dépend des circonstances et de la pathologie du témoin. Où veux-tu en venir ?

La discussion dégénérerait en conflit ouvert.

Cristina Rodriguez choisit de ne pas s'en mêler. Elle avait beaucoup de respect pour Pauline Derval et la voir rabrouer ce nabot arrogant n'était pas pour lui déplaire.

Derval poursuivit d'un ton entendu.

— En effet, il n'y a pas de règles. Certains crient, jouent du tam-tam sur leur crâne ou s'enfuient, d'autres regardent sans broncher, rigolent ou se mettent à pleurer.

Il rectifia son nœud de cravate.

— Intéressant. Ensuite ?

— En vingt-six ans de pratique, combien de fois as-tu vu un interné s'interposer et prendre parti pour la personne agressée ?

Elle anticipa sa réponse.

— Jamais.

Il soupira.

— Et ?

— Et ? Nikola Stankovic l'a fait.

Sébastien esquissa un sourire.

Marchand prit l'air blasé.

— Et alors ? Qu'en déduis-tu ?

— Un, qu'à ce moment précis, Nikola Stankovic a agi en toute connaissance de cause. Deux, que sa réaction a été dictée par une hiérarchisation implicite de valeurs sociales et personnelles. Trois, qu'il a mesuré de manière objective le risque qu'il encourait. Quatre, qu'il a choisi d'intervenir de façon défensive et non offensive. Cinq, qu'il conçoit par conséquent la notion de bien et de mal. Autant d'éléments que tu trouveras rarement réunis chez un sujet dont les facultés de discernement sont oblitérées.

Le praticien poussa un soupir d'exaspération.

— Le contenu des entretiens que j'ai eus avec lui contredit ton analyse superficielle. En ce qui te concerne, combien de fois l'as-tu rencontré ?

Terrain miné.

Elle éluda la question.

— Concernant le discours du patient, ton rapport mentionne d'une part la présence de persévérations verbales, d'écholalie et de dysprosodie. De l'autre, il indique que la majorité des réponses du patient consiste en un silence ou un haussement d'épaules. Qu'en tirer ? Il parle ou il ne parle pas ?

Il s'emporta, se leva et bouscula sa chaise.

— Tu prends des raccourcis simplistes. Qu'en est-il de sa déclaration concernant le mobile qui l'a poussé à refuser de renvoyer le ballon ? Une explosion capable d'anéantir la planète. Tu trouves que ce sont des propos cohérents ?

Elle n'en crut pas ses oreilles.

Cet abruti ne s'était pas rendu compte que Stankovic se fichait de lui. Sur les centaines de questions qu'il lui avait posées, il ne revenait que sur la réponse qui l'arrangeait pour confirmer ses présomptions.

L'Homme ne voit que ce qu'il veut voir et n'entend que ce qu'il veut entendre.

S'il s'était donné la peine de lire le dossier, il aurait vu que Stankovic avait été victime d'une agression dans des circonstances approchantes à Nivelles.

Mais pour ça, il faut se bouger le cul et se remettre en question.

L'EDS avait besoin de sang neuf. De jeunes psys, motivés, formés aux méthodes modernes.

Que ce *has been* débarrasse le plancher. Qu'il aille rédiger des articles dans les magazines féminins ou proposer des séances de méditation aux cadres stressés.

Elle se retint d'exploser et se leva à son tour.

— Résumons. À ce jour, nous avons un élément troublant au milieu d'un océan de silence et d'une marée de haussements d'épaules. À ce rythme, nous serons au même point dans un mois. Si nous ne voulons pas commettre d'erreur et prendre la bonne décision, nous devons en savoir plus sur Nikola Stankovic. Pour cela, il faut qu'il s'exprime.

Le psy ricana.

— Et bien sûr, tu as la solution.

Elle reprit sur le même ton.

— Et bien sûr, j'ai une suggestion.

Pour ne pas dire un ordre.

— Je suis tout ouïe, chère Pauline.

Elle balaya l'assemblée.

— Dès à présent, vous le laisserez sortir de sa chambre. Y compris dans la cour, avec accompagnement.

Elle s'adressa à l'assistant social.

— Vous, fournissez-lui des blocs de papier et des crayons de couleur. Ses dessins nous en apprendront plus que ses silences.

Piqué au vif, Marchand ne put s'empêcher de railler.

— Il y a trois semaines, tu nous as ordonné exactement le contraire.

Elle le foudroya du regard.

— Je sais. Seuls les imbéciles ne changent jamais d'avis.

20

Merci

L'assistant social lui sourit.

— Ce n'est pas tout, Nikola. Vous pouvez dès à présent sortir de votre chambre. Si vous souhaitez aller dans la cour, faites appel à Sébastien ou à moi-même s'il est occupé. Nous prendrons les précautions nécessaires avant de descendre. Vous ne risquerez rien.

Il ne saisit pas le sens des mots, hypnotisé par les objets posés sur le lit.

Il s'empara du bloc de papier, palpa une des feuilles, en éprouva la texture et le grain. Il attrapa ensuite la boîte métallique et l'ausculta en la retournant en tous sens.

Il souleva le couvercle et contempla la rangée de crayons agencés par couleurs.

Les bleus, les verts, les jaunes, les rouges, les bruns, le noir.

Il les porta à ses narines, ferma les yeux et inspira profondément.

L'odeur du bois de cèdre et du kaolin le projeta dans son enfance.

Il se revit, assis dans la cuisine, testant les nuances d'un trait grossier. À l'époque, il tentait de reproduire les personnages de ses bandes dessinées préférées. Le résultat était mitigé. Les nez étaient trop gros et les corps mal proportionnés.

Il revit son père, tournant autour de lui, approuvant ses caricatures d'un signe du menton.

Il sentit la main de sa mère lui parcourir les cheveux.

Il rouvrit les yeux, ému aux larmes.

— Merci.

21

Le moindre indice

— Bonjour, Philippe, vous avez dix minutes à me consacrer ?

— Bien sûr, Joséphine.

Sa disponibilité était limitée, mais il avait toujours privilégié la convivialité.

Les dossiers s'accumulaient sur son bureau. Il travaillait quatorze heures par jour et n'en voyait pas le bout. Malgré cette surcharge, il s'interdisait de sous-traiter une affaire à ses collaborateurs.

D'une part, ils étaient tout aussi débordés que lui, de l'autre, ses clients comptaient sur lui et il tenait à se montrer digne de leur confiance.

La jeune femme lissa sa jupe et entra dans la pièce.

— J'ai commencé les recherches et j'ai quelques pistes, mais je ne suis pas persuadée qu'elles nous mènent quelque part.

Il remit de l'ordre dans ses pensées.

— Les recherches ? Ah oui, les recherches.

Les principes de procédure pénale belge n'autorisent pas la défense à faire appel au service d'un enquêteur privé, comme on le voit dans les séries américaines. Il appartient au juge d'instruction de diriger l'enquête, tant à charge qu'à décharge.

Au mieux, la défense peut lui suggérer de procéder à certains actes, mais elle ne peut en aucun cas se substituer aux services de police.

Il poussa un soupir résigné.

— Même si vous n'avez que quelques pistes, au point où j'en suis, le moindre indice m'intéresse.

Il était néanmoins permis de mener certaines recherches dans le but de rajouter des pièces au dossier, pour autant que les moyens mis en œuvre soient légaux.

À toutes fins utiles, il avait rappelé cette prescription à Joséphine avant de la charger de l'énigme.

Elle s'assit et ouvrit une chemise cartonnée.

— La plupart des infos proviennent d'Internet. Je me suis aussi procuré un bouquin à la bibliothèque. Rassurez-vous, pas de vol avec effraction ni exploration de poubelles.

Il sourit.

— Pas d'interrogatoires musclés ?

— Seulement avec la photocopieuse.

Il fut tenté d'allumer une cigarette, mais s'abstint.

— Dans ce cas, je vous écoute.

La jeune femme entamait sa dernière année de stage au sein du cabinet après avoir terminé ses études de droit. Elle avait d'emblée accepté la mission, ravie de quitter son train-train quotidien. Curieuse, débrouillarde, elle avait prouvé sa valeur en rédigeant d'excellents articles pour les revues spécialisées.

Elle s'empara d'un feuillet.

— Les premières étoiles à huit branches sont apparues en Mésopotamie, dans la civilisation babylonienne où elles incarnent le symbole de la princesse Ishtar.

Il haussa les sourcils.

— On n'est pas sortis de l'auberge.

Elle grimaça.

— Et ça ne fait que commencer.

— Soit. Continuez.

— Chez les Indiens du Canada, elle représente le soleil rayonnant dans toutes les directions. Elle est présente aussi dans le tarot, arcane 17, c'est une carte positive, qui apporte bonheur et sagesse.

Il soupira.

— À propos de bonheur et sagesse, ça vous dérange si je fume ?

Elle sourit.

— Pas du tout, surtout si vous m'en offrez une ?

— À la bonne heure, une femme compréhensive.

Il lui tendit le paquet.

— Au prix où elles sont, vous comprendrez que je retirerai cela de vos émoluments ?

Elle prit un air de connivence.

— Bien entendu. Je compatis.

Il souffla la fumée vers le plafond.

— Ensuite ?

— Dans la symbolique chrétienne, l'étoile qui guide les rois mages vers Bethléem comporte souvent huit branches. Elle représente également le Christ glorieux et ressuscité.

— Palpitant.

— Je pourrais aussi vous parler du sceau de Mechilzedek, présent dix mille fois dans le temple mormon de San Diego, mais je pense avoir déniché quelque chose de plus intéressant au vu du contexte.

— Vous aimez entretenir le suspense.

— Vous m'avez dit que c'était une clé du succès dans le métier.

— Ce n'est pas faux.

— Je continue. Le fait qu'il y ait deux étoiles m'a guidée vers une piste plus terre à terre. Jusqu'à la fin des années 80 en effet, on trouvait ces étoiles à huit branches tatouées sur les épaules des criminels incarcérés dans les instituts pénitenciers soviétiques. Les prisonniers étaient souvent tatoués de la tête aux pieds et chaque tatouage avait sa signification. Une dague dans la nuque voulait dire que le détenu avait tué quelqu'un en prison et était prêt à recommencer moyennant finance. Une femme nue qui brûle sur une croix symbolisait une accusation pour un homicide commis sur une femme. La quantité de bûches correspondait au nombre d'années de peine. Et ainsi de suite.

Il était intrigué.

— J'ignorais cette anecdote. Comment faisaient-ils pour se tatouer ?

— L'instrument de prédilection était un rasoir électrique adapté auquel ils accrochaient des aiguilles et une fiole de teinture liquide, souvent du caoutchouc fondu mélangé à de l'urine, d'où le risque de gangrène et de tétanos.

— Sympa. Et nos étoiles ?

— Selon la règle, un grand criminel ne devait pas avoir de nombreux tatouages, seulement une paire d'étoiles à huit branches sur les clavicules.

Il resta songeur.

Rien ne disait que cela avait un quelconque rapport avec les dessins de Niko, mais la question méritait d'être approfondie.

Il jeta un coup d'œil au calendrier.

Niko était interné depuis un mois. Il s'était engagé à lui rendre visite, mais n'avait pas encore honoré sa promesse et s'en voulait.

Il aurait pu évoquer le manque de temps pour se disculper, mais le manque de temps est une fausse excuse. On ne gère pas son temps, on gère ses priorités.

Et Niko en était une.

— Merci, Joséphine. Je vais tenter d'en savoir plus.

22

Un vieux clou rouillé

Les bombardements intensifs du premier jour avaient fait place à des tirs d'artillerie irréguliers.

Pendant les courts moments d'accalmie, les gens sortaient du sous-sol. Ceux qui habitaient l'immeuble remontaient aux étages pour évaluer les dégâts, se laver et récupérer de l'eau ou des vivres.

Les autres traversaient la rue, se mettaient à courir ou enfourchaient leurs vélos. Les plus éloignés sautaient dans leurs voitures et regagnaient leurs maisons pour rapporter des objets de première nécessité.

Et puis, les sirènes reprenaient.

Il n'avait pas vu la couleur du ciel depuis plus d'une semaine.

Sa mère lui avait ordonné de rester dans la cave avec elle. Il la regardait s'affairer et organiser la vie dans l'abri.

Des cuisinières, des casseroles, des tables, des chaises et des matelas avaient été descendus. Les femmes étaient parvenues à se raccorder au gaz et à rétablir l'électricité dans certaines zones. Un frigo ronronnait dans un coin. De la musique classique jouait en sourdine.

Peu à peu, les occupants avaient repris certaines activités. Ils parlaient, mangeaient, buvaient, lisaient, écoutaient la radio, disputaient des parties d'échecs. Les enfants de son âge jouaient aux cartes à même le sol, mais il ne s'était pas mêlé à eux.

Malgré la fatigue, il n'arrivait pas à dormir.

De temps à autre, il sommeillait à demi, serré contre le corps de sa mère. Elle lui passait une main dans les cheveux, lui caressait la joue, récitait une comptine ou fredonnait une berceuse.

Son père avait réapparu le troisième jour, affaibli, le visage méconnaissable, les vêtements chargés d'une odeur de soufre.

Dès qu'il l'avait vu, il s'était rué dans ses bras et avait fondu en larmes. Sa mère les avait tous deux enlacés. Ils étaient restés de longues minutes blottis l'un contre l'autre, les jambes tremblantes, se raccrochant à une sensation qui leur paraissait lointaine.

Avant de sombrer dans un sommeil comateux, son père leur avait donné quelques nouvelles sans vouloir se montrer trop alarmiste.

La majorité des civils serbes avait quitté la ville. Certains avec un pincement au cœur, d'autres sans se retourner. Un deuxième front s'était ouvert sur Mitnica, mais ils avaient repoussé les assauts. Des familles croates avaient réussi à s'enfuir par la route ou le fleuve sur des bateaux de fortune.

Vukovar était à présent encerclée, mais il existait des points de passage entre les lignes serbes. Grâce à cela, ils étaient approvisionnés en vivres, munitions et matériel de soins. Pas en suffisance, mais assez pour poursuivre le combat.

Ils avaient muré les fenêtres de plusieurs bâtiments et l'hôpital continuait de fonctionner.

Ils n'en avaient pas appris plus ce jour-là.

Le soir, des résistants débarquaient dans la cave. Ils embrassaient leurs femmes et leurs enfants, s'allongeaient, tout habillés. Deux ou trois heures plus tard, ils se levaient d'un bond, avalaient du café ou une rasade d'alcool et repartaient au combat.

Certains ne revenaient pas le soir suivant.

Un matin, il avait pu remonter pour respirer l'air frais à pleins poumons.

Au loin, des avions serbes survolaient la ville.

Ils tournoyaient autour de Vukovar comme des rapaces à la recherche d'une proie. Après avoir lâché leurs bombes, ils disparaissaient et d'autres prenaient la relève. Son père leur avait dit que le jour précédent, l'un des appareils avait été abattu.

Le samedi, les Serbes avaient observé une trêve.

Les habitants étaient sortis des caves et s'étaient regroupés sur le trottoir. Les langues avaient commencé à se délier. Certains étaient parvenus à plaisanter.

Alors qu'ils échafaudaient des scénarios optimistes pour expliquer cette pause inattendue, un gros 4x4 blanc avait remonté l'avenue en slalomant entre les débris. Des sigles TV étaient peints sur les portières, le capot, le pare-brise et le toit.

Le tout-terrain s'était arrêté à leur hauteur.

Cinq hommes avaient surgi, armés de caméras et d'appareils photographiques.

Sans un regard pour eux, ils s'étaient éparpillés en tous sens et s'étaient mis à mitrailler les ruines sans retenue.

À intervalles réguliers, ils changeaient de bobine et continuaient à prendre des photos comme si leur vie en dépendait.

L'un d'eux s'était approché avec indifférence et les avait interpellés en mauvais anglais.

— Est-ce qu'il y a des corps ?

Une femme avait indiqué une maison. Il s'était rué dans la direction.

Quand il était revenu, le visage blême, son macabre travail terminé, un vieil homme l'avait interrogé sur la situation vue de l'extérieur.

Le reporter avait répondu à contrecœur, comme s'il était pressé de s'en aller.

Vukovar aurait dû tomber en deux jours. Seul un miracle expliquait qu'ils tenaient encore. Les Croates se battaient à un contre vingt. Ils avaient détruit des dizaines de chars et infligé de lourdes pertes aux assaillants. Des milices serbes avaient tenté d'infiltrer certains quartiers, mais les résistants avaient placé des tireurs – le journaliste avait utilisé un mot anglais qu'il ne connaissait pas – à tous les endroits stratégiques.

Une femme lui avait ensuite demandé ce qui se passait dans le monde. Qu'attendaient l'Allemagne, la France, l'Europe, le monde pour réagir ?

L'homme avait hoché la tête avec fatalisme.

Une conférence pour la paix était prévue les prochains jours dans une ville des Pays-Bas. On disait que les présidents croate et serbe allaient se rencontrer pour trouver une solution. Il espérait que cela aboutirait à quelque chose, mais n'y croyait pas trop.

Une heure plus tard, les tirs avaient repris.

Il était retourné dans la cave et s'était tapi dans un coin, ébranlé par ce qu'il venait d'entendre.

Les larmes aux yeux, le cœur meurtri, il avait ramassé un vieux clou rouillé et avait commencé à griffonner sur le mur.

23

Guernica

Pauline Derval lança un regard désabusé à l'homme endormi dans le lit, les cheveux en broussaille, la bouche entrouverte, la respiration laborieuse.

Il avait ronflé une bonne partie de la nuit, inspirant par le nez en émettant des grognements, expirant comme un ballon qui se dégonfle, le corps agité de soubresauts.

Impossible de fermer l'œil.

On aurait cru qu'on déplaçait une vieille armoire dans la chambre.

Elle s'en voulait de l'avoir ramené chez elle.

Sans l'abus de champagne et l'impérieux désir charnel, elle aurait pressenti le désastre. Le plumage et le ramage du bonhomme l'avaient séduite, mais la performance sexuelle avait été à mille lieues de la bande-annonce.

Les préliminaires, ou plutôt leur absence, avaient viré en consultation médicale.

— Je t'informe qu'il existe des traitements contre la dysfonction érectile.

Il s'était offusqué.

— Tu plaisantes ? J'ai 47 ans, je ne vais pas commencer à me gaver de Viagra. Et puis, je n'ai pas de problèmes d'érection, je suis juste un peu impressionné.

La créativité dont les hommes font preuve pour justifier leur incompétence chronique l'avait toujours épatée. Elle se fichait de *juste* l'impressionner, elle avait *juste* envie de se faire baiser.

Pour pallier son insuffisance fonctionnelle, il lui avait proposé de se livrer à des fantaisies auxquelles elle n'était pas prête à se soumettre.

Restons dans les limites du bon goût.

En désespoir de cause, il avait tenté de réveiller sa virilité à la force du poignet, sans plus de succès.

Le beau spectacle.

Elle l'aurait jeté dehors au milieu de la nuit s'il n'était le banquier et un ami intime de Fabienne.

Magnanime, elle avait joué la grandeur d'âme.

— Allez, ce n'est pas la fin du monde, on essaiera une autre fois.

Elle avait attendu qu'il s'endorme pour s'installer dans le canapé et l'écouter ronfler.

Cet incapable lui avait gâché la soirée et le sommeil.

Des pensées tourbillonnaient dans sa tête.

Le dessin de Stankovic revenait la hanter. Il l'avait remis le matin à Sébastien, en guise de remerciement. L'aide-soignant l'avait vu à l'œuvre. Il avait réalisé quelques croquis rapides avant de se lancer dans la version finale, sans suivre un modèle ou consulter un bouquin.

Elle avait d'emblée relevé des similitudes avec *Guernica*, le célèbre tableau de Pablo Picasso. À l'instar de l'œuvre du peintre espagnol, le dessin inspirait la souffrance, la violence et la désolation.

Le soir, avant de se rendre au dîner de son amie, elle avait enfreint son sacro-saint principe de ne jamais prendre de travail à la maison et avait surfé sur Internet.

Sa surprise s'était accrue.

Si Picasso avait exécuté sa toile en noir et blanc, Stankovic s'était permis quelques touches de couleur. Certains éléments, comme l'ampoule céleste ou l'homme allongé sur le sol avec un couteau étaient reproduits avec fidélité. L'emplacement sur la feuille, le style et les proportions étaient respectés avec rigueur.

Les autres parties avaient été modifiées, mais la ressemblance restait frappante.

Une telle performance démontrait un talent indéniable et une mémoire photographique hors du commun.

Cet homme demeurait un mystère. Sa vie était chargée de zones d'ombre. Elle ne savait pas grand-chose de lui et son dossier ne contenait que peu d'informations.

Il était né en Croatie en 1983 et avait quitté son pays en 1992 pour suivre sa scolarité en Allemagne. Les raisons de son départ n'étaient pas connues, mais il correspondait au début de la guerre de Yougoslavie. Dix ans plus tard, il s'était installé à Paris où il avait entamé des études d'ingénieur avant de les abandonner quelques mois plus tard pour s'inscrire à La Cambre, l'école supérieure des arts visuels située à Bruxelles.

Les professeurs et les étudiants interrogés avaient décrit un garçon réservé, introverti et solitaire. Le couple de pensionnés chez qui il avait habité pendant ses études avait loué sa discrétion et sa gentillesse.

Selon le rapport du collège d'experts, il serait asexuel. Il ne ressentirait pas l'envie de faire l'amour avec une autre personne et n'éprouverait pas d'attirance sexuelle ni de pulsion l'amenant à avoir des rapports.

Cette orientation sexuelle pour le moins particulière frapperait 1 % de la population. Les spécialistes en la matière estimaient que cette absence de désir sexuel trouverait son origine dans l'enfance, entre 6 et 10 ans. Ce manque d'intérêt pour les plaisirs de la chair était censé prendre fin au début de l'adolescence, sauf pour certains ou pour certaines, puisque cette prédisposition touchait autant les hommes que les femmes.

Sur le plan artistique, le parcours de Stankovic avait été plutôt chaotique. Hormis quelques fresques sur commande et deux ou trois expositions dans des galeries de troisième zone, il n'avait pas révolutionné l'art contemporain.

Quant au meurtre, le mobile restait obscur.

Aux premières heures, elle s'était levée, avait avalé deux comprimés effervescents, s'était douchée et avait préparé du café.

Elle avait ensuite repris le dessin de Stankovic et était retournée dans la chambre.

En attendant le réveil du héros, elle avait analysé chaque élément du croquis en cherchant à lui attribuer un sens. Des arabesques, un château d'eau, une rose, une sorte d'arc-en-ciel, des formes cylindriques parcourant le ciel, une femme, les bras écartés, la bouche béante. Elle était persuadée que tout était lié, mais ne pouvait en déterminer la logique, hormis que l'émotion primait sur le graphisme.

Elle avait vu quantité de dessins de schizophrènes, mais rien ne ressemblait à une telle scène.

L'homme remua dans le lit, s'étira, ouvrit un œil et tenta de retrouver ses repères.

Elle l'observa, assise dans le canapé.

Le mâle alpha dans toute sa flétrissure.

Il reprit ses esprits, poussa un long bâillement sonore, inspecta les alentours, se remémora où il était et remarqua sa présence.

— Bonjour, beauté.

Rien ne lui serait épargné.

D'un geste ample, il écarta les draps et exhiba une érection que n'aurait pas désavouée Priape.

— Comme tu vois, je suis plutôt du matin.

Il tapota le matelas.

— Tu viens ?

Elle resserra les pans de son peignoir et poursuivit l'examen du dessin.

— Je ne suis pas du matin et je dois aller travailler.

Il écarquilla les yeux.

— Un samedi 22 décembre ?

— Je ne bosse pas dans une banque, moi. Mes patients souffrent aussi pendant les congés.

24

De la même manière

Son avocat avait tenu parole et n'était pas venu les mains vides. Il lui avait apporté un pantalon, un pull et de nouvelles baskets. L'endroit semblait le tourmenter. Il n'était resté qu'une demi-heure, ne lui avait pas parlé de l'affaire et n'avait pas essayé de le sonder.

Pour le remercier d'être venu, il lui avait promis de lui donner un dessin lors de sa prochaine visite.

Il en réalisait des dizaines par jour.

Certains étaient punaisés aux murs. Les autres s'accumulaient dans sa chambre. Le beau papier avait fait place à des blocs de brouillon. Il utilisait les crayons jusqu'au dernier centimètre.

Il aurait aimé peindre et dessiner sur les murs, mais l'assistant social le lui avait déconseillé.

Ce matin, Sébastien lui avait offert une nouvelle boîte de crayons, d'une marque prestigieuse, aux nuances plus fines. Et des cakes au chocolat préparés par sa femme.

Sébastien semblait toujours de bonne humeur.

Avec le temps, il avait compris que ce n'était pas un jeu. Sébastien était sincère. Comme pour justifier son cadeau, il lui avait annoncé que les gens fêteraient Noël dans quelques jours.

Il se souvenait avec émotion de cette période heureuse de son enfance.

Au début du mois de décembre, sa mère dressait la couronne de l'avent, un collier fait de branches de sapin orné de quatre bougies. Le premier dimanche, elle allumait la première chandelle. Le dimanche suivant, la deuxième, jusqu'à Noël.

Quand la flamme rougeoyait, elle éteignait les lumières et ils se recueillaient autour de la table.

Son père sortait sa tambura et entonnait quelques chants traditionnels.

À la Saint-Nicolas, il posait ses chaussures sur le rebord de la fenêtre. Le lendemain, s'il avait été sage, elles étaient pleines de friandises.

La semaine d'après, le jour de la Sainte-Lucie, son père plantait du blé dans de petites coupelles remplies d'eau. On disait que s'il avait poussé pour Noël, l'année serait prospère.

La veille de Noël, oncle Anto venait dîner chez eux avec sa femme. Sa mère préparait des *štruklis* et de la compote de pommes.

À minuit, ils se rendaient à la messe. C'était le seul jour de l'année où il pouvait se coucher aussi tard. Il devait lutter contre le sommeil.

Avant de s'en aller, son avocat l'avait serré dans ses bras et lui avait souhaité de bonnes fêtes.

Ce contact l'avait perturbé, même s'il éprouvait de la sympathie pour lui.

Plus d'une fois, il avait été à deux doigts de lui révéler la vérité. À quoi bon ? Les hommes l'auraient jugé de la même manière.

Pour eux, un meurtre est un meurtre.

25

Présomption d'innocence

Philippe Larivière parcourut le couloir vitré qui menait à la sortie en jetant un coup d'œil à l'extérieur.

Le ciel était plombé, la pluie tombait à verse. Décembre prenait sa revanche sur un novembre trop doux.

Il avait la gorge sèche et le cœur gros.

Niko lui avait paru triste et désemparé.

Comment est-il possible de prendre du recul quand la vie d'un jeune homme est en jeu ?

Pendant quelques instants, ses cadeaux l'avaient tiré de son abattement, mais son regard était teinté de nostalgie. Il n'avait pu s'empêcher de l'étreindre avant de le quitter.

L'assistant social lui avait dit qu'il n'avait reçu aucune visite depuis son admission. Il ne fut pas surpris de l'apprendre. Les internés attiraient peu de monde, sauf à Noël, quand leurs familles cherchaient à se donner bonne conscience. Sur cet aspect, ils étaient plus délaissés encore que les détenus des prisons.

Par cette visite, il avait respecté l'engagement qu'il avait pris. La suite dépendait des conclusions qui seraient présentées à l'issue de la période d'observation. Si les psychiatres attestaient qu'il était conscient de ses actes, il passerait en cour d'assises, auquel cas il mettrait tout en œuvre pour assurer au mieux sa défense.

S'il était reconnu coupable de coups et blessures ayant entraîné la mort sans intention de la donner, il encourait cinq à dix ans de réclusion. Au tiers de la peine, il pourrait prétendre à une libération conditionnelle.

On était loin de l'internement à vie qu'il risquait s'il était déclaré non responsable de ses actes.

Pour cela, il faudrait le faire sortir de son mutisme, ce qui n'était pas une mince affaire.

La seule fois où Niko avait lâché du lest ne l'avait pas beaucoup aidé.

Lors d'une rencontre à la prison de Nivelles, alors qu'il évoquait les indices recueillis par les enquêteurs, Niko avait enfin réagi.

Le regard sombre, il avait avoué être allé dans l'appartement d'Ivanka Jankovic ce jour-là, mais s'était aussitôt retranché dans sa position habituelle.

« J'étais là, mais c'est pas moi. »

Larivière avait tressailli.

S'il disait vrai, un tel aveu marquait un rebondissement spectaculaire dans l'affaire et ouvrait de multiples scénarios, la plupart à l'avantage de son client. Hélas, sans explication complémentaire, l'argument n'avait aucun impact.

Il avait tenté de lui tirer les vers du nez, mais Niko s'était refermé.

« Je ne peux rien dire de plus. »

Il avait failli s'emporter, mais Niko semblait au bord de la rupture. À son grand regret, le garçon n'était jamais revenu sur cette confession.

Il passait devant le bureau d'accueil quand la réceptionniste le héla en tapant sur la vitre.

— Pardon, maître, vous avez quelques minutes à consacrer à Mme Derval ? Elle aimerait vous parler.

La demande le surprit, mais il ne le laissa pas paraître.

Il jeta un coup d'œil à sa montre.

— Bien sûr, avec plaisir.

La préposée lui indiqua l'escalier.

— Premier étage, la porte au fond. Je la préviens.

Il avait déjà eu l'occasion de rencontrer la directrice de l'EDS, à l'époque des Commissions de Défense Sociale, un comité composé d'un magistrat, d'un psychiatre et d'un avocat qui statuait sur une libération à l'essai d'un interné. La femme l'avait impressionné par son autorité naturelle, son humour glaçant et le charme singulier qui émanait de sa rigidité de façade.

Si elle avait demandé à le rencontrer, ce n'était pas pour s'inquiéter de sa santé. Mais tout comme lui, elle était tenue au secret professionnel et il ne devait pas s'attendre à ce qu'elle lui dévoile les conclusions concernant Niko, pour autant qu'elles soient prises.

Il y avait donc une autre raison.

Avant qu'il ait frappé, la porte s'ouvrit et Pauline Derval apparut, figée dans une pose austère, vêtue d'une robe grise stricte, ne portant ni maquillage ni bijoux.

— Rassurez-vous, maître, je n'en ai pas pour longtemps.

— Bonjour, docteur, comment allez-vous ?

— Au mieux. Vous prenez du café ?

— Je vous remercie. Sans sucre ni lait.

Elle lui indiqua un siège devant le bureau et s'assit à côté de lui.

Une manière tacite de démontrer que l'entretien n'avait rien d'officiel.

Il jeta un coup d'œil circulaire pendant qu'elle remplissait les tasses. L'aménagement d'un bureau en dit long sur la personnalité de son occupant. La table de travail était dégagée. Hormis quelques stylos bien ordonnés, pas un papier ne traînait. Ni photos d'enfants ni babioles quelconques sur les étagères de la bibliothèque. Pour peu, il aurait retiré ses chaussures à l'entrée.

Une flopée de diplômes garnissait un des murs, bien en vue des visiteurs, dans le but évident de les impressionner.

Elle prit l'initiative.

— Je détiens le dossier médical de Nikola Stankovic, mais je ne peux rien vous en dire. De votre côté, vous connaissez l'affaire, mais vous êtes tenu au secret professionnel.

Il acquiesça.

— C'est un bon début.

— Il est dès lors exclu que je vous demande quoi que ce soit ou que je réponde à vos questions.

— Je vous suis.

— Néanmoins, je lis la presse.

Il sourit.

— En l'occurrence, vous détenez les mêmes informations que toute personne qui lit la presse.

La situation avait un côté cocasse. Ils marchaient tous les deux sur des œufs et leur tête-à-tête s'apparentait à un dialogue de sourds.

Elle leva les yeux au ciel.

— Soit. Je ne vais donc pas vous parler du meurtre qu'il a commis, mais des fresques bruxelloises.

Il l'interrompit d'un geste.

— Du meurtre présumé, vous voulez dire. Jusqu'à preuve du contraire, M. Stankovic est innocent.

Elle eut un imperceptible mouvement de recul.

Il en déduisit que cette option ne l'avait pas même effleurée. Comme tout le monde, elle était persuadée de la culpabilité de Niko.

Il ne pouvait lui en vouloir. Si la presse avait respecté la présomption d'innocence, il n'en allait pas de même pour les réseaux sociaux qui l'avaient d'ores et déjà condamné, caricatures et tweets assassins à l'appui.

Pour sa part, il s'était peu exprimé sur le dossier.

Il savait par expérience que s'adresser aux médias pouvait avoir l'effet inverse de celui souhaité. Quand il parlait d'une affaire, les journalistes interprétaient ses paroles. Quand il ne disait rien, ils interprétaient ses silences.

Elle rectifia.

— Du meurtre présumé, si vous préférez.

Il embraya.

— Mais vous aimeriez me parler des fresques.

Elle hocha la tête.

— Des fresques présumées.

Il la dévisagea, ne sachant si elle plaisantait ou si elle était sérieuse.

— Soit. Des fresques dont on lui attribue la paternité.

Nier que Niko en était l'auteur ne pesait pas lourd dans la balance. Sa culpabilité par rapport à ces fresques risquait tout au plus de lui valoir quelques jours de prison avec sursis ou une peine de travail.

Elle poursuivit.

— Dans un article, un spécialiste de ce genre de peintures prétend que l'auteur désire transmettre un message à travers ses œuvres. Qu'en pensez-vous ?

Il réfléchit à la question.

— Il est possible que ces fresques contiennent un message comme il est possible qu'elles n'en contiennent pas.

Elle poussa un soupir d'exaspération.

— Bien sûr. Il est possible que demain il pleuve, mais il est tout aussi possible que demain il ne pleuve pas.

Il esquissa un sourire.

— Vous avez raison, la météo est souvent imprévisible.

Elle se leva, fit le tour du bureau, ouvrit un tiroir et en sortit une feuille.

— M. Stankovic m'a offert ce dessin.

Elle posa le papier devant lui.

— Ça vous dit quelque chose ?

Il n'était pas amateur d'art, mais connaissait quelques grandes œuvres.

— Ça ressemble à un tableau célèbre.

Elle opina.

— *Guernica* de Pablo Picasso. En hommage à la ville basque bombardée par l'aviation allemande et italienne en 1937.

Il s'empara du papier et l'analysa.

Au premier plan, il remarqua un homme allongé, les bras en croix, la bouche ouverte, tenant un couteau dans la main droite. Il fit le lien avec la fresque récemment recouverte sur le canal.

Il était tenté de coller son nez sur le dessin pour ausculter les phalanges du personnage, mais s'abstint.

Il reposa la feuille.

— C'est intéressant.

— Je trouve aussi.

Une idée lui vint.

— Vous permettez que je prenne une photo ?

— Allez-y.

Il sortit son smartphone et enregistra le tableau.

Une question le taraudait. Pourquoi lui montrait-elle ce dessin ? En toute vraisemblance, si elle était convaincue que Niko n'était pas conscient de ses actes, elle l'aurait classé dans le dossier.

Cela signifiait que leur décision n'était pas encore prise, qu'elle avait un doute ou qu'elle attendait quelque chose de lui.

Autant aller droit au but.

— Qu'attendez-vous de moi, docteur ?

Elle le dévisagea avec détachement.

— Que vous m'aidiez à cerner le personnage, dans le respect de votre éthique et de la mienne.

Il tenta une ouverture.

— Et au bénéfice de M. Stankovic ?

Elle opina.

— Cela va de soi.

Il se leva.

— Je vous remercie, docteur. Je vais regarder cela de près. Pour éviter tout malentendu, je suggère que nous ne fassions pas mention de la teneur de cet entretien.

Elle se leva à son tour.

— J'avais envie de vous parler de la météo changeante, vous mouriez d'envie de me raconter votre prochaine veillée de Noël.

Il inclina la tête.

— Avec ma femme, mes trois enfants et mes deux petites-filles. De la dinde au menu. Et pas de foie gras, je respecte les animaux. Et vous ?

— Avec ma mère, sans mari, enfants, petits-enfants ou autre marmaille. Un rôti de veau et des légumes trop cuits. Après ça, ma mère s'endormira devant la télé. Chacun ses traditions.

Elle le raccompagna et referma la porte derrière lui sans lui adresser de formule de politesse.

Il releva le col de son manteau et traversa le parking sous une pluie battante.

Dès qu'il fut dans la voiture, il alluma le plafonnier, prit son téléphone et ausculta le dessin à la recherche d'étoiles à huit branches.

Peine perdue.

Elles ne se trouvaient ni sur la main de l'homme ni ailleurs. Le seul élément approchant était le halo qui entourait l'espèce d'ampoule au plafond.

Il s'apprêtait à fermer le fichier quand son regard fut attiré par un détail.

Connaissant Niko, cela ne pouvait être involontaire.

Était-il présent sur l'œuvre de Picasso ? Pauline Derval l'avait-elle remarqué ? Était-ce un détail insignifiant ou un message que Niko souhaitait passer ?

26

Un vœu dans son cœur

Il était resté terré dans la cave pendant trois jours et trois nuits.

Oncle Anto était mort le jeudi, mais son corps n'avait été retrouvé que le samedi. Sa femme l'avait appris à l'hôpital, en le cherchant parmi les blessés.

Un résistant était avec lui quand il avait été tué.

Le blessé avait refusé de lui donner des détails sur les circonstances de sa mort. Alors qu'elle s'en allait, il lui avait attrapé la main et avait soulevé le drap.

— Il a eu plus de chance que moi.

L'homme avait été amputé des deux jambes.

Dans la semaine, Vukovar avait connu la plus importante offensive depuis le début du siège. La ville avait été attaquée depuis Negoslavci, Bršadin, Borovo Selo et Bačka.

Une centaine de chars et des bateaux de guerre qui croisaient sur le Danube avaient pris part à l'assaut. Chaque minute, le ciel avait grondé et une explosion avait secoué les différents quartiers de la ville.

Depuis, Vukovar était totalement privée d'eau et d'électricité.

La nourriture commençait à manquer et les réserves d'eau s'épuisaient.

Sa mère ne le quittait pas. Elle l'entourait de tendresse et tentait de le réconforter. De temps en temps, quand elle le sentait désemparé, elle le poussait à exprimer ce qu'il ressentait, mais il se retranchait dans le silence.

Il avait appris que les deux présidents n'avaient pas réussi à s'entendre. Ils s'étaient rejeté la faute. La conférence pour la paix avait échoué.

La guerre n'allait pas s'arrêter.

La communauté internationale avait tourné le dos à son pays. Il arrivait qu'une chaîne de télévision évoque le conflit, pendant quelques instants, en fin de journal. Le résumé se répétait, de jour en jour.

Le martyre de Vukovar se poursuivait. Le bilan était dramatique.

Ce soir, demain, après-demain, il apprendrait la mort de son père.

Dans l'abri, les gens priaient, pleuraient, écrivaient des lettres d'adieu en attendant la mort. Il ne pouvait imaginer que d'autres personnes continuaient à boire, à manger et à s'amuser partout dans le monde, indifférentes à leurs souffrances.

La veille, au plus fort des bombardements, une femme avait hurlé et s'était ruée dehors. Elle était restée plantée au milieu de la rue, les bras écartés, la poitrine offerte.

Autant en finir tout de suite.

Un soldat l'avait prise à bras-le-corps et l'avait ramenée de force dans la cave.

Il n'avait pas assisté à la scène, mais l'avait gravée sur le mur.

En arrière-plan, il avait dessiné le château d'eau qui surplombait Vukovar. La construction avait été touchée par de nombreux obus, mais elle ne s'était pas effondrée.

Il avait formé un vœu dans son cœur.

Tant que la tour serait debout, ses parents survivraient.

27

Au bord de la mer Rouge

— Entre.

Serge Marchand fit son apparition dans le bureau.

Elle l'épia du coin de l'œil.

L'affaire se présentait bien. Il avait troqué sa blouse blanche pour son veston et tenait le dépliant *ad hoc* dans les mains.

Il s'éclaircit la voix.

— Bonjour, Pauline. Tu as deux minutes ?

Précautions excessives et vernis de politesse.

Elle lui indiqua une chaise.

— Je t'écoute.

— Cristina Rodriguez m'a remis ce courrier ce matin.

Elle feignit la surprise.

— De quoi s'agit-il ?

— Une invitation pour la troisième édition de la conférence internationale de psychiatrie légale qui a lieu à Eilat à la fin du mois. Des spécialistes du monde entier y seront présents.

Elle haussa les sourcils.

— Eilat ? C'est où ?

— En Israël. Selon Rodriguez, les thèmes sont en phase avec notre secteur. On y abordera les innovations thérapeutiques en immunopsychiatrie. Plusieurs ateliers seront animés par des sommités.

Elle tendit la main.

— Montre.

Elle parcourut le programme d'un œil circonspect et posa le carton sur le bureau.

— Tu aimerais que j'y aille ?

Elle se régalait.

Il déglutit.

— Tu pourrais y aller, bien sûr. Cette conférence s'annonce fructueuse. Si je t'en parle, c'est parce que Rodriguez m'a suggéré d'y participer.

Elle prit l'air stupéfait.

— Toi ?

— Oui.

— Avec quel budget ?

— Je n'ai pas utilisé la totalité de mon crédit de formation pour 2018. Si on reporte le solde à cette année, ça entre dans l'enveloppe.

Un ado demandant à son papa s'il peut emprunter sa voiture.

Elle s'empara du carton, examina les dates.

— Du 14 au 19 janvier ? Ce n'est pas vraiment la fin du mois. Plus le voyage, ça nous fait une semaine.

Il rajusta sa sempiternelle cravate rouge.

— Concernant Stankovic, j'attends le rapport du généraliste, de l'infirmier-chef et du psychologue pour la fin de cette semaine, mais comme il semble que toi et moi ayons un avis divergent sur les conclusions, j'ai pensé que ce serait intéressant que tu prennes le patient en charge pour clôturer le dossier.

Elle persifla.

— Pendant que tu passes du bon temps au bord de la mer Rouge ?

Il s'offusqua.

— Le programme est très chargé, ce ne sont pas des vacances, il s'agit d'un déplacement professionnel. Si tu veux, je m'engage à faire un rapport à mon retour. Je pourrais aussi organiser une présentation pour les équipes. Les sortir de leur routine en leur montrant les avancées récentes leur ferait du bien. Ils sont demandeurs. Cela dit, si ma volonté de parfaire ma formation te paraît inappropriée, je resterai ici.

Elle fit glisser le carton dans sa direction.

— C'est bon, tu peux y aller.

Il dodelina de la tête avec gratitude.

— Je te remercie.

Elle attendit qu'il ait quitté le bureau.

Pour un peu, il serait sorti à reculons en faisant des génuflexions.

Les hommes sont de grands enfants. Il suffit de leur offrir un joujou pour qu'ils vous mangent dans la main.

Elle prit le téléphone.

Cristina Rodriguez répondit dans l'instant.

— Et alors ?

— Il sort d'ici. Je parie qu'il appelle sa femme pour lui annoncer la bonne nouvelle. Une semaine de vacances payée par la boîte et un cas épineux hors des pattes. J'ai retourné la Derval comme une crêpe.

Elle pouffa.

— Bien joué.

— Si son avion pouvait être détourné, ça m'arrangerait. À plus tard.

Elle raccrocha, s'enfonça dans le fauteuil et savoura sa victoire. Elle n'aurait pas à supporter ses simagrées pendant huit jours et elle prenait en charge la gestion du dossier Stankovic.

28

Deux plaies béantes

Les passes d'armes entre Pauline Derval et Serge Marchand n'intéressaient pas Sébastien.

Pour sa part, il reconnaissait que l'avis de la directrice concernant Nikola avait du sens.

Enfermer un patient déjà méfiant de nature dans un bureau pour lui poser des questions répétitives en examinant chacun de ses gestes lui paraissait aberrant. Il n'était pas thérapeute et n'avait de leçon à donner à personne, mais il savait par expérience qu'un contexte favorable et un moment propice permettaient de mieux observer un individu pour en cerner la personnalité.

D'après lui, Nikola était en guerre contre le monde entier, en particulier avec les hommes qui semblaient lui inspirer une peur panique, surtout s'ils détenaient une quelconque forme d'autorité.

Après l'incident du ballon, il l'avait trouvé moins crispé avec l'infirmière qui l'avait ausculté. Il en avait été de même avec la kiné, les deux femmes l'ayant traité comme un patient ordinaire.

Lui-même enregistrait des progrès significatifs.

Le lendemain de Noël, Nikola avait commencé à le tutoyer.

Pour encourager le dialogue, il lui avait acheté du matériel de peinture sur ses propres deniers : un carton entier de papier pour photocopieur, des fusains, des pastels, une boîte de Posca et, bien entendu, un pot de Nutella dans lequel il avait aussitôt plongé les doigts.

Ce matin, il avait appris que Folcoche le prenait en charge pour la suite de la période d'observation.

Cette nouvelle le réjouissait.

Autant elle pouvait se montrer impitoyable avec le personnel, autant elle avait le don de communiquer avec les internés. Elle sentait quand il fallait les écouter, quand le moment était venu de leur parler, de les bousculer un peu ou de relâcher la pression.

Il savait aussi qu'elle n'était pas le monstre de froideur que certains décrivaient.

Deux ans auparavant, il avait été le témoin involontaire d'une scène qui l'avait marqué. Il en avait des frissons rien qu'en y repensant.

Un schizophrène réputé dangereux venait d'apprendre la mort de sa mère. L'homme hurlait sans discontinuer et refusait de prendre ses médicaments. Le service de sécurité était prêt à intervenir, mais elle les avait arrêtés et était allée lui parler.

Il n'était pas au courant de la situation et était entré par inadvertance dans la chambre.

La pièce était dans la pénombre. L'homme sanglotait dans les bras de Pauline Derval.

Il était resté pétrifié, partagé entre admiration et effroi.

La règle prescrivait d'éviter de manière catégorique tout contact physique avec un schizophrène. Même s'il semble calme, un simple attouchement peut dégénérer en une violente agression.

Elle lui avait fait un signe discret de la main pour qu'il s'en aille. Son visage était marqué, des larmes brillaient sur ses joues.

Depuis ce jour, il la considérait autrement. Cette femme avait du cœur. Il l'avait toujours senti et elle venait de lui en donner la preuve.

Elle n'était jamais revenue sur l'épisode, mais une complicité tacite était née entre eux.

Il ouvrit la porte et poussa une exclamation.

— Ta dam !

Niko l'examina de haut en bas.

— Qu'est-ce qui t'arrive ?

— Le soleil est de retour. Un petit tour sur la piste Vita, ça te tente ?

La combinaison moulante dans laquelle il était parvenu à se glisser après de multiples contorsions soulignait son embonpoint. C'était la première fois que Niko le voyait en survêtement, une casquette sur la tête, des baskets orange aux pieds.

Il l'interpella, un sourire moqueur aux lèvres.

— Tu vas mourir si tu fais ça.

Sébastien rit de bon cœur.

— Je me contenterai de trottiner derrière toi, de compter les exercices et de t'encourager.

Niko posa son crayon.

— D'accord.

— Change-toi et mets trois pulls. Le soleil est là, mais il fait glacial.

Pendant qu'il enfilait une tenue de sport, Sébastien s'approcha de la table de travail.

Il savait que Nikola n'aimait pas que l'on regarde ses croquis, mais il gardait en tête la mission que Pauline Derval lui avait confiée.

« Cherchez dans ses œuvres les thèmes récurrents ou les scènes particulières. »

La créativité de Niko était débordante.

Aucun dessin ne ressemblait à un autre. Il changeait sans cesse de décor, de style, alternait l'utilisation des couleurs, jouait avec la perspective.

Seuls quelques éléments revenaient à intervalles réguliers, comme le château d'eau, la rose, des membres arrachés ou le visage de certains personnages, figé dans un cri muet.

Il prit la liasse et parcourut les feuillets d'un air détaché.

— Tu as un talent fou.

Niko grommela quelques mots inintelligibles et enfila ses baskets.

— Je suis prêt.

Sébastien resta en arrêt devant l'un des dessins.

La scène se déroulait dans une pièce aux murs peints en noir. Un homme nu brandissait un couteau. Une femme était agenouillée à ses pieds, la bouche tordue, les mains tendues dans un geste dérisoire de protection. Le visage de l'homme était estompé, comme si Nikola avait passé un doigt sur ses traits.

Sébastien reposa la feuille et bredouilla.

— Tu permets que j'utilise tes toilettes ?

Niko pencha la tête sur le côté.

— Si tu veux.

Il prit la direction de la salle de bains.

— Attends-moi dans le couloir, Nikola, je me dépêche.

— D'accord, mais grouille-toi, sinon je change d'avis.

Dès que Niko fut sorti, il saisit son smartphone et photographia le dessin.

29

Simple coïncidence

Chaque samedi matin, que la météo soit bonne ou mauvaise, Philippe Larivière se forçait à marcher pendant une heure au cœur de la forêt de Soignes ou dans la campagne brabançonne.

Soixante minutes durant lesquelles il s'abstenait d'allumer une cigarette.

Il entretenait l'illusion que ce laps de temps suffisait pour s'oxygéner les poumons et évacuer sa dose hebdomadaire de nicotine. Et pourquoi pas à éliminer les deux trois kilos superflus qui élargissaient son tour de taille.

Pour ne pas céder à la tentation, il enfermait son paquet de cigarettes et son briquet dans le tiroir de son bureau.

En plus de leurs supposés effets bénéfiques sur la santé, ces promenades solitaires se révélaient souvent productives. Tout en se baladant, il passait en revue les affaires en cours, imaginait des scénarios alternatifs et laissait son esprit évaluer leur pertinence.

Plus d'une fois, des solutions étaient nées de ces séances de remue-méninges en plein air.

Pour l'heure, il remontait le chemin du Bosquet qui bordait la route de la Marache et longeait le golf de Waterloo. Au loin, la butte du Lion dominait les champs qui avaient vu la célèbre bataille napoléonienne.

Un vent glacial lui fouettait le visage.

La pluie des derniers jours avait détrempé le terrain et des mottes de terre collaient à ses semelles. Les bras écartés, il se concentrait sur chaque foulée pour éviter une glissade fatale.

Entre deux pas de danse, il ressassait le message sibyllin que Pauline Derval lui avait envoyé en début de matinée.

Objet : L'homme nu au couteau

Cher maître,

Jackson Pollock
Nikola Stankovic

Simple coïncidence ?

Pauline Derval

Deux fichiers étaient joints au mail. Le premier contenait un tableau de Jackson Pollock, un peintre américain du vingtième siècle. Le second, un dessin de Niko.

À quelques détails près, la partie droite des œuvres était identique. Un homme nu aux muscles saillants levait un poignard. Dans la version de Niko, le visage de l'agresseur était en partie effacé.

Sur l'une comme sur l'autre, le rouge et le jaune dominaient. Du côté gauche, l'artiste américain avait composé un amalgame de bras, de mains et de jambes.

Il ne parvenait pas à déterminer si cet embrouillamini représentait une ou plusieurs personnes.

De son côté, Niko avait dessiné une jeune femme à genoux, également nue. Elle portait deux marques de coups dans le buste et semblait chercher à parer une nouvelle attaque.

Dans le coin supérieur, un croissant de lune et des étoiles apparaissaient au travers d'une petite fenêtre située en hauteur.

Il examina ces dernières avec attention. Elles comptaient huit branches.

Pauline Derval ignorait la découverte des étoiles sur la fresque bruxelloise. Il ne pouvait dès lors s'agir de la coïncidence qu'elle évoquait.

Sa question portait sur un autre thème.

Niko avait-il cherché à reproduire la scène de crime ?

En toute vraisemblance, c'est ce qu'elle avait cru voir dans ce dessin. Auquel cas, bien qu'éloigné de lui sur l'aspect physique, l'homme serait Niko. Hypothèse peu plausible selon lui.

S'il n'était pas Niko, qui était-ce ?

L'aveu énigmatique qu'il lui avait fait lui revint.

« J'étais là, mais c'est pas moi. »

Cette phrase constituait peut-être un début de réponse.

L'ensemble des éléments à charge, que ce soient l'appel téléphonique, les images vidéo, le sang sur les chaussures, les empreintes digitales et surtout les croquis de la scène du crime, démontrait à l'évidence sa présence sur les lieux.

« J'étais là, mais c'est pas moi. »

S'il disait vrai, cela voulait dire qu'il était présent, mais qu'il n'était pas seul au moment du meurtre. Quel avait été son rôle dans l'affaire et qui était alors le meurtrier ? Niko était-il son complice ou un témoin ? Dans ce cas, témoin volontaire ou involontaire ? Et, question subsidiaire, connaissait-il le coupable ?

« Je ne peux rien dire de plus. »

S'il refusait d'en dire plus, était-ce parce qu'il se sentait menacé par le meurtrier ou dans le but de le protéger ?

Dans cette dernière hypothèse, pourquoi ?

Ces questions et d'autres lui tournaient en boucle dans la tête depuis neuf mois sans qu'il ait la première ébauche de réponse.

Malgré la sympathie que lui inspirait le garçon, il n'excluait pas la possibilité qu'acculé par le nombre et la solidité des preuves, il ait opté pour ce système de défense aussi grossier que stérile.

Il terminait sa promenade quand un jeune couple vint à sa rencontre.

Un labrador gambadait autour d'eux. Le chien l'aperçut, courut dans sa direction et bondit pour le saluer, les pattes couvertes de boue.

Il jura, refoula la bestiole et adressa un reproche courtois au couple quelque peu confus. De nature conciliante, il s'abstint de leur préciser que l'article 1385 du Code civil stipulait que le propriétaire d'un animal était responsable des dommages causés par celui-ci.

Il remonta dans sa voiture garée chaussée de Louvain et prit la direction de son bureau.

Comme chaque semaine, il fit une halte au centre de Waterloo, entra chez le fleuriste et composa un bouquet pour sa femme. Les prix étaient exorbitants, mais il ne regardait jamais à la dépense pour les choses qui en valent la peine.

Ce 29 décembre était son dernier jour de travail de l'année. Il avait promis à son épouse de ne pas y passer le lundi suivant. Sauf urgence absolue.

De retour au cabinet, il alluma une cigarette et ôta son manteau pour évaluer les dégâts.

Deux traînées noirâtres maculaient son Burberry en cachemire beige, le cadeau de sa femme pour leurs vingt ans de mariage.

Sale clebs.

Il décida de jeter un dernier coup d'œil au dessin de Niko avant de se plonger dans l'affaire qu'il devait plaider à la cour d'assises dès la fin janvier, un procès-fleuve qui risquait de durer au minimum trois semaines.

Il ouvrit le fichier et activa le mode plein écran.

Quelque chose l'interpellait dans l'œuvre de Niko sans qu'il puisse en préciser l'origine.

Il s'apprêtait à refermer le document quand son regard fut attiré par les souillures du chien sur son manteau.

Il se figea, revint au dessin et effectua un zoom sur le corps de la femme.

Et si ?

Il s'empara du dossier Stankovic, consulta ses notes relatives au rapport d'autopsie d'Ivanka Jankovic et siffla entre ses dents.

— Merci, Pauline.

30

Avec nous

La radio avait annoncé que la bataille de Vukovar entrait dans sa quatrième semaine, mais pour les Croates pris au piège, le temps ne comptait plus. La date, le jour et l'heure étaient désormais des notions abstraites, floues, insignifiantes.

Les nuits succédaient aux jours, les jours succédaient aux nuits. Les bombes succédaient aux bombes.

Ils acceptaient leur sort avec résignation et ne se pressaient plus vers les abris quand les sirènes retentissaient. Ils y allaient d'un pas lourd, avec une lassitude teintée de fatalisme. Certains bravaient le danger et continuaient à rechercher des vivres sous les sifflements des obus.

Les réserves d'eau baissaient et le ravitaillement se faisait de plus en plus difficile.

Quelques-uns prétendaient que le président Tudjman avait choisi de sacrifier Vukovar pour obtenir un soutien international.

La ville n'était que ruines. Plus un pan de mur n'était intact, mais le château d'eau refusait de s'effondrer et les Croates tenaient bon. Bien qu'épuisés, ils repoussaient attaque sur attaque.

La route de Trpinja avait été baptisée *le cimetière de chars*. Après une série de défaites, les Serbes avaient compris qu'ils n'entreraient dans la ville que quand elle serait exsangue. Ils avaient encerclé Vukovar et leur artillerie pilonnait les quartiers sans relâche.

Malgré ces tirs incessants, une classe avait été organisée dans une des caves. Les enfants s'y rendaient le matin pour y suivre les cours, rythmés par le cri des sirènes et le bruit des explosions.

Il s'était assis avec eux, mais son esprit était ailleurs.

La peur l'avait quitté. Elle avait fait place à une colère rentrée.

Il abhorrait les hommes, la politique et la guerre et traduisait sa haine sur les murs.

Les gens lui avaient donné du matériel de peinture et la fresque occupait à présent trois des quatre parois de la cave. Son trait s'affinait, les visages et les paysages gagnaient en précision, les perspectives s'amélioraient. Des taches de couleur ajoutaient du relief à l'ensemble.

À chaque retour, son père s'émerveillait devant le talent naissant de son fils et l'encourageait à poursuivre. Il affirmait que sa peinture immortaliserait la mémoire de tout un peuple.

Il ne répondait pas.

Il ne répondait plus.

Le soir, les résistants se retrouvaient par petits groupes et dressaient le bilan de la journée.

Pour décompresser, ils buvaient jusqu'à l'ivresse et se moquaient des Serbes. Ils disaient qu'ils étaient la risée du monde entier. Cinquante mille hommes de troupe suréquipés mis en échec par une poignée de partisans.

Certains résistants semblaient prendre goût à raconter leurs exploits. Ils parlaient avec un fanatisme exalté des chars qu'ils avaient détruits ou des snipers qu'ils avaient abattus, pour la plupart des membres des milices paramilitaires serbes que leurs chefs avaient envoyés aux avant-postes pour terrifier la population.

Quelques soldats croates avaient composé une chanson et l'avaient enregistrée avec du matériel de sonorisation archaïque trouvé dans la salle des fêtes. Deux guitares désaccordées, un harmonica et une batterie accompagnaient le chœur.

Les résistants l'entonnaient en partant au combat pour se remonter le moral. Les gens la fredonnaient dans les caves. Les stations de radio la relayaient à longueur de journée. Elle était devenue l'hymne de Vukovar.

Chaque jour je pense à toi
J'écoute les infos, je compte les pas
L'agitation est dans nos cœurs, l'amour est en nous
Il n'y a qu'une seule vérité
Chaque étoile brille pour toi
La pierre se brise, la chanson voyage
Des milliers de notre génération ne dorment pas ce soir
Le monde entier est maintenant avec nous
Avec nous !
Ma patrie, ma patrie
A la force des blés dorés
A les yeux couleur de mer
Mon pays, la Croatie
Je reviendrai, je dois revenir
C'est ici ma maison, mon soleil, mon ciel
Un nouveau jour s'éveille, conquérant comme le bonheur
Tu es là avec nous
Avec nous !

31

Où d'autres ont échoué

Pauline Derval entra dans l'aire de stationnement, écrasa la pédale de frein et lâcha un juron.

Une grosse BMW noire était garée sur son emplacement réservé, de travers qui plus est.

Même un aveugle verrait la pancarte.

Aucune excuse, le parking n'était pas complet, plusieurs places étaient libres.

Elle ne connaissait pas la plaque d'immatriculation. En plus du crime de lèse-majesté, elle nourrissait un préjugé envers les propriétaires de BMW. Quand une voiture lui collait au derrière sur l'autoroute en multipliant les appels de phare, c'était à coup sûr une BMW, la marque de prédilection des dealers, des fils à papa et des m'as-tu-vu.

Son premier jour de travail de l'année commençait sous des auspices défavorables.

Elle pénétra en coup de vent dans le hall et interpella la réceptionniste.

— À qui appartient la poubelle qui squatte ma place de parking ?

La préposée se ratatina sur sa chaise.

— Je pense que c'est le visiteur du docteur Étienne.

Elle s'élança dans le couloir, se dirigea d'un pas nerveux vers le bureau du neurologue et ouvrit la porte à la volée.

Le médecin se raidit à sa vue et chercha à se composer un sourire accueillant.

— Bonjour, madame Derval.

Face à lui, un gamin en costume-cravate se pavanait sur une chaise, un attaché-case à ses pieds, des brochures publicitaires étalées sur la table. L'équipement normalisé des délégués médicaux hospitaliers.

Pire que des parasites intestinaux.

Elle l'apostropha d'un ton sec.

— Dites-moi, jeune homme, vous êtes le nouveau directeur général ?

Le représentant rougit, se leva d'un bond et prit les clés de sa voiture dans sa poche.

— Je suis désolé, docteur, je ne savais pas que vous alliez arriver. Je vais déplacer ma voiture.

Il s'apprêtait à sortir quand elle l'arrêta d'un geste.

Elle indiqua la table.

— Tant que vous y êtes, vous pouvez remballer vos affaires, nous n'avons besoin de rien.

Elle tourna les talons et quitta la pièce.

Pour qui se prenait ce blanc-bec ?

Encore heureux qu'il n'ait pas les pieds sur la table. Qu'il termine ses études de médecine avant de jouer à l'expert scientifique.

Elle grimpa à l'étage, se servit un café et alluma son ordinateur. Une soixantaine de messages l'attendaient dans la boîte de réception.

La plaie matinale.

Ses collaborateurs se croyaient obligés de la mettre en copie du moindre mail qu'ils pondaient, fût-il décoratif. Tout cela dans le but de couvrir leurs fesses en cas de retour de flamme. Elle leur avait dit des dizaines de fois de prendre leurs responsabilités.

Elle n'était pas leur nounou.

Elle parcourut le nom des expéditeurs et repéra le courrier de Philippe Larivière.

Objet : Synchronicité

Chère Docteur Derval,

1. Picasso semble avoir omis un détail.
2. Lisez-vous (aussi) *La Dernière Heure* ? (cf. Pollock)
3. Certain(e)s peuvent réussir là où d'autres ont échoué.

Je vous souhaite mes meilleurs vœux pour l'année nouvelle.

Bien à vous,

Philippe Larivière

Trois énigmes, deux fichiers en pièces jointes et une formule toute faite. En d'autres circonstances, ce rébus l'aurait amusée, mais le contexte n'était pas propice aux jeux de société.

Malgré son énervement, la curiosité l'emporta.

Le premier document reprenait un fragment du *Guernica*, version Stankovic. L'avocat avait agrandi la tête de l'homme armé d'un poignard et entouré ce qui semblait être un impact de balle dans son crâne.

15-0. Elle ne l'avait pas remarqué.

L'ouverture aurait pu passer pour un troisième œil, asymétrique comme souvent chez le maître espagnol, mais l'orifice était bordé de rouge.

Une chose était évidente, un homme brandissant un couteau était un thème récurrent dans les œuvres de Stankovic. Il était présent sur la fresque bruxelloise et dans ses plagiats du Picasso et du Pollock.

Sur la peinture murale du canal, recouverte depuis, le visage de l'homme n'apparaissait pas. Dans son *Guernica*, il était percé d'un trou dans le front. Dans son Pollock, ses traits étaient effacés.

S'agissait-il du même homme ?

Elle ouvrit le deuxième fichier.

Il contenait un article paru dans *La Dernière Heure* du 8 mars 2018.

Femme mortellement poignardée à Auderghem : pas de suspect identifié

Les circonstances qui ont conduit à la mort de la femme de 28 ans ne sont pas connues, indique ce jeudi le parquet de Bruxelles, qui précise qu'une vaste enquête est menée afin d'identifier le ou les auteurs.

Une enquête de voisinage a eu lieu et des témoins ont été auditionnés. Des premiers éléments d'enquête, dont le rapport du légiste, il ressort que la victime a reçu plusieurs coups de couteau dans le dos, suivis d'autres coups dans la poitrine.

Un juge d'instruction a été saisi du chef de meurtre à charge de X. Les suites d'enquête ont été confiées à la police judiciaire fédérale.

L'avocat avait esquivé avec habileté l'obligation de secret professionnel en lui communiquant une information tombée dans le domaine public.

Elle relut l'article plusieurs fois avant de comprendre les raisons de cet envoi.

Elle ouvrit la photo du dessin inspiré de Jackson Pollock.

Le dos de la femme était indemne. Or, l'article de journal indiquait que le meurtrier d'Auderghem avait d'abord frappé la victime dans le dos avant de la poignarder dans la poitrine.

Qu'en conclure ?

La première hypothèse était que Stankovic n'avait pas voulu reproduire la scène de crime. La deuxième, qu'il avait de manière volontaire modifié la séquence de l'agression. La troisième, plus intrigante, qu'il ignorait comment s'était produit le meurtre.

La meilleure façon de savoir quelle était la bonne option était de le lui demander, ce qui lui permettrait de réussir là où l'avocat avait échoué.

32

Atteindre l'inaccessible

Ses conditions de détention s'étaient assouplies.

Hormis durant la nuit, il pouvait déambuler dans les couloirs, se rendre au salon télé et à la salle de sport.

Il avait également reçu l'autorisation de se promener sur le terrain de foot et dans le préau sans accompagnement, pour autant qu'il évite les tranches horaires imparties à Cyril.

Au final, il profitait peu de cette liberté.

Tôt le matin, il bouclait le parcours Vita, prenait l'air en milieu d'après-midi et passait le reste de la journée dans son *atelier*.

Les murs de sa chambre étaient tapissés de dessins scotchés en cascade l'un sur l'autre. Certains étaient punaisés sur l'armoire ou répandus sur le sol. Le reste s'empilait dans un coin de la pièce.

Quelques internés venaient lui rendre visite chaque jour pour admirer ses dernières œuvres.

L'un d'eux, Karim, avait suivi des cours à l'Académie des Beaux-Arts de Saint-Gilles quand il était ado. Trapu, les cheveux en désordre, une épaule plus haute que l'autre, il plissait les yeux et grimaçait en permanence comme s'il était ébloui par le soleil.

Il l'aimait bien. Karim était sensible, il s'extasiait devant certains dessins, riait ou pleurait devant d'autres.

L'art ne peut émouvoir que les gens capables d'ouvrir leur cœur.

Quand Karim découvrait un nouveau croquis, il se plantait devant, reculait, avançait, collait son nez sur la feuille, fouillait les détails, battait en retraite, secouait la tête et toussait avant de s'exprimer.

Bien souvent, il parvenait à discerner ses intentions. L'air inspiré, il formulait à voix basse ce qu'il avait lui-même ressenti au moment de griffonner les premiers traits.

De temps à autre, Karim lui adressait un compliment ou l'interrogeait sur le sens d'un dessin. Jamais, il ne disait qu'il n'avait pas compris. Il était l'un des rares à avoir remarqué que le couteau que l'homme brandissait sur la fresque du canal n'était pas peint, mais mis en réserve. Il lui avait répondu que sans la violence qui explosait autour, le couteau n'existerait pas.

Cette réponse avait paru lui convenir.

Un autre jour, Karim était entré dans sa chambre, l'air embarrassé. À son tour, il voulait lui confier certaines choses. Il s'était assis sur le lit et lui avait raconté son histoire.

Du moins, sa version de son histoire.

On l'avait accusé de meurtre, mais il jurait n'avoir tué personne.

Karim terminait sa visite quotidienne quand la directrice fit son entrée dans la chambre.

Elle le dévisagea avec amusement.

— Vous êtes fan, Karim ?

Il se mit à rire en se tirant les cheveux.

— Oui, madame.

— Je peux vous emprunter la star quelques instants ?

Il secoua la tête et quitta la pièce.

Elle jeta un regard circulaire et esquissa une moue admirative.

— Vous êtes productif, Nikola. Je peux vous appeler Nikola ?

Il acquiesça.

— Je tenais à vous dire que j'ai beaucoup apprécié votre dessin, vous avez beaucoup de talent.

Elle marqua une pause.

— J'ai une demande à vous faire, Nikola.

Il se tut et attendit la suite.

— Il vous est arrivé d'accepter des œuvres sur commande, il me semble ?

Il baissa les yeux.

— Des fois, mais je préfère quand on me laisse faire ce que je veux.

Elle opina.

— Bien sûr. Venez avec moi.

Elle sortit de la chambre.

Il lui emboîta le pas.

Elle marchait à grandes enjambées, la tête haute, sans jeter un coup d'œil derrière elle pour s'assurer qu'il la talonnait.

Les gens s'écartaient sur leur passage, la saluaient avec déférence et le fouillaient du regard avec curiosité.

Il se sentait observé, jaugé, chargé d'une importance injustifiée.

Ils descendirent au rez-de-chaussée, parcoururent deux couloirs interminables et entrèrent dans un grand hangar rectangulaire dans lequel une douzaine d'internés se livraient à différents travaux.

La plupart assemblaient des meubles à l'aide de tournevis, de marteaux et de clés anglaises. Une odeur de bois fraîchement coupé flottait dans l'air. Une radio crachait du hard rock.

Les patients ralentirent leurs mouvements et les épièrent du coin de l'œil.

Elle lui adressa la parole sans se retourner.

— Surtout, ne les regardez pas, Nikola.

Elle longea le local, s'arrêta à l'extrémité et indiqua le mur en béton.

— Voilà.

Il resta interdit.

Les murs le fascinaient.

D'un coup d'œil, il pouvait évaluer leurs dimensions, leur âge, déterminer leur composition, estimer leur porosité.

Les murs préexistent, ils vivent avant l'œuvre. Ils attendent l'artiste, comme la montagne attend l'alpiniste. L'esprit le voit, le corps doit suivre. Être le premier. Atteindre l'inaccessible.

Il se revit à Paris, son échelle de ramoneur sur l'épaule, affrontant ses premières fresques urbaines.

Les espaces et les lieux contiennent les émotions. Saint-Denis. Les terrains vagues. Le métro aérien. La Butte-aux-Cailles. Les quais de la Seine. Sortir la bête noire et gluante qui ronge l'âme. Traverser le fleuve. Dominer l'univers. Être libre.

— Ça va, Nikola ?

Il tressaillit et prit conscience qu'il tremblait.

— Ça va.

Elle ouvrit les bras.

— Il est à vous. Vous pouvez créer ce que vous voulez. Dites-nous de quoi vous avez besoin, nous vous le fournirons.

Il était troublé.

— Je peux peindre ce que je veux ?

— Oui.

— Et si ça ne vous plaît pas ?

Elle balaya l'objection d'un geste souple.

— On verra.

— Vous ne me donnez aucune contrainte ?

Elle parut réfléchir quelques instants.

— Non. Parlez avec votre cœur, Nikola.

33

Le symbole de l'amour

Les jours raccourcissaient, les nuits s'épaississaient.

L'automne s'installait. Le froid serait leur prochain ennemi.

Les caves étaient de plus en plus humides et empestaient la pourriture. Un vent glacial s'engouffrait dans les escaliers. La pluie ruisselait le long des murs et s'infiltrait dans les sous-sols par les crevasses formées par les impacts d'obus.

De jour en jour, la liste des morts s'allongeait, certains emportés par la maladie, d'autres tombés sous les bombes ou les balles serbes.

Les survivants savaient que chaque combattant tué réduisait leur espérance de vie.

Il tentait de chasser ces pensées de son esprit, sans y parvenir. Malgré la patience dont sa mère faisait preuve, il fuyait ses marques de tendresse et se montrait distant avec son père, espérant de la sorte se détacher de lui pour moins souffrir quand on lui annoncerait sa mort.

Quelques jours auparavant, des observateurs de la Communauté européenne étaient entrés à Vukovar pour évaluer la situation. C'était la rumeur qui avait couru, mais son père ne les avait pas vus.

Personne ne semblait les avoir vus.

Du haut de leur importance, ils avaient proposé un cessez-le-feu réciproque.

Les Serbes avaient aussitôt refusé. Pour les narguer, ils avaient mobilisé des troupes fraîches et 150 tanks étaient arrivés à Lovas.

La délégation avait subi un échec cinglant et avait quitté la ville, couverte de honte et de ridicule.

Dès son départ, les bombardements avaient repris, plus intenses, plus meurtriers.

Leurs attentes déçues, les gens étaient retournés dans les abris.

Il avait commencé à peindre une fresque dans une cave adjacente. Sous ses doigts, les diplomates européens prenaient la forme de squelettes fumant de gros cigares et brandissant des faux.

Sa mère était inquiète face à la violence croissante des scènes qu'il représentait. Des cadavres jonchaient le sol, des membres arrachés étaient plantés sur de longs pieux, des flots de sang jaillissaient au sommet du château d'eau.

Elle essayait de le raisonner, mais il s'enfermait dans un mutisme obstiné.

La veille, alors qu'on annonçait l'arrivée d'un convoi humanitaire, les forces croates avaient tenté de forcer le blocus de Vukovar par Nuštar. Sous la pression internationale et l'ultimatum lancé par le représentant de l'organisation humanitaire, elles s'étaient retirées.

Ce soir-là, alors que tout le monde était anéanti par la nouvelle, un événement inattendu était survenu dans la cave.

Une femme dont le mari avait été tué quelques jours auparavant à Mitnica s'était mise à hurler de douleur en se tenant le ventre.

Sa mère s'était précipitée et avait déclaré que le bébé allait naître avant terme. Comme il était trop tard pour transporter la femme, elle avait demandé à un des hommes de se rendre à l'hôpital et de ramener un médecin.

Il était revenu près d'une heure plus tard, disant qu'un médecin allait venir, mais qu'il était occupé à opérer.

Pendant tout ce temps, la femme avait continué à crier à pleine gorge.

On l'avait allongée sur un lit de camp. Les gens s'affairaient autour d'elle.

Le docteur n'arrivant pas, sa mère avait pris les choses en main. Elle avait fait chauffer de l'eau et demandé qu'on lui apporte des draps, des serviettes propres et des pansements.

Malgré lui, il s'était approché et avait observé la scène.

La vision l'avait traumatisé.

La femme était couchée sur le dos, les jambes écartées. Son ventre semblait prêt à exploser, une brèche s'agrandissait dans ses entrailles et un liquide jaunâtre s'écoulait entre ses cuisses.

Terrifié, il s'était réfugié dans le fond de la cave.

La femme avait poussé plusieurs longs hurlements stridents, puis les gémissements d'un bébé s'étaient mêlés à ses plaintes.

Le médecin avait débarqué quand tout était terminé.

Un homme avait sorti son accordéon. Les gens riaient, pleuraient, dansaient et chantaient l'hymne de Vukovar.

Les exclamations fusaient de toutes parts.

La vie l'emporte toujours.

Dieu est miséricordieux.

Vukovar vivra.

La Croatie vaincra.

Le lendemain, le convoi humanitaire était arrivé.

Des infirmières s'étaient aussitôt occupées de la mère et de son enfant. Un des responsables de l'expédition avait ordonné de les évacuer dans une des ambulances pour les conduire à Zagreb.

Avant que la mère ne parte, les personnes qui avaient assisté à l'accouchement lui avaient demandé de choisir un prénom pour son bébé. Pour Vukovar exsangue, cet enfant serait le symbole de l'amour, de la paix et de l'espoir.

C'était une fille.

Elle l'avait appelée Ivanka.

34

Monsieur Bricolage

Pauline Derval s'impatientait.

Cela faisait trois jours qu'elle avait *offert* le mur de l'atelier à Nikola Stankovic et rien n'avait bougé. Il restait prostré dans sa chambre et continuait à griffonner du papier comme si rien ne s'était passé.

Sébastien avait tenté plusieurs fois de lui tirer les vers du nez, sans succès. Il l'avait dévisagé et lui avait répondu qu'il allait *bientôt s'en occuper.*

Elle ne savait qu'en penser.

Se moquait-il d'elle ? Voulait-il lui faire subir un affront ? Public qui plus est.

Je peins où je veux, quand je veux et j'emmerde la directrice.

Elle imaginait les sarcasmes qui devaient circuler dans les coulisses.

Après leur entrevue, l'assistant social était allé le trouver pour lui réclamer la liste de l'équipement dont il avait besoin pour exécuter sa fresque. Stankovic lui avait répondu qu'il souhaitait d'abord passer un coup de fil.

Permission accordée.

Il avait composé un numéro et parlé dans le vide pendant quelques instants.

Toujours aussi laconique, il avait ensuite annoncé qu'il n'avait besoin de rien, que quelqu'un viendrait lui livrer le matériel.

Elle s'était emportée.

Qui ça ?

Le père Noël ? Monsieur Bricolage ?

L'assistant social ne savait pas.

Sébastien ne savait pas.

Personne ne savait.

À ce jour, elle n'était pas plus avancée que Serge Marchand. Ce dernier avait lâché la bride et ne s'occupait plus de ce patient, trop content de la voir pédaler dans le vide.

Crétin.

Malgré elle, elle commençait à douter. La période d'observation se prolongeait et son rapport n'était toujours pas bouclé.

Elle était consciente que la décision qu'elle devait prendre serait lourde de conséquences. Si elle le déclarait non responsable de ses actes, il pourrait dire adieu à sa liberté, ou ce qu'il en reste. La Chambre de protection sociale statuerait sur son internement. Avec un peu de malchance, il quitterait l'EDS et se retrouverait dans l'annexe psychiatrique d'une prison pour un bon moment.

Si au contraire, elle affirmait qu'il était responsable de ses actes, retour à la case prison et procès. Philippe Larivière était sans doute un avocat compétent, mais il ne pouvait pas accomplir de miracles. Stankovic serait reconnu coupable et irait croupir entre cinq et vingt ans dans une cellule de neuf mètres carrés en compagnie d'un ou deux détenus.

Tabassages et racket en vue, avec option suicide.

L'alternative du diable.

Les faits prêchaient contre lui, mais elle était convaincue que le mobile de ce meurtre trouvait ses racines dans un passé plus lointain. Quoi ? Quand ? Aucune idée.

C'était bien la première fois qu'elle était confrontée à une telle impasse sans perspectives réalistes à court terme.

Elle jeta un coup d'œil à la rangée de diplômes qui garnissait le mur.

Un écrivain, dont le nom lui échappait, disait que les deux sciences les plus tristes étaient la psychiatrie et l'histoire ; l'une étudiait les faiblesses de l'individu, l'autre les faiblesses de l'humanité.

Quelqu'un frappa à la porte.

Elle lança un *oui* qui aurait découragé les plus audacieux.

Sa secrétaire entra dans le bureau, s'approcha avec prudence et posa le courrier sur la table.

— Bonjour, madame.

Par souci d'efficacité, elle la laissait décacheter les enveloppes, jeter à la poubelle ce qui n'était pas indispensable et déléguer ce qui ne la concernait pas, pour ainsi dire quatre-vingt-dix pour cent des documents.

Les dix pour cent restants terminaient bien souvent dans cette même poubelle une heure plus tard.

— Des priorités ?

L'assistante extirpa un des papiers.

— Une demande de visite.

Le fait était assez inhabituel pour être souligné. Les visites étaient rares, les nouvelles demandes davantage. Seul le directeur de l'établissement était légalement autorisé à les accorder. En général, elles concernaient un enfant arrivé en âge de rencontrer un membre de sa famille.

— Pour qui ?

— M. Stankovic.

Elle tendit la main.

— Montrez-moi ça.

La demande était rédigée sur le document adéquat téléchargeable sur Internet.

Je soussigné,

Nom du visiteur : *Rousseau*
Prénom : *Jérôme*
Date de naissance : *23/06/1983*
Adresse : *19 rue Auguste Bonte, 59000 Lille, France*

Souhaite rendre visite à Monsieur/~~Madame/Mademoiselle~~ :
Nom : *Stankovic*
Prénom : *Nikola*

Motivation de la demande :

Livraison de matériel de peinture en vue de la réalisation d'une fresque murale commandée par madame la directrice de l'institut.

Fait à : *Lille*
Le : *3 janvier 2019*

Elle masqua son sourire.

Sacré Stankovic !

Sa mauvaise humeur s'était évanouie.

Une photocopie de la carte d'identité recto verso du demandeur était jointe au document.

Quand elle avait pris ses fonctions, un extrait de casier judiciaire était requis. Cette formalité en rebutait plus d'un. S'ils persévéraient, il leur fallait attendre le bon vouloir de l'administration. La validité de l'extrait étant limitée à trois mois, il n'était pas rare qu'ils doivent recommencer plusieurs fois le parcours du combattant.

Elle apposa son cachet, signa pour accord et remit le papier à la secrétaire.

Elle ne savait pas qui était ce fournisseur tombé du ciel, mais il aurait sûrement quelque chose à lui apprendre sur Stankovic.

35

Tu es Dieu

Jérôme Rousseau embrassa Niko sur les joues, lui donna une tape dans le dos et quitta la salle de visite sans se retourner.

Il poussa un soupir de soulagement dès qu'il fut dans le couloir. Le moins qu'on puisse dire est que ça ne s'arrangeait pas. Déjà de son temps, il n'était pas bavard, mais à présent, il méritait l'Oscar du court-métrage muet.

Oui. Non. Peut-être. Je sais pas.

Il s'était confondu en remerciements, mais avait à peine jeté un coup d'œil au matos.

Il aurait pu faire un effort.

Les gardiens, eux, l'avaient examiné de près, surtout la perche télescopique. Ils se demandaient à quoi ça pouvait servir.

À piquer un portefeuille de loin ?

Connards.

Ses emplettes lui avaient coûté un bras. Le tout sur sa cassette personnelle. La gamme presque complète de *Molotow Coversall Color* et un assortiment de *Flame Blue* dont les quatre couleurs fluo. De quoi repeindre l'Arc de Triomphe en mode Las Vegas.

Quant à savoir ce que Niko ressentait, bonne chance.

Il faut dire que l'endroit filait le bourdon. Pire que la prison de Nivelles. Sans compter le regard en coin des gardes-chiourmes.

Il était content que ce soit terminé.

Heureusement, il n'était qu'à une heure de route de chez lui.

Il se dirigea vers la sortie en traînant les pieds.

Un couple *old school* semblait l'attendre au fond du couloir. La femme ressemblait vaguement à Morticia Addams en blond. Haute sur pattes et épaisse comme un cure-dent. Elle cadrait bien dans le décor. Il ne lui manquait que le fouet.

L'homme était plus petit qu'elle, moins chevelu et plus enrobé, avec un costard-cravate et le sourire angélique d'un percepteur d'impôts.

Morticia lui adressa la parole.

— Monsieur Rousseau ?

— En personne dans la vraie vie.

— Pauline Derval, je suis la directrice de cet établissement. Je vous présente maître Philippe Larivière, l'avocat de monsieur Stankovic. Vous avez quelques minutes à nous accorder ?

Il consulta la montre à gousset suspendue à son cou.

— Quelques minutes, oui. Plus, non.

Elle fit demi-tour.

— Je vous montre le chemin.

Il les suivit dans une pièce qui ressemblait à un cabinet de dentiste, avec des stylos alignés comme des bistouris sur la table. Et des diplômes en veux-tu en voilà.

Il s'installa en face d'eux.

La directrice lui expliqua ce qu'il savait déjà, Niko était en observation chez eux. L'avocat embraya pour lui dire ce qu'il savait déjà, Niko communiquait peu. Tous deux prétendaient vouloir l'aider.

Il coupa court.

— Vos flics m'ont interrogé sur la question en son temps et je leur ai dit ce que je savais. Je ne voyais Niko que de temps en temps. Je n'ai jamais su qui était cette nana, la morte. Je ne sais pas ce qui lui est passé par la tête ce jour-là et il ne m'a rien raconté.

Larivière acquiesça.

— Bien entendu. Néanmoins, le moindre élément peut nous être utile. Nous pensons que votre ami a des choses à dire. Des informations nous manquent et nous sommes persuadés qu'elles nous permettraient de mieux le comprendre. Vous l'avez fréquenté. Vous êtes aujourd'hui un artiste reconnu. Il a fait appel à vous et vous êtes venu. Il vous fait confiance. Vous connaissez son mode de fonctionnement.

Il se détendit.

Le gazier savait qui il était.

JoRo, alias JoRo-le-fou, alias JoRo-le-rat.

Tant mieux. Il détestait qu'on le prenne pour un biker ou un mordu de la gonflette. Chacun de ses tatouages avait une histoire. Quant à son look, c'était son choix, ça ne les regardait pas.

L'avocat poursuivit.

— Quand l'avez-vous connu ?

Il fit claquer sa langue.

— Comme ça. On est devenus potes à ParisTech, du côté de 2002. Il arrivait d'Allemagne et ne parlait pas très bien français. Comme moi, il voulait être ingénieur. Heureusement, le sort en a décidé autrement. Un jour, pendant un cours barbant, je l'ai vu barbouiller des graffitis sur son syllabus. Je taguais déjà depuis un moment. J'ai remarqué qu'il savait y faire. On a commencé à parler. Enfin, surtout moi. Lui hochait la tête en souriant de travers. J'ai compris qu'il avait arrêté de peindre depuis plusieurs années. Le truc qu'il ne fallait pas me dire. Je lui ai demandé de me faire quelques croquis, comme ça, *free style*, pour voir. J'ai vu. Le mec était balèze.

Derval l'interrompit.

— Voulez-vous un café ? Une eau ?

Une manière de le retenir. Finaude, Morticia.

— Un Coca, si vous avez. Light. Sinon un café.

Pendant qu'elle le servait, l'avocat sortit un bloc de papier.

— Vous permettez que je prenne des notes ?

Il s'affala sur la chaise.

— Comme vous voulez, mais vous n'allez pas apprendre grand-chose.

— Nous vous écoutons.

— Un soir, je l'ai emmené faire un tour. J'ai pris mon équipement et on est allés dans un terrain vague. Le Niko, il balisait. Il tremblait comme une feuille. Putain, vous auriez dû le voir. Pire qu'un gamin qui entre dans un bordel pour la première fois. J'ai fait deux trois tags et je lui ai passé le relais. Malgré le stress, il s'est lâché et s'est mis à bomber comme un malade. Il disait qu'il se sentait enfin libre. Je connais cette sensation. Il n'y a pas de liberté sans transgression. La liberté, la vraie, c'est celle que tu prends, en décidant de ne pas faire ce qu'on t'impose ou de faire ce qui est interdit. On ressort d'une session avec un méga sentiment d'impunité. Ce soir-là, il a chopé le virus. Quelques mois plus tard, il s'est inscrit à La Cambre et a fait ses valises pour Bruxelles.

L'avocat relança.

— À cette époque, Niko vous semblait-il ancré dans la réalité ?

Il se mit à rire.

— Ancré dans la réalité, c'est joliment tourné. Vous aimeriez savoir s'il était dingue ? Pour tout avouer, je me suis posé quelques fois la question. Surtout quand je le voyais bouffer du Nutella avec ses doigts et en foutre partout. Non. Il était zarbi et avare de mots, mais il savait ce qu'il faisait. En tout cas, à cette époque.

Derval reprit le flambeau.

— Vous avez continué à peindre avec lui, avant son départ pour Bruxelles ?

— Et comment. Une ou deux fois par semaine, on s'injectait notre dose nocturne d'adrénaline. On a appris l'un de l'autre.

On a grandi ensemble. C'est en partie à cause de moi qu'il a laissé tomber ses études d'ingénieur pour se lancer dans les arts graphiques. On était dingues. On ciblait des spots de plus en plus exposés. Un jour, j'ai décidé qu'on allait arrêter de jouer petit et devenir les meilleurs. On s'est offert une formation de cordiste dans le Vercors. On est rentrés avec du matos de pro : cordes, baudriers, gants, poignées autobloquantes. Paris était à nous. On s'est tapé les plus belles façades de la ville. Il adorait taguer le long de la Seine. Avant de commencer, il se plantait au bord du toit et regardait les bateaux-mouches.

Les deux semblaient fascinés par son récit.

L'avocat tripotait son briquet.

Le fumeur en manque.

— Niko avait-il des thèmes récurrents ? Des détails qui revenaient sans cesse ? Un homme armé d'un couteau ? Des éléments décoratifs ? Des étoiles ?

Il secoua la tête.

— Jamais vu ce genre. J'ai d'ailleurs été bluffé de voir ce qu'il avait graffé à Bruxelles. Le sexe, la violence, ce n'était pas son truc. Je me suis demandé ce qui lui avait pris.

— Il vous a parlé de son enfance ?

— Jamais. Sujet tabou.

Il vida sa tasse et se leva.

— Vous m'excuserez, je dois y aller.

Derval l'arrêta d'un geste.

— Encore une question. Avait-il une petite amie ? Ou une autre relation ?

Il haussa les épaules.

— Joker. À Paris, il logeait dans un studio avec une nana, mais elle avait un mec. Un moment, je me suis demandé si c'était pour se partager le loyer ou s'ils jouaient en trio.

L'avocat reprit.

— Qu'est-ce qui motive un graffeur à prendre autant de risques ?

Il répondit du tac au tac.

— Prendre son pied. Ceux qui ne l'ont jamais fait ne peuvent pas comprendre. Tu es là, dans la rue, avec ton sac à dos, ton sweat à capuche et ton barda. Tu sais où tu veux aller, mais tu dois attendre que quelqu'un sorte pour te faufiler dans l'immeuble. Tu grimpes l'escalier jusqu'au toit en guettant les bruits. Tu transpires des litres. La porte qui mène au paradis est fermée. Heureusement, les gens sont cons, ils laissent toujours une clé sous le paillasson ou au-dessus du chambranle. Tu débarques au sommet.

Il ouvrit les bras.

— Paris est là, qui grouille sous tes pieds. Tu respires les nuages. Tu bouffes du vent. Tu jettes un coup d'œil en bas. Putain, c'est haut. Tu t'installes et c'est parti. Tu descends en rappel le long de la façade. Tu entends les gens qui gueulent, les bagnoles qui klaxonnent dans la rue, les sirènes qui hurlent. Tu te dis que tu es repéré. Tu n'oses pas regarder autre chose que le mur. Alors, tu commences à bomber, tu mates les croquis scotchés sur tes cuisses, tu cherches les repères que tu as photographiés pendant des heures. Tu as envie de gerber. Tes mains sont moites. Tu te dis que tu vas abandonner. Puis, tu penses au lendemain. Demain, tu seras la star. Certains flemmards sont tout contents quand vingt clampins zieutent leurs croûtes dans une galerie. Nous, c'est deux mille, trois mille personnes qui admirent nos fresques tous les jours. Alors, tu te concentres, tu continues, tu t'appliques, tu n'entends plus rien. Il n'y a que ta peinture qui compte. C'est entre toi et le mur. Tu crées ton univers. Tu es Dieu,

Il pointa un doigt sur la femme.

— Vous êtes psy ?

— De fait.

— Dans ce cas, vous devez savoir que les graffeurs souffrent d'un trouble affectif. Sinon, ils feraient gratte-papier.

Il s'anima de plus belle.

— Quand tu as terminé, tu es épuisé, vidé, mort. Tu redescends. Le matin se pointe. Le camion-poubelle remonte la rue. Tu enlèves tes gants, tu changes de sweat et tu débarques dans le bistrot d'en face. Tu commandes un café et deux croissants. Tu t'appuies au bar et tu te pâmes devant ton œuvre en attendant que les premiers soutiers la remarquent. Ils arrivent, la montrent du doigt, sifflent d'admiration, disent que le mec qui a fait ça a des couilles. Tu as des frissons partout, tu es heureux. Le monde t'appartient.

Il se rassit, essoufflé.

Larivière lui adressa une moue élogieuse.

— Votre enthousiasme est communicatif. Vous avez fait du chemin depuis. Aujourd'hui, vous êtes reconnu, vous ne devez plus vous cacher, vous avez du succès. Pourquoi Niko n'a-t-il pas suivi la même voie ?

Il se passa une main dans les cheveux.

— Pour être honnête, Niko a plus de talent que moi. Mais dans ce milieu, ça ne suffit pas. Il faut soigner son look, avoir une grande gueule, faire du show, jouer la provoc, exciter les médias, en rajouter des tonnes, pas vraiment la spécialité de Niko. Sinon, il serait au pinacle.

La femme le toisa d'un œil accusateur.

— Vous avez eu des soucis avec la police pendant cette période ?

Il s'esclaffa.

— Des soucis ? Vous voulez rire ? On avait toute la brigade anti-tags au cul. Ironie du sort, aujourd'hui, les maires de banlieue me demandent de colorer leurs murs pour cacher la misère. À l'époque, on était leurs bêtes noires. Ils ne savaient pas à quoi on ressemblait, mais nos têtes étaient mises à prix. Une nuit, on a passé cinq plombes, couchés sur le toit d'une roulotte avec dix flics qui nous tournaient autour. Une autre fois, on était à deux doigts de se faire choper. On a grimpé le long d'une façade et on est entrés dans un appart. Coup de bol, il n'y avait personne. On a vidé le bar et on est ressortis par la porte principale, grave beurrés. Enfin, surtout moi. Les flics nous ont salués au passage. On était morts de rire. À part ça, j'ai filé un tuyau imparable à Niko, au cas où. Si tu es pris en flag, que tu as tes bombes à tes pieds et de la peinture plein les doigts, tu affiches ton air le plus innocent et tu dis : *c'est pas moi*. À eux de prouver le contraire.

36

La fin

Vukovar vivait ses derniers instants.

Les stations de radio étaient unanimes. Les bulletins d'information se succédaient, chargés de communiqués pessimistes.

Une nouvelle tentative de percée vers Nuštar s'était soldée par un échec. L'aviation bombardait sans relâche les positions croates. Les chars progressaient sur tous les fronts. Les Serbes se trouvaient aux portes de la ville. Les milices préparaient l'assaut final.

Après plus de quatre-vingts jours d'une résistance héroïque, le siège de Vukovar arrivait à son terme.

Le château d'eau, constellé d'impacts, était toujours debout, mais la ville n'était que ruines autour de lui.

Des cadavres pourrissaient sur le bord des routes, dans les maisons, sur les trottoirs. Plus personne ne se préoccupait de les évacuer.

Deux semaines auparavant, Blago Zadro, le héros de la résistance, avait été tué alors qu'il volait au secours d'un Croate blessé dans la rue de Vinograd.

Privés de leur chef de guerre, les derniers défenseurs étaient démoralisés, à bout de force, déjà vaincus. Leurs munitions étaient presque épuisées. Il ne leur restait que quelques armes individuelles et une vingtaine de grenades antichars pour faire face à la puissance de feu ennemie.

La population était affamée. L'eau et la nourriture manquaient.

L'hôpital ne disposait plus de morphine, de matériel sanitaire, ni de réserves de sang, malgré les dons quotidiens des habitants. Les salles d'opération étaient hors d'état de fonctionner. Les médecins avaient baissé les bras. Les blessés étaient allongés à même le sol, en attente des premiers soins.

Dans les caves, le froid s'intensifiait. Une épidémie de grippe sévissait. Les gens grelottaient, toussaient, s'enveloppaient dans les couvertures, se pressaient les uns contre les autres. Certains succombaient à la fièvre. On les retrouvait en fin de nuit, le corps raidi, le visage blême.

Les survivants de Vukovar attendaient la fin en redoutant le pire scénario.

Une certitude s'imposait. Les Serbes se montreraient impitoyables et n'épargneraient personne. Tout le monde allait mourir, hommes, femmes, enfants.

La veille, au plus fort des bombardements, une habitante de l'immeuble était montée à l'étage et s'était pendue dans son appartement.

Le matin, son père était venu les trouver.

Il avait le visage osseux. Ses yeux semblaient sortir de ses orbites.

Il les avait tenus de longues minutes dans les bras, puis avait annoncé qu'il devait repartir au combat, les autres l'attendaient.

Avant de s'en aller, il avait murmuré.

— Ne restez pas dans cette cave, essayez de quitter la ville quand ils entreront dans Vukovar. Pas avant. Passez par les champs de Bognanovci et Marinci. Évitez de vous mêler à un groupe de fuyards, ils vous ralentiraient. Vous avez plus de chances si vous partez seuls. Des partisans s'occuperont de vous à Nuštar.

Il avait tendu un pistolet à sa mère et l'avait indiqué du menton.

— Ne les laisse pas s'en prendre à lui.

Ces mots l'avaient terrifié.

Son père l'avait fixé dans les yeux avant de disparaître dans l'escalier.

Longtemps, il avait regardé le vide qui s'installait.

Sa mère l'avait serré contre son cœur et lui avait passé une main dans les cheveux.

— Tout ira bien, *Dušo.* Je te le promets.

37

La fresque

Sébastien arriva à l'EDS vers 7 h 30.

Le jour n'était pas encore levé. Quelques voitures couvertes de givre stationnaient dans le parking. Le personnel de nuit. Son service ne commençait qu'à 9 heures, mais il était trop impatient de découvrir la fresque tant attendue.

Il en avait eu le sommeil agité. Allongé dans le lit, les yeux ouverts, il avait tenté d'imaginer ce que Nikola allait créer.

Espérons que ce ne soit pas un sexe éléphantesque, une orgie romaine ou une scène de décapitation.

Il avait tenté plusieurs fois de l'interroger sur ses intentions, sans succès. Le secret était d'autant mieux gardé que Niko avait rangé les croquis préparatoires dans son armoire et les avait dissimulés sous ses affaires.

La veille, il avait annoncé être prêt et avait fixé ses conditions.

Selon sa première estimation, le travail lui prendrait une douzaine d'heures. Il emporterait le matériel et de quoi boire et manger et s'enfermerait dans l'atelier à la tombée du jour pour n'en ressortir que le lendemain matin.

Il tolérait la présence éventuelle d'un garde derrière la porte, mais interdisait à quiconque l'accès du hall avant qu'il ait terminé.

L'assistant social avait relayé sa demande au chef de la sécurité.

Ce dernier l'avait aussitôt refusée en invoquant les articles 38 et 39 du règlement.

Folcoche s'en était mêlée et avait négocié, mais le gardien-chef avait tenu bon.

On l'avait entendu hurler à travers la porte.

— Et puis quoi encore ? Il ne veut pas qu'on lui aménage une loge avec des fleurs, du caviar et du champagne ? La règle est claire. Toute demande impliquant la sécurité de l'établissement sera soumise au responsable et validée par sa signature. Dans ce cas, le responsable, c'est moi et je dis qu'il n'en est pas question.

Elle lui avait collé le manuel sous les yeux.

— Qu'est-ce que vous lisez là ? *Interné.* M. Stankovic n'est pas interné, il est en observation. Ce projet nous offre une occasion inespérée de l'observer. Pour rappel, les prescriptions, adaptations ou arrêts de traitement sont subordonnés à l'approbation du médecin en chef. Dans ce cas, la directrice de cet établissement, c'est moi et je valide la demande.

Hors de lui, il avait quitté le bureau en claquant la porte et avait arpenté les couloirs en rapportant leur désaccord à qui voulait l'entendre.

Sébastien avait prêté l'oreille à sa fureur vengeresse, le sourire aux lèvres.

Il adorait cette femme.

Elle avait le don d'obtenir gain de cause, par ruse, autorité ou intelligence.

Il ne pouvait la blâmer, à de rares exceptions près, les décisions qu'elle prenait se révélaient fondées.

Sans elle aux commandes, les conflits seraient permanents. Le personnel soignant considérait que l'EDS était un hôpital psychiatrique sécurisé, les gardes le voyaient comme une prison pour psychopathes. Elle était consciente que cet antagonisme les divisait et parvenait à maintenir un équilibre.

Quelquefois, en frappant sur la table.

Il longea le corridor en direction de l'atelier et croisa un gardien.

L'homme leva les yeux au ciel.

— Le maestro a terminé. Il est retourné dans ses appartements il y a dix minutes.

Sébastien pénétra dans le hall et s'arrêta net devant la fresque, le souffle coupé, l'émotion à fleur de peau.

Un frisson lui parcourut le dos. Des larmes lui montèrent aux yeux.

Il balbutia.

— C'est incroyable !

Il s'attendait à quelque chose de grandiose, mais n'imaginait pas une scène aussi spectaculaire.

La peinture respectait les dimensions réelles. Un homme de dos se tenait devant un trou circulaire de trois mètres de diamètre percé dans le mur. Il tenait une pioche dans les mains. Un amoncellement de briques s'étalait à ses pieds.

L'illusion était parfaite. L'orifice paraissait plus vrai que nature.

Le reste de la cloison avait été repeint en noir. La seule source de lumière semblait venir de l'extérieur. Le contraste donnait un relief saisissant au sujet central.

Il approcha et examina l'homme.

De grande taille, athlétique, imposant, il mesurait près de deux mètres et portait un pantalon large. Son buste trempé de sueur était nu. Ses muscles saillaient dans la pénombre. Son regard semblait se perdre dans les champs de blé qui s'étiraient jusqu'à l'horizon.

Au-delà, le ciel était bleu azur et une minuscule tour surgissait au loin.

Il ressentit un malaise.

Cet homme inspirait la férocité et la violence.

Il en eut froid dans le dos.

Il murmura.

— Qu'est-ce que tu as voulu nous dire, Niko ?

La voix du responsable de la sécurité tonna dans son dos.

— Après ça, qu'on ne s'étonne pas s'il y a des tentatives d'évasion. Cette – il chercha ses mots – horreur est une incitation ouverte à la cavale.

D'autres membres du personnel vinrent se joindre à eux.

La nouvelle s'était répandue à une vitesse foudroyante, tout le monde voulait savoir ce que Niko avait peint.

L'assistant social fit son apparition, s'arrêta net et posa une main sur sa bouche, tétanisé.

— Mon Dieu.

Bientôt, une dizaine de spectateurs, infirmiers, gardiens, patients étaient plantés devant la fresque, fouillant les détails, incapables de s'arracher à la fascination qu'exerçait la peinture.

Personne ne parlait à voix haute.

Quelques minutes plus tard, ce fut au tour de Pauline Derval de faire irruption dans l'atelier.

Elle resta silencieuse un moment avant de réagir, masquant tant bien que mal son trouble.

— Cette fresque est magnifique.

Ce fut comme une libération.

Les gens se mirent à discuter à bâtons rompus, vantant le réalisme de la scène, la précision du trait et l'incroyable effet de trompe-l'œil.

Bande d'hypocrites.

Karim fit son apparition. Il s'approcha du mur, les yeux plissés, la bouche ouverte. Il fit quelques pas en arrière, revint coller son nez contre la paroi, passa un doigt sur la peinture, visiblement agité.

Il indiqua le colosse, se retourna vers le groupe et balbutia.

— C'est lui. C'est l'homme aux étoiles.

Pauline Derval l'interrogea d'une voix calme.

— Qui est l'homme aux étoiles, Karim ?

Il haussa les épaules comme s'il s'agissait d'une évidence.

— L'homme aux étoiles, celui qui a tué la fille.

38

Deux possibilités

Philippe Larivière s'engagea dans la bretelle qui menait à la station-service.

Trois camions et quelques voitures étaient garés à proximité de l'entrée de la cafétéria. Parmi elles, un cabriolet Mercedes bleu marine qui semblait sortir de la salle d'exposition. Il estima qu'il s'agissait du sien et parqua sa BMW à son côté.

Assise à l'une des tables, Pauline Derval l'observait derrière la vitre.

Il consulta sa montre et grommela.

— Oui, bon, je suis avocat, pas aiguilleur du ciel.

Il avait reçu son appel tôt le matin, alors qu'il se rendait au Palais de justice et tentait de contourner les embouteillages quotidiens.

Sa voix impatiente avait résonné dans l'habitacle.

— Pauline Derval. Je vous dérange ?

Toujours aussi chaleureuse.

— Pas du tout, c'est un plaisir de vous entendre.

— Il faut que je vous parle, en face à face, aujourd'hui si possible. Mon emploi du temps est précieux, le vôtre également. Fixons-nous rendez-vous à mi-chemin entre votre bureau et le mien. Quelle heure vous convient ?

Au vu de sa charge de travail, aucune, mais la curiosité l'avait emporté.

— Quinze heures ? Sauf gilets jaunes, travaux ou autres encombrements.

— Parfait.

Elle lui avait précisé l'endroit de la rencontre avant de raccrocher.

Il entra dans la buvette.

La *Neuvième* de Beethoven jouait en sourdine, entrecoupée par les rires d'un trio de routiers accoudés à l'une des tables hautes.

Il n'avait jamais aimé cette symphonie. Il la trouvait rabâchée. Sa discothèque personnelle se composait pour l'essentiel des grands de la chanson française : Brassens, Barbara, Aznavour.

Et l'immense Brel.

Il ôta son manteau et s'assit en face d'elle.

Robe grise, veste anthracite. Malgré cette rigueur vestimentaire, il reconnaissait que c'était une belle femme. Il remarqua qu'elle portait cette fois une montre et un bracelet. Il soupçonna en outre les routiers de l'avoir prise pour cible de leurs plaisanteries.

— Bonjour, docteur. Je présume que vous avez du nouveau ?

— Dans le cas contraire, je vous aurais fichu la paix.

Deux tasses étaient posées devant elle, la première était vide, l'autre pleine.

Elle indiqua la tasse pleine.

— Je vous ai pris un café. À 15 heures, il était chaud.

Pour peu, elle lui demanderait d'ôter ses coudes de la table.

Il jeta un coup d'œil au café, comme s'il voulait y découvrir l'avenir.

— Je vous remercie. Je vous écoute.

Elle lui retraça la genèse de la fresque, lui présenta la photo qu'elle avait prise dans l'atelier et termina sur l'intervention de Karim.

Il resta muet devant la peinture.

Avant qu'il réagisse, elle se pencha vers lui.

— Mettons une chose au point. Vous êtes lié au secret professionnel et vous risquez d'être radié du barreau si vous le transgressez. De mon côté, je suis tenue aux mêmes clauses et je pourrais être rayée de l'ordre des médecins si je les outrepasse. Ensuite, nous risquons de nous retrouver côte à côte sur les bancs d'un tribunal correctionnel. Pour autant que cela s'apprenne, bien entendu.

Il opina.

— J'entends bien.

Elle marqua une pause et haussa les sourcils.

— Nous avons par conséquent un choix à faire. Soit nous continuons à parler à demi-mot, soit nous jouons cartes sur table. La balle est dans votre camp.

Il accusa le coup.

— Je serais tenté de vous emboîter le pas, pour autant que cela ne s'apprenne jamais, bien entendu.

— Vous avez ma parole.

— Dans ce cas, vous avez la mienne.

Il la sentait tendue, préoccupée.

Elle s'éclaircit la voix.

— Je devrai bientôt rendre mes conclusions quant à la période d'observation de M. Stankovic. Vous mesurez l'enjeu ?

— Et comment.

— Pour être honnête, je suis partagée. La psychiatre ne dispose pas d'éléments probants pour prendre une décision. En revanche, la femme penche en faveur d'une reconnaissance de conscience. Depuis des années, je vis au milieu de malades mentaux, je suis capable d'identifier les symptômes associés à chaque psychopathologie et je peux poser un diagnostic fiable en peu de temps. En ce qui concerne Stankovic, je suis sceptique. Je n'entrevois qu'une explication rationnelle. Cet homme a été victime ou témoin d'un événement traumatisant dans son passé, sans doute pendant son enfance. Vous en a-t-il parlé ?

Il apprécia sa franchise.

— Je vous remercie pour la confiance que vous m'accordez. Avant de vous répondre, j'aimerais vous demander ce qui guide votre démarche. Cette affaire semble vous tenir fort à cœur.

Elle réfléchit quelques instants.

— Je ne tiens pas à commettre d'erreur.

— Pour votre bien ou pour le sien ?

Un voile passa sur son visage.

— En cas d'erreur, les conséquences seraient plus désastreuses pour lui que pour moi.

Cette femme montait dans son estime.

— C'est tout à votre honneur. J'apprécie votre réponse.

Elle balaya l'air de la main.

— Épargnez-moi vos salamalecs et répondez à ma question.

— J'y venais. Non, il ne m'a jamais parlé de son enfance. En fait, je sais très peu de choses concernant son passé. Il a quitté sa Croatie natale pour l'Allemagne début 92. Comme vous le savez, à cette époque, la guerre en Yougoslavie faisait rage. Il est possible qu'il ait vécu un épisode dramatique durant cette période. J'ignore ce que sont devenus ses parents. Il a séjourné dans plusieurs familles d'accueil en Bavière avant de partir pour Paris. Un couple qui l'a hébergé a été interrogé, mais il ne s'est jamais exprimé sur cette partie de sa vie.

— Point mort de ce côté, donc.

— Je le crains. Je vais également être franc avec vous. J'ai côtoyé de nombreux criminels dans ma carrière et autant d'innocents. Dans cette affaire, l'avocat ne peut avancer aucun argument factuel en faveur de l'innocence de son client, mais l'homme en a la conviction, du moins de sa non-culpabilité, la nuance est importante. Si nous parvenons à prouver qu'il n'a pas commis ce meurtre, votre problème est résolu et le mien aussi. La question de sa responsabilité n'a plus de raison d'être et la justice doit le libérer.

Elle écarquilla les yeux.

— Stankovic innocent ?

Elle paraissait troublée.

— Je n'ai pas comme vous une connaissance approfondie de l'affaire, mais à en croire la presse, il existe suffisamment de preuves pour démontrer sa culpabilité.

Il objecta.

— Tout indique qu'il était présent sur les lieux, mais rien ne permet d'affirmer qu'il a commis le meurtre.

Elle médita quelques instants sur ce cas de figure.

— Si vous vous basez sur le fait qu'il aurait reproduit la scène de crime dans son Pollock en se méprenant sur la séquence de coups portés à cette femme, c'est maigre. D'autant que rien ne dit qu'il s'agit de la scène de crime.

— Je dirais que cet élément renforce ma conviction. De plus, il n'a pas reproduit l'arme du crime. Le couteau de Niko possède une lame lisse, celui qui a tué Ivanka Jankovic était d'un autre type. Et puis, dans tout meurtre, il y a un mobile. Pour mémoire, Ivanka Jankovic ne venait à cet appartement que pour se livrer à la prostitution. Le médecin qui a pratiqué l'autopsie a déclaré qu'elle n'avait pas eu de rapports sexuels avant sa mort et, comme vous le savez, les experts psychiatriques estiment que Stankovic est asexuel.

Beethoven avait fait place aux *Quatre saisons* de Vivaldi, tout aussi agaçant.

Des éclats de rire fusèrent.

Elle jeta un coup d'œil dédaigneux aux routiers hilares.

Il attendit qu'elle ait son attention pour poursuivre.

— Pour être tout à fait sincère, il m'a confié un jour avoir été présent dans l'appartement, mais il a continué de nier avoir tué cette femme, sans en dire plus.

Elle enregistra l'information, perplexe.

— Et vous l'avez cru ?

— Je ne rejette pas cette possibilité.

Elle essuya une minuscule tache de café sur le bord de sa tasse. Il venait de faire vaciller sa conviction et s'en félicitait.

Elle ne s'avoua pas vaincue pour autant.

— Si je vous suis, face à la police, il aurait utilisé la défense conseillée par son copain tatoué, *c'est pas moi* ? Vous pensez qu'il aurait résisté à la pression des multiples interrogatoires ?

— C'est une option concevable. Le droit au silence est un des droits de toute personne faisant l'objet d'une accusation pénale. La charge de la preuve appartient non pas à celui qui est poursuivi, mais au ministère public.

Elle secoua la tête.

— Merci pour la leçon. Dans ce cas, comme dirait La Palice, s'il n'est pas l'assassin, c'est quelqu'un d'autre. Qui ? L'homme aux étoiles ? Je ne sais pas où Karim est allé chercher cela. *C'est l'homme aux étoiles, celui qui a tué la fille.* Il n'y a aucune étoile sur la fresque. Et rien ne dit que la fille dont il parle est cette Ivanka.

Il s'empara de son briquet et le retourna dans sa main.

— C'est là que ça devient intéressant.

Il lui expliqua la découverte des étoiles à huit branches sur les phalanges de l'homme du canal et la présence de ces mêmes étoiles dans le Pollock de Niko. Il termina en lui relatant les résultats des recherches que la stagiaire avait effectuées.

Il plissa les yeux.

— Si votre Karim en a parlé, c'est que Niko lui en a touché un mot, non ? Ils s'entendent bien ?

Elle acquiesça.

— Leur connivence est manifeste. Karim a suivi des cours d'arts et est hypersensible, comme c'est souvent le cas chez les schizophrènes. Il est chez nous depuis plusieurs années. Hélas, il n'est pas prêt d'en sortir. Il m'a plus d'une fois étonnée. Il sent les gens et les choses. Ses intuitions se sont plus d'une fois vérifiées.

— Que s'est-il passé entre eux, à votre avis ?

— Stankovic lui a peut-être lâché une info, *entre artistes*. Comme Karim aurait pu en interpréter une autre, ou tout inventer. Cela étant, je vous vois mal débarquer chez le juge d'instruction en lui disant : « Ce n'est pas Stankovic le coupable, mais l'homme aux étoiles, je le tiens d'un interné qui a commis un meurtre. » Vous serez bien accueilli.

Il ne put s'empêcher de préciser.

— D'autant que c'est *une* juge.

Elle pinça les lèvres.

— Ce sont les pires.

Il reprit.

— Pensez-vous que l'homme aux étoiles puisse être une sorte de double fictif de Niko ?

Elle rejeta l'hypothèse du revers de la main.

— Si c'était le cas, il souffrirait du trouble dissociatif de l'identité ou serait atteint de schizophrénie. On confond souvent les deux, mais le premier expert qui l'a examiné, même s'il était sénile, ne serait pas passé à côté. Le collège qui a suivi encore moins.

L'envie de fumer le démangeait. Il devait être de retour à Bruxelles à 16 h 30.

Il réfléchit quelques instants.

Beethoven était de retour.

— En deux mots, si Niko est conscient de ses actes, comme le dicte votre intuition, nous avons deux possibilités. Soit il est innocent et nous devons savoir pourquoi il s'entête à garder le silence. Soit il est coupable, ce que je ne peux en toute objectivité rejeter, et il nous faut découvrir le mobile du meurtre.

39

Sa véritable dimension

En l'espace d'une nuit, il avait retrouvé ses repères.

Ses automatismes avaient vaincu ses appréhensions, même si l'appel du vide, la montée d'adrénaline et les odeurs de la ville lui avaient manqué.

Depuis, on le dévisageait dans les couloirs. Certains avec curiosité, d'autres avec égard.

Il comprenait à présent le discours que tenait Jérôme sur le regard des gens. Quand un artiste peint à visage découvert, sa personnalité prend le pas sur son œuvre. Il devient un produit de consommation. À terme, sa notoriété occulte son talent.

Il ne souhaitait ni éloges ni complaisance. L'ombre et le silence assuraient sa protection.

Il avait terminé son travail bien avant le lever du jour.

Pendant les heures qui restaient, il avait erré dans l'atelier, furetant de-ci de-là.

Le hangar était immense.

Les rayons étaient chargés de cartons et de panneaux de bois, les allées encombrées de meubles en kit en attente d'être assemblés. Certains recoins recelaient des trésors inestimables.

Il avait examiné les différents murs pour évaluer les possibilités que ses découvertes lui offraient.

L'inspiration lui était venue de manière spontanée.

Somme toute, la fresque ne présentait qu'une perspective limitée.

Le dénouement suivrait, pour autant qu'il puisse finaliser son œuvre. Une fois achevée, elle revêtirait sa véritable dimension.

40

Bienvenue dans la Grande Serbie

La date du 18 novembre serait à jamais gravée dans sa mémoire.

Au lever du jour, les premiers chars étaient entrés dans Vukovar par Lužac et avaient pris la direction de l'hôpital, suivis par un nombre important de fantassins.

La plupart des résistants avaient cessé le combat et attendaient l'arrivée des troupes serbes pour se rendre. Seule une poignée d'hommes préférant la mort au déshonneur s'était retranchée dans un îlot du centre-ville et se préparait à l'assaut final.

Il refusait de croire que son père en faisait partie.

On ne meurt pas pour l'honneur. Encore moins pour une ville en ruines.

Il aimait son père. Son père l'aimait. Ils formaient une famille.

Sa mère lui avait promis que tout allait bien se passer. Le château d'eau, meurtri, mais toujours vaillant, se dressait au milieu des décombres.

Dans les caves, les gens étaient terrifiés et ne savaient que faire. Les plus pessimistes déclaraient qu'il n'y avait plus rien à espérer. Ils disaient que les Serbes étaient aveuglés par la vengeance. Ils allaient tous se faire massacrer ou mourir au terme d'une longue agonie dans les camps de concentration.

D'autres rumeurs prétendaient qu'une milice paramilitaire constituée de volontaires assoiffés de sang avait reçu pour mission d'investir chaque maison et d'exécuter les occupants.

Attendre équivalait à mourir, tenter de fuir revenait à tomber sous les balles ennemies.

En fin de matinée, sa mère avait empaqueté quelques affaires.

Au plus fort des discussions, elle l'avait pris par la main.

— Viens, *Dušo,* ne dis rien et suis-moi.

Ils étaient sortis de la cave. Des tirs retentissaient vers le nord.

Ils étaient passés par l'arrière de l'immeuble, avaient escaladé le talus et traversé le cimetière.

Il avait peur, ses jambes se dérobaient sous lui.

Sa mère l'avait ragaillardi.

— Nous allons contourner Duga et longer la route de Bognanovci par les terres. Des partisans nous attendent à Nuštar, nous y serons en sécurité.

Ils parcoururent deux kilomètres sans encombre. Les premiers champs apparaissaient au loin. Le bruit des détonations s'estompait peu à peu.

— Encore un peu de courage, *Dušo.*

Nuštar se trouvait à douze kilomètres. En temps normal, il leur aurait fallu trois heures pour l'atteindre, mais leurs chaussures s'enfonçaient dans la boue et ralentissaient leur foulée.

Après deux heures de marche ininterrompue, collés l'un à l'autre, le corps courbé pour affronter le vent glacial, ils avaient pris une pause à l'entrée de Marinci.

Une carcasse de char barrait la route. Un silence oppressant régnait. Hormis quelques cochons errants, le village paraissait désert. Même les oiseaux semblaient retenir leur souffle.

Ils avaient longé les maisons, étaient entrés dans une rue latérale et s'étaient arrêtés net, incapables de détourner le regard de la scène d'horreur.

Pendu à un arbre, la tête en bas, un homme tournait sur lui-même, le ventre ouvert, les entrailles arrachées. De chaque côté de la voie, des cadavres de civils pourrissaient sur le trottoir.

Sa mère avait étouffé un cri.

À leurs pieds, le corps d'une femme gisait contre un mur, un écriteau autour du cou.

Je porte l'enfant d'un Serbe

Elle l'avait rédigé dans les deux alphabets, mais l'avertissement n'avait pas suffi à la sauver.

Il avait éprouvé un choc à la vue du visage tuméfié de la femme.

Ils avaient repris la route, bouleversés. Il avait la nausée, ses jambes lui faisaient de plus en plus mal, il mourait de soif et leurs bouteilles d'eau étaient vides.

Ils s'étaient engagés dans une route parallèle bordée de bouleaux.

Après quelques centaines de mètres, sa mère avait indiqué un hameau isolé entouré de clairières.

— On trouvera à boire là-bas.

Elle avait frappé à la porte de la première maison. Des bruits de pas s'étaient fait entendre, mais aucune réponse ne leur était parvenue.

Ils avaient progressé jusqu'à la suivante. La porte était entrouverte. Sa mère avait poussé le battant et lancé un appel.

Personne.

Ils étaient entrés dans une pièce sombre qui sentait l'humidité et la pourriture.

— Attends-moi ici, je vais voir si je peux trouver de l'eau dans la cuisine.

Alors qu'elle avançait à tâtons, le vrombissement d'un moteur avait grossi. Un grincement de freins avait déchiré l'air et des portières avaient claqué.

Sa mère était revenue sur ses pas, s'était approchée de la fenêtre et avait écarté le rideau.

Elle l'avait aussitôt empoigné par le bras.

— Cache-toi sous l'escalier, vite.

Il avait obéi et s'était recroquevillé sous les marches.

Ses mains étaient glacées. Il grelottait. Ses mâchoires se contractaient.

Des voix avaient tonné à l'extérieur.

Plusieurs cris s'étaient succédé dans la maison voisine. Un craquement de bois, des hurlements, des ordres, d'autres cris, puis la déflagration d'une grenade et un silence assourdissant.

Sa mère semblait tétanisée par ce qu'elle avait vu.

Elle avait fouillé dans son sac et en avait sorti le pistolet avant de murmurer dans sa direction.

— Surtout, ne bouge pas et ne dis rien.

Des pas s'étaient rapprochés et la porte s'était ouverte à la volée.

Un homme de haute stature était apparu dans le chambranle. De sa cachette, il ne voyait que sa silhouette qui se découpait dans la lumière.

Sa mère se tenait au milieu de la pièce, les bras tendus, l'arme pointée sur l'homme.

Il s'était mis à rire.

— C'est comme ça qu'on accueille les libérateurs ?

Il parlait leur langue avec un accent rocailleux.

Sa mère avait chancelé, ses mains tremblaient.

L'homme avait déboutonné sa chemise, exhibé sa poitrine et écarté les bras.

— Vas-y, tire. Vise le cœur.

D'un geste vif, il avait saisi le pistolet, l'avait envoyé valdinguer dans un coin et avait giflé sa mère.

Il avait arraché son foulard, l'avait agrippée par les cheveux et l'avait entraînée vers la table.

Deux hommes avaient fait irruption. Ils titubaient et semblaient ivres.

Il les avait sommés de partir.

— Sortez, je vous rejoins.

Les hommes partis, il avait déchiré la jupe de sa mère, débouclé son ceinturon et baissé son pantalon.

Tapi sous l'escalier, il aurait voulu disparaître, fermer les yeux, se boucher les oreilles, mais il n'y parvenait pas. Impuissant, il avait assisté à la scène sous les regards affolés et les cris lancinants de sa mère.

L'homme la tenait d'une main par le cou. Son bassin allait et venait. Il ponctuait ses charges par des jurons et des grognements furieux.

Il avait envie de pleurer. Son ventre le brûlait. Un liquide chaud s'était répandu sous lui.

L'homme avait poussé un long râle et s'était dégagé de l'étreinte. Un couteau avait surgi dans sa main. D'un mouvement brusque, il l'avait enfoncé dans la gorge de sa mère.

Il avait fait rouler le corps sur la table et l'avait jeté sur le sol.

Il s'était retourné et s'était rhabillé avec calme. Les traits de son visage n'apparaissaient pas dans la pénombre.

De sa cachette, il n'avait vu que les étoiles tatouées sur ses épaules.

Avant de sortir, l'homme avait craché par terre.

— Bienvenue dans la Grande Serbie.

41

Une belle saloperie

Assis dans le large canapé de cuir bordeaux, Philippe Larivière feuilletait la dernière édition du *Soir* en attendant l'arrivée d'Alain Lallemand.

De manière générale, les relations entre les médias et les avocats étaient rarement au beau fixe, hormis pour quelques ténors du barreau qui entretenaient des liens privilégiés avec les journalistes dans le but de soigner leur image.

De temps à autre, il les voyait parader à la télévision à la sortie du Palais de justice, l'air absorbé, une pile de dossiers sous le bras. Malgré les efforts qu'ils fournissaient pour sembler pris à l'improviste, les questions et les réponses paraissaient préparées.

Pour sa part, il avait toujours favorisé la retenue, même s'il reconnaissait que dans certains cas, la défense d'un client nécessitait des prises de parole publiques.

S'il voyait Alain Lallemand à intervalles réguliers, c'était pour d'autres raisons que de décrocher une pub à bon prix.

Alain avait commencé son parcours professionnel comme chroniqueur judiciaire avant de devenir grand reporter, correspondant de guerre puis journaliste d'investigation.

Ils avaient lié connaissance en 1988, au début de leurs carrières. Tous deux âgés de 25 ans, ils assistaient à un procès d'assises dans le but d'apprendre leurs métiers respectifs. Une amitié les unissait depuis.

Alain Lallemand sortit de l'ascenseur, lui fit signe de la main et vint à sa rencontre.

— Salut, Philippe. Comment vas-tu ?

— Bonjour, Alain. Fatigué, mais je survis.

Ils se firent l'accolade.

— Café ?

— Avec plaisir.

Ils sortirent du *Soir*, traversèrent la rue Royale et s'installèrent à l'écart chez Paul, la boulangerie située en face du journal.

Ils commencèrent par parler de l'actualité récente et des dossiers en cours, enquête de longue haleine pour l'un, préparation d'un procès d'assises pour l'autre.

Les préambules terminés, Philippe Larivière entra dans le vif du sujet.

— Nikola Stankovic, ça te dit quelque chose ?

Le journaliste fouilla sa mémoire.

— L'auteur des fresques arrêté pour meurtre ?

— Lui-même. Je m'occupe de sa défense.

Il manifesta son approbation.

— Beau défi. Comment ça se présente ?

— Pas terrible.

Larivière lui retraça l'affaire dans les grandes lignes en mettant l'accent sur l'imbroglio judiciaire qui avait amené son client à être interné à titre provisoire. Il était inutile d'agiter les règles de confidentialité, rien ne sortirait des murs de la boulangerie.

Quand il eut terminé, Lallemand soupira.

— *Idem est non esse aut non probari* ou l'emblématique vérité juridique. Pour qu'un juge tienne compte d'un fait, il faut le prouver. Si le fait n'est pas prouvé, il n'existe pas.

Larivière rectifia.

— Il n'existe pas pour le juge. Cela ne signifie pas qu'il n'existe pas. Je pourrais écrire un livre de mille pages sur ce thème.

Le journaliste lui tapota le bras.

— Tu feras ça quand tu prendras ta retraite. En quoi puis-je t'aider ?

Larivière ouvrit son attaché-case et posa plusieurs photos sur la table.

— Voici trois œuvres que Stankovic a réalisées depuis sa mise en observation. Jettes-y un coup d'œil et dis-moi ce que tu en penses.

Lallemand examina les croquis.

— Il a un sacré talent, ton type. Si je ne me trompe, le premier est une vague copie d'un Picasso. Le deuxième, je ne sais pas. Le troisième est étrange. Où a-t-il été peint ?

— Sur le mur de l'atelier, à l'EDS.

— Rien que ça ? Avec autorisation ?

— De la direction générale.

Il sifflota.

— Intrigant. On dirait une affiche de propagande soviétique.

Larivière considéra le dessin d'un œil neuf.

— En effet, je n'y avais pas pensé. À part ça, ils t'inspirent quelque chose ?

— Dans les deux premiers, je vois un homme armé d'un poignard. Dans le troisième, le couteau a été remplacé par une pioche.

— Autre chose ?

Lallemand parut confus.

— Non, je ne vois pas. Un indice ?

— Tu as couvert la guerre de Yougoslavie, il me semble ?

La question le surprit.

— En effet. Pourquoi ?

— Quel souvenir en as-tu ?

— Le souvenir d'une belle saloperie. À une heure d'avion d'ici et à l'aube du vingt et unième siècle. Je suis allé plusieurs fois sur le terrain. Une vraie boucherie. J'ai passé trois semaines à Sarajevo en septembre 1992. Bizarrement, j'ai vécu là-bas un des épisodes les plus émouvants de ma vie. Ce souvenir est très vivace dans ma mémoire. Au plus fort des bombardements, un vieil homme est sorti dans la rue et a commencé à jouer du violon au milieu des ruines. Je le vois encore, les habits en lambeaux, tremblant sur ses pauvres jambes, des larmes dans les yeux. Pour nous qui côtoyons l'horreur au quotidien, ces instants de grâce permettent de continuer à croire en l'humanité.

Il retira ses lunettes et s'essuya les yeux.

Larivière le laissa reprendre ses esprits.

Après quelques instants, il remit ses lunettes.

— Revenons à tes dessins. Quel rapport avec ce conflit ?

Larivière se pencha vers lui.

— Stankovic a quitté la Croatie en 1992, mais ces peintures peuvent faire référence à une période antérieure.

Après quelques instants, Lallemand posa un doigt sur le Guernica.

— Là, cette tour.

Il saisit la troisième photo.

— On la retrouve ici.

— En effet. Ça te dit quelque chose ?

— Il se pourrait que ce soit le château d'eau de Vukovar.

Larivière bondit.

— Vukovar ? Ce nom me dit quelque chose. Que s'est-il passé là-bas ?

Lallemand rassembla ses idées.

— Le siège de Vukovar a marqué le début de la guerre. Il a eu lieu pendant l'automne 1991. Les Serbes prévoyaient la chute de la ville en deux jours, mais les Croates l'ont défendue pendant trois mois.

Larivière embraya.

— Si Stankovic y était à cette époque, il aurait eu 8 ans. Comme je te l'ai expliqué, je ne sais pas grand-chose de lui et il reste muet comme une tombe. En quoi ce château d'eau a-t-il une importance ?

— Il représente le symbole de la résistance croate. Cette tour a été touchée par plus de six cents obus sans jamais s'effondrer.

42

Deux silhouettes

Pour rien au monde Pauline Derval n'aurait manqué la soirée VIP du Salon de l'Auto de Bruxelles, rebaptisé depuis peu *Brussels Motor Show* pour ménager les susceptibilités linguistiques.

Pour sa part, elle ne parlait pas flamand et ne s'en portait pas plus mal. Les premiers mots qu'on apprenait dans cette langue étaient *goedemorgen, dank u* et *tot ziens*, expressions pour le moins rares dans son champ lexical.

L'idée qu'une fraction grandissante de nationalistes sectaires rêvait d'une Flandre indépendante l'amusait. Qu'on la leur donne et qu'ils nous fichent la paix avec leur dialecte et leur quête éperdue d'identité.

Pour l'heure, les velléités séparatistes passaient au second plan, les festivités l'attendaient.

Comme chaque année, Fabienne l'accompagnait, maquillée, parfumée, pomponnée et parée de bijoux. Cette fois, elle était flanquée d'un nouveau chevalier servant, un quinqua lourdaud qui les suivait à quelques mètres dans un smoking de location.

Une fausse note dans le décor.

Pauline se pencha vers son amie.

— Pourquoi as-tu pris ce trou du cul avec toi ?

Fabienne haussa les sourcils.

— C'est mon Bob du jour. C'est lui qui conduit. L'année dernière, je me suis fait arrêter par les flics. J'ai dû souffler dans leur espèce de sextoy, ça m'a coûté trois mois de salaire.

— Si c'est de mon salaire que tu parles, ça reste raisonnable.

— Ne me fais pas rire, ça va flinguer mon rouge à lèvres.

Elles pouffèrent et poursuivirent leur promenade en se tenant par le bras, l'air complice.

Les hommes se retournaient sur leur passage. Elles en étaient conscientes et se réjouissaient de l'effet qu'elles produisaient, moulées dans leurs robes de soirée, la taille élancée, le regard hautain.

Deux reines dans un palais illuminé.

Comme Fabienne se plaisait à le répéter, elle connaissait *tout le monde* et s'arrêtait à intervalles réguliers pour saluer un PDG emblématique ou une huile quelconque.

Baisemains et gloussements de rigueur. Si elle estimait que le personnage en valait la peine, elle hélait Pauline et lui présentait l'intéressé.

Tout en continuant à échanger des propos anodins, elles firent une halte aux stands des marques les plus prestigieuses, prirent quelques coupes de champagne et picorèrent l'un ou l'autre zakouski en prenant soin de ne pas jeter de coups d'œil aux modèles exposés.

Ne soyons pas vulgaires.

De son côté, le *Bob du jour*, délaissé et quelque peu frustré, s'asseyait au volant des bolides, contemplait l'équipement, tripotait les manettes, palpait le cuir des sièges avec des mimiques expressives et des murmures approbateurs, confortant par là son statut de trou de cul.

Pauline l'indiqua du menton.

— Dans deux minutes, il va nous faire un selfie.

L'alcool commençait à agir.

La tête lui tournait.

Elle aimait ressentir cette douce euphorie qui l'éloignait de ses préoccupations quotidiennes.

Entre autres, le cas de Nikola. Le temps passait et elle devait remettre son rapport.

Avant de quitter l'EDS, elle était allée le trouver. En toute transparence, elle lui avait précisé que selon les conclusions qui seraient rendues, il n'était pas exclu que la justice décide de le renvoyer en prison ou de le transférer dans un autre établissement.

Il l'avait écoutée avec son sourire en coin et son air de chien errant.

Elle en avait eu un serrement de cœur.

Il l'avait dévisagée, les yeux embués.

— Je préfère rester ici.

Sa réaction l'avait désarçonnée.

Il connaissait pourtant les conséquences des conclusions qui seraient prises, Philippe Larivière ne s'était pas privé de les lui expliquer en long et en large.

Si un interné échappait à la responsabilité pénale, la procédure qui menait vers sa libération effective était longue et parsemée d'obstacles. Avant qu'une chambre de protection sociale admette que son état mental s'était suffisamment amélioré et que les conditions de sa réadaptation étaient réunies, une vie pouvait s'écouler.

Elle avait adouci le ton.

— Pourquoi voulez-vous rester ici, Nikola ?

Il avait baissé les yeux.

— Parce que vous…

Elle avait attendu la suite.

Il avait murmuré.

— Je dois terminer mon projet dans l'atelier.

Fabienne lui saisit la main.

— J'en ai marre de cet endroit. On bouge ?

— Où veux-tu aller ?

— Manger un bout.

— C'est tout ?

— Et finir au *Spirito*.

— Voilà qui est mieux.

Le programme lui convenait.

Implanté dans une ancienne église anglicane du quartier Louise, le *Spirito* était un des clubs les plus huppés de la capitale. Clientèle haut de gamme, restaurant raffiné et ambiance garantie sur le *dancefloor*.

L'addition serait salée, mais si le Bob caressait le projet de terminer la soirée entre les jambes de son amie, il assurerait.

— D'accord, allez-y de votre côté, je prends ma voiture et je vous rejoins là-bas.

Elle récupéra son manteau au vestiaire et se dirigea vers la sortie.

L'air frais lui remit les idées en place.

Il lui restait à retrouver sa Mercedes dans l'immensité du parking C en s'ingéniant à ne pas se casser un talon dans les graviers.

Elle parcourut une allée, une deuxième, une troisième en actionnant la commande à distance.

Quelle misère !

À quand un service de voituriers ?

Enfin, sa Mercedes lui répondit d'un appel de clignotants. En approchant de son véhicule, elle entrevit deux silhouettes qui se faufilaient dans l'allée parallèle.

Elle savait qu'il y avait eu plusieurs agressions dans le parking récemment. Elle pressa le pas, ouvrit la portière et s'assit au volant.

Un homme encagoulé fit irruption devant le capot. Un second remonta par l'arrière et empoigna son sac à main.

Elle s'accrocha à la lanière, bien décidée à ne pas se laisser dévaliser.

L'homme gronda.

— Lâche ça, connasse !

Elle tenta de repousser l'agresseur et de refermer la portière tout en hurlant.

— Foutez-moi la paix !

L'homme rugit.

— Ah, c'est ça que tu veux ?

Il lâcha la courroie du sac et lui asséna un coup de pied dans les côtes. Alors qu'elle tentait de reprendre sa respiration, il l'agrippa par le col de son manteau, la tira hors de la voiture et la projeta sur le tarmac. Le deuxième homme vint lui prêter main forte.

— Sale pute !

Une pluie de coups s'abattit sur elle. Elle essaya tant bien que mal de se protéger le visage.

Les coups se multiplièrent, plus sourds.

Elle se recroquevilla. Son corps tressautait sous les assauts. Une main lui saisit le poignet. Un objet s'écrasa sur son front. Un goût de sang emplit sa bouche.

La douleur s'estompa peu à peu et un voile noir lui couvrit les yeux.

43

Une autre vie que la sienne

Il était resté sous l'escalier jusqu'à la tombée du jour.

Durant la nuit entière, il n'avait pas bougé, le corps prostré dans l'obscurité, aspirant l'air par petites bouffées, à l'affût d'un signe de vie, d'un bruit, d'un mouvement sur le sol, d'un gémissement, du souffle de sa mère.

Des craquements venus de la toiture retentissaient de temps à autre. Un rat avait traversé la pièce en courant. Des effluves douceâtres envahissaient ses poumons.

À l'aube, il était sorti de sa cachette.

Il lui avait fallu plusieurs minutes pour parvenir à se redresser.

Ses membres étaient ankylosés, son dos endolori, son estomac contracté.

Il avait écarté les rideaux pour laisser entrer le soleil et s'était approché de sa mère.

Il aurait aimé se pelotonner contre elle, retrouver sa chaleur, respirer son odeur, mais il était resté figé, lointain, les yeux secs, le cœur fermé.

Cette femme lui était étrangère.

Il ne la reconnaissait pas sous son masque d'agonie, les traits émaciés, le teint cireux, les yeux révulsés, la bouche ouverte dans un ultime cri muet.

Il avait contourné la table, s'était agenouillé et avait ramassé le foulard taché de sang.

En quittant la maison, son pied avait heurté le pistolet de son père. Il l'avait enveloppé dans le fichu et l'avait glissé dans sa ceinture.

À l'extérieur, la lumière était aveuglante.

Il s'était mis à marcher contre le vent, le dos courbé, les jambes engourdies, la tête rentrée dans les épaules.

À tout moment, les réminiscences de la scène surgissaient sans qu'il en cerne l'ampleur.

Ce n'était pas lui, ce n'était pas sa mère, cet homme n'avait pas existé, ces images appartenaient à une autre vie que la sienne.

Bientôt, il se réveillerait.

Il avait traversé des champs, des routes, franchi des barbelés, parcouru d'autres champs, longé d'autres routes.

De temps à autre, un véhicule militaire filait à toute vitesse dans la direction opposée, indifférent à sa présence. Ensuite, le bruit du moteur s'estompait, le silence retombait et il continuait à marcher.

En fin d'après-midi, il s'était arrêté dans une ferme abandonnée, à bout de force, la gorge brûlante. Un seau se trouvait à proximité de la grange. Il avait puisé l'eau saumâtre entre ses mains, s'en était aspergé le visage et en avait avalé de longs traits.

Au moment de repartir, un camion bâché était entré dans la cour, un drapeau à damier rouge et blanc fixé sur le capot.

Deux soldats croates étaient descendus du véhicule et s'étaient approchés de lui.

L'un d'eux lui avait adressé la parole.

Les mots ne lui étaient pas inconnus, mais ils rebondissaient dans sa tête sans qu'il puisse en saisir la signification. Il ne parvenait pas à articuler un son, sa langue semblait paralysée.

Le deuxième militaire était allé chercher une couverture et l'avait enroulée autour de ses épaules. Il s'était ensuite accroupi, avait murmuré d'autres mots et passé une main dans ses cheveux.

Il s'était reculé et l'avait dévisagé avec méfiance.

L'homme l'avait pris dans ses bras, l'avait porté jusqu'au camion et l'avait allongé sur la banquette.

Il avait tenté de se débattre, en vain.

Il avait ressenti une légère douleur dans la cuisse et s'était endormi.

44

La foire

La semaine de Sébastien commençait mal.

Sa femme et son fils avaient attrapé la grippe et étaient cloués au lit. En plus de leur prodiguer des soins, il avait dû préparer le petit déjeuner, la collation et le cartable de sa fille.

Un malheur n'arrivant jamais seul, sa voiture n'avait pas démarré. Il avait appelé un dépanneur qui avait diagnostiqué la mort de sa batterie. Par un heureux hasard, le brave homme en avait des neuves dans sa camionnette. À un prix annoncé imbattable. Cent cinquante euros, plus le déplacement.

À croire que le destin le punissait d'avoir pris congé un week-end complet.

La réparation terminée, il paya la facture, prit la route et déposa sa fille à l'école.

Alors qu'il s'engageait sur l'autoroute en direction de l'EDS, la sonnerie de son portable se manifesta.

— Putain, Seb, qu'est-ce que tu fous ? Je t'attends depuis une heure.

Bruno Salsac, l'infirmier-chef, semblait surexcité.

— Désolé. Panne de bagnole, ça m'a coûté un bras, j'arrive.

— Dépêche-toi, c'est la foire ici.

— Qu'est-ce qui se passe ?

— Le gros bordel. Folcoche s'est fait agresser vendredi soir à Bruxelles dans le parking du Heysel. Elle a été transportée à l'hosto.

— Merde ! Tu aurais pu me prévenir plus tôt.

— Je ne voulais pas te gâcher le week-end.

— Qu'est-ce qu'elle a ?

— Perte de connaissance, traumatisme crânien, commotion cérébrale, plusieurs côtes cassées et de multiples contusions. Je ne sais pas quand on va la revoir.

Il digéra l'information et ressentit un malaise.

Au-delà des conséquences physiologiques, les victimes d'agressions ne reprenaient souvent le travail qu'après un long temps d'arrêt, surtout lorsqu'elles occupaient une fonction à responsabilité élevée.

Il coupa le système mains libres et se rangea sur la voie d'urgence.

— C'est une catastrophe. Qui va gérer la boîte en attendant ?

Salsac étouffa un ricanement.

— Le petit Marchand, qui veux-tu ? Il est rentré hier matin de son séminaire. Il était à peine descendu de l'avion qu'il s'est pointé. Tu aurais dû le voir. Il ne semblait pas effondré par la nouvelle. Il s'est présenté comme le remplaçant légitime de Derval et a pris illico plusieurs décisions contraires à la manière dont elle gère les dossiers.

— Quel hypocrite !

Cette annonce ne le surprenait pas.

Tel un vautour, le psy saisissait l'occasion de prendre sa revanche et de se profiler comme l'homme de la situation. Cela faisait des années qu'il rêvait de devenir calife à la place du calife.

Pour sa part, il l'évitait autant que possible. Un modeste aide-soignant n'avait aucune valeur à ses yeux. Il n'était même pas certain qu'il connaisse son nom. Il l'appelait *monsieur*, *jeune homme* ou pire encore, *vous, là*. Pour peu, il claquerait des doigts.

— On va en baver avec lui.

Salsac soupira.

— Tu ne crois pas si bien dire. Il a déjà rédigé une quantité impressionnante de notes de service qu'il s'est empressé de distribuer aux différents responsables de départements. La majorité d'entre elles ressemblent plus à un trac électoral qu'à des directives administratives. Mais ce n'est pas tout.

— Ah bon ? Quoi encore ?

L'infirmier-chef hésita quelques instants.

— Je préfère t'annoncer le reste de vive voix. Magne-toi et viens me voir dès que tu arrives.

— D'accord.

Il raccrocha et reprit la route, ébranlé.

Sous la direction de Marchand, l'EDS risquait de sombrer dans le totalitarisme.

Il l'imaginait déjà, parcourant les couloirs sur ses petites jambes, le torse bombé, le regard droit, aboyant des ordres au passage tel Napoléon inspectant ses grognards. Personne n'était dupe, il n'arrivait pas à la cheville de Pauline Derval.

Il entra dans le parking et se gara à la hâte.

À peine entré dans le bâtiment, Bruno Salsac vint à sa rencontre.

— Respire un grand coup et ne t'emballe pas.

— Raconte-moi.

Salsac semblait affligé.

— Stankovic a été placé en isolement.

Il sentit la colère monter.

— Quoi ? Tu te fous de moi ?

Il s'apprêtait à foncer dans le couloir quand Salsac lui saisit le bras.

— Attends. Calme-toi, je t'explique. Dès qu'il a senti le vent tourner, le chef de la sécurité est allé cafter chez Marchand pour la fresque. Marchand a débarqué dans l'atelier et a failli se taper un infar. Fou furieux, il a ordonné qu'on repeigne le mur dans les plus brefs délais. Pas de bol, Karim était dans le coin et est allé tout raconter à Stankovic. Il en a profité pour lui annoncer que Pauline Derval s'était fait agresser, ce que le personnel était censé ne pas diffuser aux internés, mais tu connais la discrétion légendaire de certains.

Il n'en croyait pas ses oreilles.

— Quelle bande de cons ! On se croirait dans une école primaire. Pourquoi on l'a mis en isolement ?

L'infirmier parut mal à l'aise.

— Quand il a appris les nouvelles, Stankovic a pété les plombs.

— C'est-à-dire ?

L'infirmier lui lâcha le bras.

— Va voir sa chambre.

45

Toute la violence des hommes

Philippe Larivière pensait trouver Pauline Derval agonisante dans son lit d'hôpital, à demi inconsciente, le visage enrobé de pansements, des tubes lui sortant de toutes parts.

Elle était assise dans un fauteuil près de la fenêtre, emmitouflée dans une robe de chambre blanche, un iPad sur les genoux.

Malgré son œil tuméfié et le bandage qui lui enserrait la tête, elle était plus séduisante que dans sa tenue de surveillante d'internat.

Il avança sur la pointe des pieds.

— Bonjour, chère madame.

Elle referma la tablette et souffla.

— Ne faites pas cette tête-là, vous me fichez la trouille.

Il se fabriqua un sourire.

— Pardonnez-moi. Votre assistante m'a brossé un tableau apocalyptique de la situation.

— Ça ne m'étonne pas, elle s'évanouit quand elle se retourne un ongle.

Il s'en voulait d'être venu les mains vides. Des gerbes de fleurs garnissaient l'appui de fenêtre et la table. D'autres bouquets étaient posés à même le sol.

Il ôta son manteau.

La chambre était surchauffée. Une odeur de désinfectant se mêlait aux arômes floraux.

— J'ai essayé de vous joindre sur votre portable ce matin, mais ça ne répondait pas. J'ai ensuite contacté l'EDS. C'est de cette manière que j'ai appris la mauvaise nouvelle.

Il indiqua le bandage.

— C'est douloureux ?

— Seulement quand je ris.

— On m'a parlé d'une commotion cérébrale.

Elle balaya l'air d'un geste, ce qui la fit grimacer.

— Des petits bobos sans importance. Les flics sont venus me voir ce matin. Ils les ont déjà attrapés. Des gamins d'à peine 20 ans. J'ai récupéré mon sac et mon portefeuille, mais ma montre s'est volatilisée, le cadeau de mariage de mon ex. Je vais devoir me battre avec les assurances pour être indemnisée.

Il lui adressa une œillade.

— Si vous avez besoin d'un bon avocat.

— Vous ne perdez pas le nord. J'aurais plutôt besoin d'un bon tueur à gages. Mon suppléant autoproclamé profite de ma défaillance passagère pour mettre l'EDS à feu et à sang. Cet imbécile ne perd rien pour attendre.

Une nouvelle fois, cette femme l'impressionnait.

Il avait à de multiples reprises assuré la défense de personnes victimes d'agression. Certaines ne se remettaient jamais du choc qu'elles avaient subi.

— Quand quittez-vous l'hôpital ?

— Demain ou après-demain. Plus deux semaines de repos obligatoire. Sorties interdites. En théorie du moins. Vous cherchiez à me joindre, ça tombe bien, j'allais vous appeler. Commencez.

Il se racla la gorge.

— J'ai reçu une information concernant notre client commun, mais rien ne presse. Je venais surtout prendre de vos nouvelles.

Elle haussa les sourcils.

— Arrêtez de me parler comme si j'étais sénile. Je ne suis pas à l'article de la mort. Racontez-moi.

— Soit. Je serai bref.

Il lui relata sa rencontre avec Alain Lallemand et le lien que ce dernier avait tissé entre les peintures.

— J'ai également repris le dossier pour vérifier son lieu de naissance. Stankovic est né à Osijek, une ville de 130 000 habitants située à 35 kilomètres de Vukovar.

Elle parut songeuse.

— Le siège de Vukovar ? Ça expliquerait les choses. S'il a enduré cette épreuve, il est possible qu'il soit atteint du trouble de stress post-traumatique. Ce trouble est généralement sous-diagnostiqué, surtout dans les pays où règne la paix. Même un psychiatre expérimenté aura tendance à confondre une victime de guerre avec un malade atteint de psychose ou de dépression, surtout si le sujet ne communique pas ; ce qui est le cas le concernant.

De toute évidence, l'agression qu'elle avait subie n'avait pas altéré ses facultés mentales.

Autant creuser.

— Quels en sont les symptômes ?

Elle fit une moue.

— Sévères. Le syndrome de reviviscence du traumatisme vécu est central. Il se caractérise par des souvenirs intrusifs répétés, des peurs incontrôlables et l'incapacité d'envisager l'avenir. Les symptômes peuvent engendrer des troubles de la personnalité : retrait, mutisme, phobies, comportements d'agrippement, dessins archaïques, confusion au niveau de l'image du corps.

— Vous m'en direz tant.

Elle reprit.

— Et si la situation se prolonge sur une longue période, les troubles psychiques peuvent s'accompagner d'une anesthésie affective, de crises de rage contre les autres ou soi-même. Le tout avec l'impossibilité pour le sujet de raconter l'événement traumatique. Vous avez tout compris ?

— Dans les grandes lignes. Je dirais que ces symptômes correspondent en bonne partie au comportement de Niko.

Elle ouvrit son iPad.

— Et expliquerait sans doute ceci.

Elle tourna la tablette vers lui.

Il découvrit la photo d'une chambre entièrement saccagée. Le lit et l'armoire étaient retournés. Les draps étaient déchirés. Des objets et des vêtements gisaient çà et là. Un amoncellement de fragments de papier jonchait le sol.

Elle commenta.

— La chambre de Stankovic. Après.

Il se passa les mains sur le visage.

— Mon Dieu ! Il n'a pas fait les choses à moitié. Que s'est-il passé ?

— Il a appris qu'on allait recouvrir la fresque de l'atelier. Dans la foulée, que je serais absente pour un bon bout de temps. Mon remplaçant l'a placé en isolement.

— Quel malheur !

— Ce n'est pas tout.

Elle reprit la tablette, sélectionna une autre image.

Il reconnut la même chambre, prise d'un autre angle. Sur toute la surface du mur, deux phrases étaient peintes en gros traits de couleur rouge sang.

Je souffre avec vous. Je hais toute la violence des hommes. Ils ont détruit ma vie.

Un frisson lui parcourut la nuque.

Il médita quelques instants avant de réagir.

— Nul doute que ce message vous est destiné.

Elle opina.

— Pour autant que je parvienne à le déchiffrer.

Il relut les phrases.

— En effet, les interprétations sont multiples. Connaissant son sens du détail, je suis persuadé que chaque mot a été pesé. *Je souffre avec vous.* Voilà des mots bien empathiques. Venant de lui, c'est plutôt étonnant. Je pense que vous avez gagné sa confiance en le laissant réaliser cette fresque.

Elle soupira.

— À propos de cette fresque. Vendredi, avant mon départ, il est revenu sur le sujet. Selon lui, elle n'est pas terminée. Il veut la finaliser.

— Son côté perfectionniste, je présume.

Elle s'agita sur son siège.

— Peut-être, mais je ne serais pas étonnée qu'il ait une autre idée en tête et que nous n'ayons rien compris.

46

Un grand champ de blé

Il ne gardait des années qui avaient suivi que quelques souvenirs épars.

Des images brouillées des semaines passées au camp de réfugiés de Špansko. Les baraquements, la misère, la désolation, la procession de blouses blanches, les regards apitoyés.

Plusieurs fois par jour, une fillette de son âge demandait aux autres enfants de se mettre en file indienne et faisait mine de les égorger un par un. Les victimes tombaient et s'amassaient à ses pieds.

À Zagreb, il revoyait la façade grise de l'orphelinat Sainte Teresa, le visage jovial de sœur Victoria, les railleries des autres enfants.

Il gardait en mémoire des instantanés monochromes de son départ en train vers l'Allemagne, au cœur de l'hiver. Les champs dépouillés, les forêts enneigées, les villages endormis, les églises aux clochers à bulbe.

Le pays réunifié avait reconnu l'indépendance de la Croatie et acceptait la venue de réfugiés.

Malgré les discours de bienvenue, il conservait un goût amer de sa première famille adoptive.

La femme était Allemande, son mari Croate. Ils l'avaient accueilli comme on recueille un animal blessé. Les brefs moments de compassion avaient rapidement fait place au découragement de la mère, à l'irritation du père, à l'éloignement de leur fils.

Un soir qu'ils étaient seuls, le mari l'avait attrapé par les épaules et l'avait secoué, le mettant en demeure de s'exprimer sous peine de privations.

Il s'était libéré de l'étreinte et était allé se réfugier dans sa chambre.

Son père n'avait jamais levé la main sur lui. De temps à autre, sa voix grondait et il obéissait. Les hommes de bien n'ont pas besoin de faire appel à la force pour se faire respecter.

Le temps passait, ses plaies ne se refermaient pas, mais il taisait sa douleur.

Quelques mois plus tard, alors qu'il rentrait de l'école, il avait appris par la radio que deux cent soixante-quatre civils et combattants croates avaient été faits prisonniers à l'hôpital de Vukovar le jour où les Serbes avaient envahi la ville. Plusieurs bus les avaient emmenés vers une destination inconnue.

Malgré cette déclaration alarmante, il avait continué à croire que son père viendrait le chercher.

Il restait de longues heures, le front collé à la fenêtre, guettant les voitures dans la rue, persuadé qu'un jour, l'une d'elles s'arrêterait devant la maison, qu'une portière s'ouvrirait et qu'il apparaîtrait.

Sans cesse, il se repassait les mots qu'il avait préparés pour ce moment, quand il plongerait dans ses bras, sentirait son odeur et sa barbe drue contre ses joues.

À ses 13 ans, le journal télévisé allemand avait annoncé que deux cents corps avaient été exhumés d'une fosse commune à Ovčara, à dix kilomètres de Vukovar. La plupart des cadavres avaient été identifiés, mais le sort des soixante-quatre autres disparus demeurait inconnu.

De Friedberg, il s'était enfui vers Biberbach.

De Biberbach, il était allé à Erfurt, saisissant chaque fois un prétexte pour changer de famille, s'échinant à effacer les traces de son passage, de peur que la lettre tant redoutée le rattrape.

Après quelques mois à Erfurt, il avait pris la route d'Adelsried.

Il se souvenait de la chapelle tout en verre qui surplombait l'*autobahn*, des enquêtes de l'inspecteur Derrick à la télévision, de la patience de son professeur d'allemand qui avait réussi à lui arracher quelques mots.

La lettre officielle annonçant la mort de son père lui était parvenue au printemps suivant, glissée dans des enveloppes successives, affranchies et raturées de toutes parts.

Il l'avait parcourue, le cœur à vif.

Sans un mot, il était monté sur son vélo et s'était éloigné de la ville. Loin du fracas et des hommes, il l'avait déchirée, laissant le vent disperser les lambeaux dans un grand champ de blé.

47

Les principaux responsables

Philippe Larivière avait passé son dimanche à son cabinet pour finaliser la préparation du procès d'assises qui démarrait le lendemain.

La promenade de la veille lui avait inspiré des idées prometteuses. Rien de tel qu'un bol d'air frais pour stimuler la créativité. Il lui restait à en mesurer la faisabilité.

Il s'en voulait d'avoir déserté le bureau qu'il avait installé dans la maison familiale, mais il avait besoin de calme et de recul pour mettre au point sa stratégie de défense.

Sa fille cadette vivait toujours chez eux et ne pouvait s'empêcher de l'interrompre à tout bout de champ pour se plaindre de la lenteur d'Internet, lui poser des questions sur ses cours ou lui demander de la déposer à la gare.

Quant à ses fils, ils étaient tous deux mariés et pères de famille.

Dès le moment où ses petites-filles lui rendaient visite, il oubliait ses préoccupations pour jouer avec elles. Il dessinait, construisait des puzzles ou leur lisait leur histoire préférée, *Le loup est revenu*. Il changeait le timbre de sa voix selon le personnage qu'il interprétait, montait dans les aigus, descendait dans les graves. Quand le loup entrait en scène, il faisait rouler ses yeux dans ses orbites et lançait les bras au ciel avec des trémolos dans sa voix, à la plus grande joie des fillettes terrorisées.

Lors d'une de ses multiples pauses cigarette, il avait entré « *siège de Vukovar* » dans la fenêtre de recherche Google.

Au départ, il envisageait de parcourir un résumé succinct de cette page d'Histoire oubliée de beaucoup.

Pris par le sujet, il avait passé deux heures à surfer d'un site à l'autre, compulsant quantité d'articles, visionnant les photos et les nombreuses vidéos enregistrées durant le tragique événement.

La chute du Mur, l'effondrement du bloc de l'Est et l'éclatement de la Yougoslavie avaient jeté les bases du conflit qui avait ensanglanté les territoires de l'ancienne république pendant une dizaine d'années.

Le référendum suivi de la proclamation d'indépendance de la Croatie en juin 1991 était l'étincelle qui avait mis le feu aux poudres. La revendication autonomiste avait été mal vue par son puissant voisin dans la mesure où elle brisait le rêve d'une Grande Serbie prônée par Slobodan Milošević, le président récemment élu.

L'homme fort de Belgrade avait décidé de remettre les Croates au pas.

En août, il avait massé ses troupes à la frontière croate. Cet épisode avait marqué le début du siège de Vukovar. D'un côté 36 000 soldats équipés d'armes lourdes, soutenus par 300 tanks, de l'autre, 1 800 soldats de la garde croate faiblement armés et épaulés par une poignée de civils volontaires.

Alors qu'ils espéraient conquérir la ville en l'espace de quelques heures, les forces serbes s'étaient heurtées à une résistance inattendue. Certains Croates étaient allés jusqu'à monter au front les mains nues dans le but de subtiliser un fusil à l'agresseur.

Les assaillants avaient alors changé de tactique et pilonné la ville nuit et jour.

Vukovar avait tenu trois mois, mais elle avait été entièrement détruite par les huit millions de projectiles lancés depuis les positions serbes.

Le 18 novembre 1991, les Serbes étaient entrés à Vukovar. Gorgés d'adrénaline et d'alcool, ils s'étaient rendus coupables de crimes atroces, torturant et massacrant sans distinction hommes, femmes et enfants. Plus de 1 700 Croates, dont 1 100 civils, avaient trouvé la mort en luttant pour leur liberté. À ces morts s'ajoutaient 4 000 blessés et des milliers de disparus.

À la fin des hostilités, de nombreux Serbes, dont le président Slobodan Milošević, avaient été arrêtés et jugés pour crimes de guerre, crimes contre l'humanité et génocide, mais certains étaient passés entre les mailles du filet et vivaient en toute impunité en Serbie ou dans d'autres pays du globe sous une fausse identité.

Cette lecture l'avait laissé songeur.

Si Niko, alors âgé de 8 ans, avait été témoin de ce drame, il imaginait l'ampleur du traumatisme qu'il avait dû subir et les séquelles qu'il en avait gardées.

Un article connexe avait attiré son attention sur un autre aspect de l'offensive.

Pendant toute la durée du siège, la JNA, l'armée populaire yougoslave, avait été appuyée par les milices paramilitaires serbes, des phalanges extrémistes composées de fanatiques, de volontaires, de hooligans et de voyous.

Le pouvoir avait également libéré d'anciens repris de justice qui avaient rejoint leurs rangs, alléchés par le butin et la perspective de violences censées passer inaperçues dans le contexte. Aux dires des survivants, les membres de ces milices avaient été les principaux responsables des atrocités commises à Vukovar.

Dans les jours qui avaient suivi la chute de la ville, ils avaient exécuté plus de 250 prisonniers âgés de 15 à 75 ans, résistants, blessés, civils, malades, réfugiés, infirmiers, et avaient jeté leurs cadavres dans une ravine à quelques kilomètres de Vukovar.

Le rapport que sa stagiaire lui avait présenté à l'issue de ses recherches sur les étoiles à huit branches lui était revenu.

Un individu qui aurait été incarcéré dans un institut pénitencier soviétique avant le conflit aurait pu faire partie de ces milices.

Un quidam aux épaules tatouées.

L'homme aux étoiles qui hantait les dessins de Niko.

48

Supplément divers

Comme elle le pensait, la voiture coréenne à bas prix du chef psychiatre était garée sur son emplacement, une manière aussi niaise que prématurée d'afficher son triomphalisme.

Cet abruti allait tomber de haut.

Elle remonta l'allée et trouva une place libre à l'extrémité du parking.

Les médecins avaient été stupéfiés par sa capacité de récupération. Ils l'avaient autorisée à quitter l'hôpital, mais lui avaient prescrit calme et repos.

Calme et repos ?

Comment rester calme en de telles circonstances ?

Déjà en fin de semaine, elle tournait en rond dans son salon, pestant contre les initiatives qu'il avait prises à son insu. Plusieurs membres du personnel, excédés par ses agissements, avaient bravé l'interdiction de lui téléphoner pour se plaindre à elle de vive voix.

Entre autres âneries, il avait imposé des horaires plus contraignants aux infirmiers. Quant à Stankovic, il était toujours en isolement sous traitement médicamenteux.

Imbécile.

Le dimanche, elle s'était placée devant le miroir pour tester différentes coiffures, certaines masquant ou mettant en valeur les stigmates de son agression. Entre autres, la partie tondue de son crâne et les multiples points de suture.

Quelle horreur !

De plus, son œil restait injecté et la tuméfaction avait viré au jaune.

Le matin, elle avait tiré ses cheveux en arrière, enduit son front de mercurochrome et enfilé une robe mauve pour accentuer le contraste avec son teint cadavérique.

L'effet était réussi. Elle avait l'air d'un croque-mort dépressif.

Elle franchit la porte d'entrée en forçant son boitillement.

La réceptionniste se mit au garde-à-vous, le visage effaré.

— Docteur Derval !

Elle poursuivit son chemin sans détourner la tête.

— Au moins vous m'avez reconnue.

Elle leva les yeux en direction de l'étage.

— Prévenez Sa Grandeur que je l'attends dans mon bureau dans un quart d'heure.

— Bien, madame.

Elle s'attaqua aux marches, ce qui la fit soupirer de douleur. Elle sentait son cœur battre dans ses tempes. Son dos la faisait souffrir.

Cristina Rodriguez guettait son arrivée en haut de l'escalier, les traits tirés.

— Vous êtes sûre que ça va aller ?

— Une bonne préparation alliée à l'effet de surprise, il va en perdre son dentier.

Elles prirent place autour de la table de réunion et arborèrent la mine de circonstance.

Cristina Rodriguez était nerveuse.

— C'est la première fois que je fais ça.

— Vous allez adorer.

L'attente fut de courte durée.

Serge Marchand frappa à la porte et entra avant d'en avoir reçu l'autorisation. Il les trouva toutes deux installées d'un côté de la table, le visage fermé, une pile de dossiers posée entre elles.

Il eut un mouvement de recul.

— Pauline ? Je suis surpris de te voir. Je pensais que ton certificat médical courait jusqu'au 15 février. Ce n'est pas prudent de sortir et de conduire. Comment te sens-tu ?

Elle laissa s'écouler quelques secondes, une manière tacite de souligner l'importance de l'entretien qu'ils allaient avoir.

— Mal. Asseyez-vous.

Il fut surpris du passage au vouvoiement.

— Que se passe-t-il ?

Sans réponse, il avança une chaise et s'assit.

— Je peux savoir…

Elle l'interrompit.

— J'ai pris la décision de mettre fin à notre collaboration avec effet immédiat. À partir de cette minute, vous n'avez plus accès à votre ordinateur ni aux dossiers papier qui se trouvent dans votre bureau. Il est 9 h 23. Vous êtes prié de rassembler vos affaires personnelles et de quitter les lieux dans un délai de soixante minutes. Mme Rodriguez vous remettra les documents sociaux avant votre départ.

Il blêmit.

— C'est une blague ? Tu n'as pas le droit.

— En tant que directrice générale de cet établissement, j'ai le droit.

Comme elle l'avait prévu, il s'emporta.

— Tu te fous de moi ? Pour quelles raisons ?

Elle posa une main sur les dossiers.

— Abus de biens sociaux, abus de pouvoir, incompétence chronique et erreurs de diagnostic. Ces dernières accordées au pluriel.

Il se mit à hurler.

— Qu'est-ce que tu racontes ? Abus de biens sociaux ? Incompétence ? Et quoi encore ?

Elle ouvrit la première chemise et en extirpa un document.

Elle en connaissait le contenu de mémoire, mais fit mine de le parcourir.

— Vous vous êtes rendu à Eilat du 14 au 19 janvier 2019, déplacement financé sur le budget de notre établissement. Vous étiez supposé participer à la conférence internationale de psychiatrie légale. Sur les cinq jours de présence, vous avez en tout et pour tout assisté à un atelier de deux heures. Je ne sais pas ce que vous avez fait le reste du temps et je préfère ne pas le savoir, mais le 16 janvier au soir, vous avez fait monter une bouteille de champagne et deux verres dans votre chambre, libéralité que vous avez demandé de reformuler en *suppléments divers* sur la facture de l'hôtel. Nous nous réservons le droit de porter plainte à ce sujet.

Elle s'empara de la pile de dossiers.

— Quant aux multiples erreurs médicales, je les garde pour le procès que vous ne manquerez pas de nous intenter. J'en ai terminé.

49

Une présence fantomatique

Niko était assis dans un coin, à même le sol, les jambes repliées, le dos contre le mur.

La tête lui tournait. Le vertige le tenaillait. Son ventre le brûlait.

Un bruit sourd vibrait dans ses oreilles, passait de droite à gauche, de gauche à droite.

Les hommes avaient repris le pouvoir.

On l'avait obligé à avaler des médicaments. L'autorité et l'aveuglement allaient à nouveau régner en maîtres. Le peu d'espoir qui subsistait s'était évanoui avec la disparition de la directrice. Peut-être ne la reverrait-il jamais.

Avait-elle reçu son message ?

L'avait-elle compris ?

À présent, le petit homme allait reprendre ses questions et estimer qu'il était fou.

Il n'avait plus envie de peindre. Ses mains ne lui obéissaient plus, ses jambes n'arrivaient pas à le soutenir.

Il mangeait à peine, buvait par petites gorgées.

Ses nuits étaient peuplées de cauchemars et de cris.

Il percevait le bruit des bombes autour de lui, les hurlements de sa mère, le râle de l'homme.

Un goût âcre lui emplissait la bouche. Il respirait l'odeur du sang et des cendres. Des images revenaient sans cesse le tourmenter. Rien ne parvenait à les effacer, pas même les comprimés qu'on lui imposait.

Il se réveillait en sueur, tremblant de tous ses membres, pris par l'envie de mourir.

Sébastien et Karim étaient ses derniers liens avec l'humanité, mais ils ne pouvaient lui rendre visite.

Des bruits de pas résonnèrent.

Il entendit un bruit de serrure et crut entendre une voix.

— Nikola ?

Il se revit dans la cave. Le clou. Les murs. L'humidité. La pourriture.

— Nikola ?

Il releva la tête.

Une présence fantomatique avança dans la cellule.

— Nikola, c'est moi.

La silhouette s'agenouilla, proche, palpable, presque réelle.

Il chercha à distinguer ses traits dans l'obscurité. Une tache sombre s'étirait sur son front. Une entaille courait sous sa chevelure.

Elle lui prit les mains.

— Ça va aller, Nikola. Je vais vous sortir de là.

Il reconnut sa voix.

Son visage.

Il remarqua les blessures.

Les larmes lui montèrent aux yeux.

Il balbutia.

— Je suis désolé. Je suis tellement désolé.

Elle murmura.

— Vous n'avez aucune raison de l'être.

Il chercha ses mots, en vain.

Elle dégagea ses mains avec douceur.

— Je suis de retour, Nikola. Personne ne vous importunera tant que je serai là. Vous allez sortir d'ici et retrouver votre chambre. Dès demain, vous pourrez reprendre vos activités et vous ne devrez plus prendre de médicaments. J'aimerais que vous recommenciez à peindre. Vous avez du talent.

Il se mit à sangloter.

— Je suis désolé.

Elle lui passa une main dans les cheveux.

— Vous n'avez plus rien à craindre, Nikola.

Il lui saisit la main et la serra contre sa joue.

50

La mémoire des lieux

Il était arrivé à Augsbourg en juillet 1997.

La ville était parsemée de témoignages de sa grandeur passée.

La famille qui l'avait accueilli était modeste.

Le couple, des Bavarois de souche paysanne, avait une fille de quelques mois plus âgée que lui, Maria. Jolie, quelque peu rebelle, elle se montrait plus préoccupée par son apparence physique que par la présence de ce locataire avare en paroles.

Tous trois acceptaient son retrait, son mutisme, ses moments d'absence et ses nuits agitées. Ils savaient qu'il avait connu la guerre dans son pays et ne cherchaient pas à en apprendre davantage.

La compagnie de ces gens simples, loin des préoccupations matérialistes, l'apaisait. Ses parents s'étaient toujours contentés de ce qu'ils avaient. Ils lui avaient appris à ne pas confondre ses besoins et ses envies. Son père disait sans cesse que si l'on n'a pas ce que l'on aime, il faut apprendre à aimer ce que l'on a. À force, il avait appris à aimer ce qu'il avait et à imaginer le reste. Une balançoire, une boîte de Lego et sa future carrière au sein de l'équipage du ferry.

La maison des Bavarois lui rappelait la sienne. Elle était fleurie et confortable. Il disposait d'une chambre mansardée aux senteurs de bois ciré qui offrait une vue sur les courts de tennis du club local.

En août, il était entré en huitième année au Jakob Fugger Gymnasium, une école située dans le centre, non loin de la gare.

Il s'était plongé corps et âme dans ses études, pensant que le temps l'aiderait à soulager ses souffrances et scellerait sa réconciliation avec les hommes.

Les cours se donnaient le matin, l'après-midi était réservée à d'autres activités, culturelles, sportives ou artistiques. Il avait délaissé le latin au profit du français dont il aimait les sonorités chantantes.

Les mathématiques et les sciences le passionnaient.

Il revoyait la désolation et les ruines de Vukovar et caressait le projet de reconstruire ce que la haine et la guerre avaient détruit. Il s'imaginait bâtisseur de villes prospères. Il rêvait de ponts, d'églises, de châteaux d'eau, de ports, de routes, mais s'interdisait de griffonner la moindre esquisse sur le papier. Dessiner l'aurait renvoyé dans les caves de la mort.

Un petit parc s'ouvrait en face de son école. Il aimait s'y promener, s'asseoir sur un banc, réviser ses leçons, manger ses tranches de pain gris et regarder les enfants qui s'amusaient sur le terrain de jeux.

Il se souvenait des jours d'avant, quand il avait leur âge, quand il dominait le Danube.

Son attitude réservée était acceptée par ses professeurs qui louaient ses bons résultats scolaires, mais faisait l'objet de l'hilarité des élèves.

Si la plupart se limitaient à des interventions verbales, d'autres le bousculaient, lui dérobaient ses affaires ou lui collaient du chewing-gum dans les cheveux.

Face à son apparente apathie, ils avaient fini par se lasser et s'étaient penchés sur un sujet de curiosité plus grisant, source de nombreuses discussions animées : les filles, leur anatomie, leurs seins, leurs fesses et ce qu'ils pouvaient en espérer.

Dès que l'occasion se présentait, ils parlaient de fellation, de pénétration, d'éjaculation, autant de mots qui n'évoquaient pour lui qu'horreur. Certains se vantaient de leurs supposées expériences et ne négligeaient aucun détail intime, provoquant les moues approbatrices et les regards envieux des autres.

Il revoyait le sexe de son père le soir où son enfance avait pris fin, les jambes écartées de la femme dans l'abri, le sang qui coulait le long de ses cuisses, le viol et la mise à mort de sa mère.

Cet attrait pour les relations sexuelles lui apparaissait repoussant. Il savait que sa vie ne s'inscrirait jamais dans ce schéma, même s'il lui arrivait de se masturber de manière mécanique, à des fins hygiéniques, en n'éprouvant qu'un plaisir insipide. Il n'en avait pas honte, mais il se posait des questions sur ce qui semblait être une anormalité.

Peut-on éprouver le désir de manger dès le moment où on se sent rassasié ?

Son désintérêt et son attitude de rejet étaient interprétés comme un aveu tacite d'homosexualité, suscitant railleries et propos haineux. De temps à autre, il découvrait des messages insultants ou des dessins obscènes dans ses poches.

En 2000, alors qu'il avait 17 ans, son professeur d'histoire avait organisé une visite au camp de concentration de Dachau, proche d'une cinquantaine de kilomètres. 76 000 prisonniers de 23 nationalités y avaient trouvé la mort entre 1933 et 1945.

Les traits figés, les jambes vacillantes, il avait enduré le long récit du guide dénonçant les atrocités nazies, les tortures, les sévices, la faim, la maladie, les morts.

Il en était ressorti anéanti.

L'histoire se répétait jusqu'à la nausée.

La violence des hommes éclaboussait les siècles. Leur cruauté était sans limites. Les temps de paix n'étaient que de brefs intervalles entre les guerres, les génocides et les massacres.

La visite avait été suivie dans un silence absolu.

Écrasés par la mémoire des lieux, les élèves semblaient découvrir ce qui n'avait été jusqu'alors que des statistiques obscures dans les livres d'histoire.

De retour dans le bus, un des amuseurs, désireux de détendre l'atmosphère s'était penché vers lui.

— Tu as entendu, Koko ? Les homosexuels, les Tziganes et les handicapés mentaux. Tu cumules. Tu as de la chance de ne pas être né à cette époque.

Il s'était tu.

Le silence était son allié.

L'année suivante, tétanisé devant la télévision, il avait vu les avions s'écraser dans les tours jumelles, la poussière, les morts, encore les morts.

Lors de sa dernière année au gymnasium, alors qu'il préparait l'*Abitur*, l'équivalent du baccalauréat en Allemagne, il avait rencontré Werner.

Werner était un solide gaillard, sûr de lui, querelleur et possesseur d'une puissante Golf GTI qu'il prenait des heures à astiquer.

Grand amateur d'aventures amoureuses, il avait jeté son dévolu sur Maria et multipliait les approches stratégiques. Celle-ci n'était pas insensible à son charme, mais connaissait la réputation du personnage et ne souhaitait pas figurer comme une proie de plus à son tableau de chasse.

Au lieu de le décourager, ses réticences avaient exacerbé son désir d'arriver à ses fins.

Lorsqu'il bavardait avec ses amis à la sortie des cours, il se plaisait à leur décrire avec force détails ce qu'elle allait subir dès le moment où il aurait obtenu gain de cause.

L'incident s'était produit un soir, quand les parents de Maria étaient allés au cinéma. Alors qu'il lisait sur son lit, il avait entendu des bruits et des cris provenant de la chambre de leur fille.

Il s'était précipité et avait découvert Werner allongé sur Maria, le pantalon baissé.

D'une main, il lui immobilisait les poignets, de l'autre, il la pelotait et tentait de la déshabiller. Maria se débattait comme elle le pouvait, poussait des cris étouffés, remuait les jambes et donnait des coups de reins pour se dégager.

Surpris par son entrée soudaine, Werner s'était retourné, le feu aux joues.

— Toi, la pédale, fous le camp ou je te casse la gueule.

Sans un mot, il avait refermé la porte et avait regagné sa chambre.

Quelques instants plus tard, il avait ressurgi dans la pièce, le visage méconnaissable, le pistolet de son père dans les mains.

Il avait pointé le canon entre les yeux de Werner.

— Maintenant, va-t'en ou je te tue.

51

Pauvre idiote

Le sort de son ex-confrère scellé, Pauline Derval pouvait célébrer sa victoire. Le sourire entendu, ses équipes avaient salué la nouvelle avec optimisme.

Grand bien leur fasse.

Entre la peste et le choléra, ils avaient choisi la peste.

Ce problème résolu, elle avait décidé de travailler à mi-temps jusqu'à la fin de sa convalescence.

Elle passait ses matinées à l'EDS et rentrait chez elle en début d'après-midi pour se reposer, lire, écouter de la musique ou recevoir les amis qu'elle avait négligés faute de temps.

Sa maison, bâtie en partie grâce à l'héritage de son père, était nichée au fond d'un petit chemin en cul-de-sac, sur les hauteurs de Lasne, dans un îlot de verdure propice au recul dont elle avait besoin pour décompresser de ses journées harassantes.

Elle appréciait le calme et le silence qui régnaient dans ce havre quand elle rentrait. Elle ôtait ses chaussures et se servait un doigt d'alcool. Parfois davantage, quand la journée avait été plus rude que de coutume et que sa froideur de façade se lézardait. Même dans les pires circonstances, elle s'interdisait de céder aux larmes devant quiconque.

Pour l'heure, elle dégustait un Lady Grey additionné d'un nuage de lait en se penchant sur la littérature relative au syndrome de stress post-traumatique.

Elle connaissait son métier, mais admettait qu'elle ne savait pas tout. En aparté, en tout cas.

En vingt-cinq ans de carrière, elle avait été amenée à accueillir toutes sortes de patients, mais ce trouble anxieux ne faisait pas partie des pathologies fréquentes, surtout dans le cadre de l'EDS.

Les très rares cas qu'elle avait rencontrés étaient liés à des violences familiales, à de la dépendance aux drogues ou à de l'alcoolisme, mais elle n'avait jamais côtoyé de sujets ayant développé le TSPT à la suite d'actes de guerre.

Pour autant que ce soit le cas concernant Stankovic.

En plus des syllabus et magazines spécialisés qui garnissaient sa bibliothèque, elle avait parcouru de nombreux articles sur Internet en prenant soin d'opérer un tri rigoureux.

Dans son domaine, les prétendus experts ne manquaient pas, pour la plupart des détenteurs d'un diplôme bradé qui confondaient psychiatrie et cartomancie.

Entre deux lectures, elle ne pouvait s'empêcher de s'ausculter dans le miroir.

Son amie Fabienne l'avait invitée à la soirée d'anniversaire d'un de ses vieux amants et elle comptait y faire bonne impression. La partie était loin d'être gagnée. Des traces de mercurochrome subsistaient sur son front, son œil semblait sortir de son orbite et sa cicatrice luisait dans l'ombre.

Au pire, elle zapperait.

En passant d'un lien à l'autre, beaucoup n'étant que des redites ou des copies de copies, elle accéda au témoignage d'un pédopsychiatre français qui avait accompli plusieurs missions auprès d'enfants frappés par la guerre en Yougoslavie dans les années 1990. Il était intervenu une première fois en 1992, dans un camp de réfugiés installé près de Zagreb. Les 700 personnes qui y étaient recensées, dont plus de 200 enfants, venaient de

Vukovar. À cette époque, la phénoménologie de la souffrance infantile était nouvelle pour lui.

Il en avait tiré plusieurs constats.

La première était que les enfants ne balançaient pas leurs bras en marchant et ne clignaient pas les yeux de manière régulière. Une tension musculaire au niveau du visage leur durcissait les traits et leur donnait un masque impénétrable. Certains perdaient leurs cheveux par endroits.

Il avait aussi noté que les plus jeunes se livraient à des jeux post-traumatiques morbides.

Leur bon niveau de langage et leur capacité d'apprentissage l'avaient impressionné, fruit selon lui de l'héritage communiste. L'enfant faisait appel à son intelligence pour se distancer de son traumatisme.

Il avait également été frappé par le fait qu'il suffisait d'un bruit, même lointain, le passage d'un avion ou d'un hélicoptère, ou d'une vision, un homme en uniforme, pour réactiver leur traumatisme.

Il leur avait aussi demandé de dessiner. L'analyse des croquis l'avait amené à conclure qu'ils ne dessinaient pas la guerre et ce qu'ils avaient subi, mais reproduisaient leur traumatisme personnel, celui-ci se recoupant bien souvent avec le contexte de guerre.

Dans le bilan qu'il avait dressé, il recommandait de ne jamais séparer un enfant du groupe pour lui poser des questions sur ce qu'il avait vécu. Si on voulait obtenir quelque chose de lui, il fallait l'interroger lorsqu'il était au milieu des siens, dans un lieu propice.

Elle arrêta sa lecture et réfléchit à la manière d'exploiter ce dernier aspect.

Une idée lui vint.

Pourquoi pas ?

Entretemps, elle avait reçu une lettre explicite. Son rapport définitif concernant Nikola Stankovic était attendu pour le vendredi 1er mars.

La bonne marche à suivre n'était pas son seul sujet de préoccupation le concernant. Il semblait s'être attaché à elle.

Son message mural l'attestait. L'agression qu'elle avait subie avait davantage renforcé l'affection de Nikola à son égard. Ce qu'elle pressentait s'était confirmé quand elle était allée le trouver dans sa cellule.

En son for intérieur, elle devait reconnaître que la réciproque était vraie. Stankovic était devenu plus qu'un simple patient en observation.

Elle luttait contre l'attachement affectif qu'elle ressentait et tentait de se raccrocher à ses principes. Sa distance et sa froideur étaient censées assurer sa protection. En aucun cas, elle ne voulait répéter l'erreur qu'elle avait commise au tout début de sa carrière.

Près de vingt-cinq ans après, il lui arrivait de se réveiller au milieu de la nuit, tourmentée par le remords, s'en voulant de sa lâcheté, de sa faiblesse, de son orgueil.

Quelques semaines après son entrée à l'EDS, un schizophrène interné depuis quelques années pour meurtre s'était épris d'elle.

L'affaire avait commencé par quelques regards alanguis auxquels elle n'avait pas prêté l'attention nécessaire. Il s'appelait Victor, il était bel homme, elle était jeune. Elle ne voyait en ces gestes rien de répréhensible.

L'homme s'était enhardi, lui adressant des compliments de plus en plus appuyés sur son physique, son charme, ses compétences, son intelligence. Ses jambes.

Comme la dernière des innocentes, elle s'était sentie valorisée et n'avait pas jugé bon d'y mettre fin. De plus, l'état du patient s'améliorait et sa progression était spectaculaire. Elle était fière de ces résultats et s'en attribuait le mérite, persuadée d'avoir découvert une thérapie miraculeuse.

Il en était venu aux attouchements. Un genou lui frôlant la jambe, une main s'égarant sur sa taille.

Pour toute réponse, elle s'était dégagée, l'air contrarié, se contentant de lui adresser des reproches affectueux, inconsciente des conséquences que sa légèreté engendrerait.

Pauvre idiote.

52

L'automne meurtrier

Après avoir passé l'*Abitur*, il avait bénéficié d'une bourse dans le cadre d'un programme d'échanges scolaires proposé par l'office franco-allemand.

Cette aide financière lui donnait la possibilité de poursuivre des études d'ingénieur en France, ce qu'il avait d'emblée accepté, avide de découvrir un autre pays et d'apprendre une langue qu'il appréciait.

À son arrivée à Paris, en septembre 2002, il s'était retrouvé dans un petit studio situé au dernier étage d'un immeuble moderne de l'avenue de Choisy, dans le 13e arrondissement, à une demi-heure de métro de ParisTech.

Il y avait fait la connaissance de sa colocataire, Hilde, une étudiante allemande de son âge, intelligente, extravertie et délurée.

Dès les premiers jours, il avait senti que leur cohabitation risquait d'être problématique.

S'il comptait s'investir pleinement dans ses études, il n'en allait pas de même pour Hilde qui voyait cette immersion parisienne comme une opportunité de découvrir l'art de vivre à la française.

Elle rentrait aux petites heures du matin, bien souvent éméchée, de temps à autre accompagnée par sa conquête du soir. Leurs chambres étaient séparées, mais la cloison ne suffisait pas à étouffer leurs échanges et les gémissements qu'elle poussait lors de leurs ébats.

Pris de nausée, il enfouissait sa tête dans l'oreiller pour se soustraire aux affres qui venaient le tourmenter.

En raison de leurs décalages horaires, ils se croisaient peu, limitant leurs échanges à des considérations pratiques : partage de la salle de bains, tâches ménagères, achats des produits d'entretien, sortie des poubelles.

En décembre, elle avait entamé une relation suivie avec un jeune médecin, mais elle ne se privait pas pour autant de commettre un écart si l'occasion se présentait.

Pour Niko, le début de l'année avait marqué un changement profond dans ses aspirations et sa vision du monde. Un rapprochement avec un étudiant de sa classe en avait été l'élément déclencheur. Sans qu'il s'en rende compte, cette rencontre avait fait naître ce qui allait devenir sa passion et sa raison de vivre.

Jérôme suivait les mêmes cours que lui. Excentrique, volubile, envahissant, il l'avait pris sous sa coupe et lui avait proposé de réaliser quelques croquis.

Il avait obtempéré, malgré la promesse qu'il s'était faite.

Jérôme semblait subjugué du résultat. Avec un clin d'œil complice, il l'avait invité à le suivre dans ce qu'il appelait son *trip*.

Ce soir-là, dans un chantier désert du nord de Paris, il avait découvert une manière d'exorciser son mal.

Face au mur lépreux, une bombe à la main, il s'était retrouvé dans la cave de Vukovar. Un fourmillement viscéral s'était réveillé dans son ventre. Sa main s'était mise à courir sur la paroi, mue par une force invisible.

Il avait peint des courbes, des arabesques, des visages, des mains, des yeux, du sang, expulsant en jets désordonnés la bête gluante qui sommeillait en lui.

Le temps et l'espace n'existaient plus. Les larmes salvatrices qu'il retenait depuis la mort de sa mère lui étaient venues aux yeux.

Pour la première fois depuis l'automne meurtrier, il se sentait libre et humain.

53

Le Danube Bleu

Sébastien parcourut le couloir d'un pas cadencé, faisant claquer ses semelles sur le sol.

Pauline Derval l'avait chargé d'une mission particulière et il comptait tout mettre en œuvre pour qu'elle soit porteuse de succès. Il ignorait ce que produirait le rôle qu'elle lui avait attribué, mais les heures qui suivaient s'annonçaient palpitantes.

Il entra dans la chambre de Niko, à peine remise en état, s'arrêta net et ouvrit les bras tel un gymnaste venant d'accomplir un triple salto arrière.

— Ta dam !

Niko le dévisagea.

— Qu'est-ce qui t'arrive ?

Il remua les sourcils.

— Mme Derval nous invite à déjeuner.

Il laissa Niko se remettre de sa surprise avant de lui lâcher l'information inattendue.

— Pas à la cantine, à l'extérieur. Dans un vrai restaurant, avec un vrai serveur, une nappe en tissu et de vrais couverts en métal.

Une expression d'incrédulité passa sur son visage.

— On va sortir d'ici ?

— Oui, monsieur. Nous allons à Bruxelles, notre limousine nous attend.

Niko était stupéfait.

Il ne pouvait imaginer les tractations, discussions, manipulations et marchandages divers que cette expédition, élémentaire en apparence, avait nécessités.

La loi relative à l'internement prévoyait qu'une permission de sortie pouvait être accordée à tout moment à condition que la personne internée ne présente pas de risque de s'évader, de commettre d'infractions ou d'importuner les citoyens.

Dans le cadre de l'EDS, cette autorisation était du ressort exclusif de Pauline Derval.

Comme elle s'y attendait, le chef de la sécurité était monté au créneau, voyant l'opportunité de prendre une revanche sur l'éviction de Marchand. Il avait opposé l'argument qu'elle avait elle-même utilisé lors de leur précédente altercation : Nikola Stankovic n'était pas interné, mais en observation. Tel un matador s'apprêtant à porter le coup de grâce, il avait déclaré qu'en l'occurrence, la règle ne s'appliquait pas et que le patient concerné ne quitterait pas les murs.

Au lieu de l'attaquer de front, elle avait joué la carte diplomatique.

Elle lui avait donné raison, avait validé le bien-fondé de son analyse, salué son sens du devoir et lui avait proposé de se joindre à eux, la loi stipulant que la permission de sortie pouvait être assortie de l'accompagnement d'une personne de confiance. Lui seul, avait-elle ajouté, était digne d'assumer cette lourde charge.

À l'instar du corbeau ne se sentant plus de joie, le bonhomme avait ouvert son bec.

Dans un second temps, elle lui avait annoncé que le référent de Stankovic serait également de la partie pour favoriser le caractère convivial du périple et inciter le patient à se livrer.

Sébastien indiqua l'armoire.

— Mets tes plus belles baskets et enfile ta veste la plus chaude, il fait un froid de Sibérie.

Niko n'en revenait pas.

Les effets des médicaments commençaient à s'estomper, mais il se sentait toujours vaseux.

Ils descendirent et accédèrent au hall d'accueil où Pauline Derval et le chef de la sécurité faisaient les cent pas, équipés pour une expédition polaire.

Elle le salua avec sobriété.

— Vous avez meilleure mine, Nikola.

Niko lui répondit d'un signe de tête.

De son côté, l'homme de confiance lui lança un regard soupçonneux aux fins de couper court à toute velléité de résistance.

Une Renault Scenic blanche les attendait à l'extérieur, moteur en marche, chauffage poussé au maximum. Le logo de l'EDS était peint sur les portières.

Sébastien prit le volant, Pauline Derval s'installa sur le siège passager, laissant les places arrière à Niko et son geôlier.

Dès qu'ils eurent rejoint l'autoroute, Sébastien jeta un coup d'œil dans le rétroviseur intérieur.

Assis à l'extrémité de la banquette, les bras croisés, le front collé à la vitre, Niko regardait le paysage. Le chef de la sécurité, concentré sur sa tâche, surveillait les voitures qui les doublaient, craignant l'arrivée d'éventuels complices de Niko venus le libérer.

Hormis le ronronnement du diesel, le silence régnait dans l'habitacle. Les passagers paraissaient assoupis par la chaleur ambiante.

Après une heure de route, il accéda au Ring de Bruxelles, sortit aux Quatre Bras et emprunta l'avenue de Tervueren en direction de la place Montgomery.

Il fit le tour du rond-point, entra dans la rue des Atrébates et se gara en face du Danube Bleu, réputé pour être l'un des meilleurs restaurants croates de la capitale.

Niko s'anima.

— C'est pas vrai ?

Pauline Derval se retourna sur son siège.

— Vous connaissez ?

Il était ému aux larmes.

— J'y suis allé deux ou trois fois. Merci.

— C'est tout naturel. Vous ne m'avez rien réclamé pour votre fresque.

Il parut embarrassé.

— Vous m'avez offert plus que de l'argent.

Ils sortirent de la voiture et pénétrèrent dans le restaurant.

Le patron vint à leur rencontre et leur adressa la bienvenue dans sa langue, comme Pauline Derval le lui avait demandé.

Il indiqua une table pour une personne proche de l'entrée et une deuxième, plus loin dans la salle, dressée pour trois couverts.

— Installez-vous, je vous apporte la carte.

Le chef de la sécurité prit les devants, ôta son manteau et s'assit en solitaire, non sans s'assurer qu'il jouirait d'une bonne vue sur le trio et que sa position lui permettrait de déjouer toute tentative de fuite.

À leur tour, ils prirent place, Niko en face de Pauline Derval, lui sur le côté.

D'un geste affectueux, elle déplia la serviette de Niko et la posa sur ses genoux. Sébastien en fut troublé. Un petit bonheur du jour.

Niko se décrispait à vue d'œil.

Ses traits se relâchaient, les plis qui lui barraient le front s'estompaient, un léger sourire apparaissait sur ses lèvres.

La directrice lui tendit le menu.

— Vous êtes ici chez vous. Qu'est-ce que vous nous conseillez ?

Niko parcourut la carte comme un gamin recevant une liste de cadeaux.

— Tout est délicieux, c'est difficile de choisir.

— Prenez ce que vous voulez.

— J'adore les *cevapcini*, ma mère...

Il s'arrêta.

Une ombre couvrit son regard.

Il se reprit.

— J'en mangeais quand j'étais petit. Ce sont des rouleaux de viande hachée avec des oignons et des épices. Vous devriez essayer.

Pauline Derval embraya.

— On vous suit, n'est-ce pas, Sébastien ?

Il acquiesça.

— Je fais confiance au spécialiste.

— Parfait. Un peu de vin avec ça, Nikola ?

Il ouvrit de grands yeux.

— Je peux ?

— Bien sûr. Avec modération, bien entendu.

— Du Dingac ou du Babic, s'ils en ont.

Elle passa commande et se mit à parler avec légèreté de choses et d'autres : l'arrivée tant attendue du printemps, les 90 ans de Tintin, l'alunissage de la sonde chinoise.

Sébastien appréciait le soin qu'elle prenait à n'aborder que des sujets sans gravité. Pour sa part, il avait reçu pour instruction d'observer les réactions de Niko, de ne lui poser aucune question et de le mettre en confiance.

Tout en écoutant d'une oreille, Niko tendait l'autre pour capter des bribes de conversation d'un couple de Croates qui discutaient à bâtons rompus à la table voisine. Leurs échanges semblaient le réjouir.

Il avait décroisé les bras, ses épaules s'arrondissaient, il paraissait détendu et serein.

Les plats arrivèrent, le vin fut servi.

Niko savourait chaque bouchée de viande et chaque gorgée de vin comme s'il redécouvrait des plaisirs interdits.

Vers la fin du repas, l'alcool aidant, sa langue commença à se délier. Le regard attendri, il fit vibrer sa corde patriotique, encensant les îles croates, les plus belles de la planète, les vins croates, les plus fins du monde, les footballeurs croates, finalistes héroïques de la dernière Coupe du monde, les tennismen croates, récents vainqueurs de la Coupe Davis.

Pauline Derval jouait sa partition avec sincérité. Elle acquiesçait, le complimentait, multipliait les moues admiratives.

Son ode au pays terminée, elle le relança.

— Beaucoup de vos compatriotes vivent à Bruxelles ?

— Plus qu'on ne croit. En fait, nous sommes partout. Pas que dans la restauration et dans le sport. Même en art. J'ai fait partie d'une communauté d'artistes croates qui se rencontraient souvent à Bruxelles.

— Des peintres ?

— Bien sûr. J'en fréquentais. Il y a quelques années, j'ai eu l'occasion d'exposer mes tableaux avec deux autres Croates dans une galerie près du Sablon. C'était dingue. Le jour du vernissage, toute la Croatie a défilé.

Il marqua une pause.

Son visage se tendit.

Il hésita un moment.

— C'est ce soir-là que j'ai rencontré Ivanka.

54

Le Petit Poucet

Philippe Larivière sortit du Palais de justice peu après 18 heures, à bout de nerfs.

Il n'en pouvait plus.

Avant toute chose, il alluma une cigarette.

Sauf anicroche ou rebondissement de dernière minute, le procès se terminerait le lendemain, en toute vraisemblance en défaveur de son client, accusé d'avoir commandité l'assassinat de son père.

À titre de circonstances atténuantes, il avait plaidé l'absence d'antécédents judiciaires et le jeune âge de l'accusé. Il espérait que les arguments avaient porté. Au mieux, il éviterait la réclusion à perpétuité.

Même s'il était confronté à des plages de temps durant lesquelles son rôle était passif, il ne pouvait à aucun moment relâcher son attention, fût-ce l'espace d'une pause sanitaire. Chaque parole, chaque phrase, même anodine, pouvait se révéler lourde de sens.

En plus d'une écoute de tous les instants, il devait observer la communication non verbale de l'avocat général, des témoins, des magistrats et des jurés. Un acquiescement tacite, une moue dubitative, un mouvement d'humeur en disaient parfois davantage qu'un long discours.

Si c'était à refaire, il choisirait le droit des affaires. Les spécialistes en la matière ne sortaient pas de leurs bureaux, plaidaient rarement et facturaient leurs honoraires à prix d'or.

Il descendit au parking et s'affala dans sa voiture.

Ses yeux se fermaient. Si cela n'avait tenu qu'à lui, il aurait abaissé le siège et se serait endormi séance tenante.

Il mit le contact et glissa un CD dans le lecteur.

Brel. Olympia 64.

Il avait beau se l'être passé des centaines de fois, il ressentait la même émotion à chaque écoute.

Pendant que l'accordéon d'*Amsterdam* poussait ses premiers soupirs, il ralluma son téléphone, parcourut ses mails et écouta les messages vocaux, certains à n'en plus finir.

Le plus concis était sans conteste celui de la douce Pauline.

— Derval. Rappelez-moi.

Il verrait cela plus tard.

Il démarra, sortit au ralenti du parking et contourna la place Poelaert.

Les klaxons couvraient la voix du grand Jacques. La rue de la Régence était bloquée, l'entrée du tunnel tout autant, le goulet de l'avenue Louise à l'arrêt.

La capitale de l'Europe aux heures de pointe.

La pluie n'arrangeait rien. Il ne serait pas chez lui avant une heure.

Il soupira.

Pauline Derval ne l'avait jamais appelé pour des futilités. De plus, elle ne risquait pas de s'égarer dans d'interminables débordements verbaux.

Il composa son numéro.

Elle répondit à la deuxième sonnerie.

— Derval.

— Bonsoir, chère madame. Vous allez mieux ?

— Le pouls est régulier, les urines sont claires.

— Vous m'en voyez ravi.

— Votre procès ?

— J'en vois la fin avec soulagement. Je vous écoute.

— Notre chef psychiatre a décidé de relever de nouveaux défis.

Il se souvint qu'elle l'avait contacté à ce sujet.

— En général, c'est ce qu'on dit de manière diplomatique quand on flanque quelqu'un à la porte.

— Dont acte.

— À la bonne heure. Votre souhait est exaucé.

— Ce n'est pas pour ça que je vous ai laissé un message.

Elle lui retraça l'initiative qu'elle avait prise d'amener Niko au restaurant et lui fit part de la révélation qu'il lui avait faite.

Il manifesta sa surprise

— Il connaissait Jankovic depuis plusieurs années ?

— Vous l'ignoriez ?

— Absolument. Nous nous sommes d'ailleurs disputés à ce sujet. Lors de la première visite de la police chez lui, il a déclaré qu'il la connaissait à peine. Il vous en a confié davantage ?

— Non, il s'est refermé aussitôt, mais je ne suis pas sûre que cette annonce ait été involontaire. J'en saurai peut-être plus dans la saison 2, si tant est qu'il y ait une saison 2. Mais je ne compte pas m'imposer ces espèces de saucisses dégoulinantes de graisse tous les mardis.

— Quelle est l'alternative ?

— Une approche comme l'EDMR pourrait donner des résultats, mais il devrait être consentant et je vous fiche mon billet qu'il refuserait.

— En quoi consiste cette technique ?

— EMDR, désensibilisation et retraitement des informations à l'aide de mouvements oculaires. En gros, le patient suit un point lumineux ou un objet qui va de gauche à droite. Le thérapeute lui pose des questions sur son traumatisme pour lui permettre de s'en libérer. Aucune explication univoque n'a pu être apportée, mais ça fonctionne.

— Si Niko refuse de se soumettre à cette technique, que nous reste-t-il ?

— Nous devrons nous contenter des cailloux qu'il daigne lâcher de temps en temps, comme le Petit Poucet. En parole ou en dessin. Ne pensez pas pour autant qu'il s'amuse à construire un jeu de piste pour nous embrouiller. Ce sont des actes spontanés, souvent inconscients, des sortes de soupapes qui lui permettent de relâcher la pression et d'exorciser son obsession. À nous de tenter de les mettre ensemble pour y voir plus clair.

— Je vois. Qu'attendez-vous de moi ?

— Ne le répétez à personne, mais je vous avoue que je suis un peu perdue. J'aimerais que vous veniez voir sa fresque. Avec un peu de chance, nous allons peut-être y trouver quelque chose.

55

Cette nuit particulière

Il n'aurait pas dû boire autant de vin.

À présent, il regrettait d'avoir évoqué sa rencontre avec Ivanka. Il avait cru que cet aveu le soulagerait, mais le répit n'avait été que de courte durée.

L'espace d'un instant, il avait éprouvé le sentiment de délivrance qu'il ressentait en sortant du confessionnal quand il était enfant.

Après avoir reconnu ses fautes et obtenu le pardon de Dieu, il s'agenouillait dans l'allée et récitait les prières imposées avant de quitter l'église, le cœur léger. Ses péchés absous, il pouvait à nouveau vivre en paix.

Depuis, il ne croyait plus en Dieu.

Ni aux hommes.

Il accordait plus de confiance aux femmes. Elles étaient moins belliqueuses et plus sensibles. Certaines semblaient comprendre la douleur qui le hantait.

Il repensa à Hilde, à cette nuit particulière.

Hilde qu'il voyait frivole et inconstante.

Hilde qui l'avait réconcilié avec une part de lui-même.

Comme elle, il était devenu un oiseau de nuit depuis qu'il

sillonnait Paris avec Jérôme. Il lui arrivait de rentrer à l'aube, barbouillé de peinture, épuisé de fatigue et de stress.

Vaincre une paroi pour y laisser son empreinte était devenu un besoin vital. Des nuits durant, la peur au ventre, suspendu à un fil comme une marionnette, il défiait la mort pour cracher sa souffrance à la face des hommes.

Son œuvre accomplie, il se plantait au bord du vide et parcourait son territoire du regard, un goût de victoire dans la bouche, le cœur gonflé d'un sentiment d'accomplissement.

L'incident s'était produit au début du printemps, après qu'il avait pris la décision de quitter Paris pour Bruxelles.

De retour d'une nuit mouvementée, il avait trouvé Hilde effondrée dans le divan, en larmes. Entre deux sanglots, elle lui avait relaté sa rupture. Lassé de ses infidélités, le jeune médecin l'avait délaissée pour une autre.

Il s'était assis auprès d'elle, gauche, incapable de trouver les mots pour la réconforter.

Ses larmes séchées, elle l'avait remercié de l'avoir écoutée.

Il était allé prendre une douche avant de plonger dans ses draps, accablé de sommeil.

Alors qu'il sombrait, Hilde était entrée dans la chambre, entièrement nue. Sans un mot, elle s'était glissée dans son lit et s'était blottie contre lui.

Il s'était figé, les muscles tendus.

De sa vie, il n'avait connu que le contact du corps de sa mère.

Immobile, ne sachant comment réagir face à cette présence étrangère, il avait senti une main descendre le long de son ventre et s'emparer de son sexe.

Mal à l'aise, le souffle court, les yeux fixés au plafond, il attendait que le supplice prenne fin.

Sa caresse ne produisant aucun effet, Hilde s'était enfouie sous le drap et l'avait pris dans sa bouche.

Il s'était senti bafoué. Son corps ne lui appartenait plus. Elle se l'était accaparé contre son gré, portée par ses pulsions sexuelles.

Il aurait voulu se dégager, la chasser, se soustraire à ce viol, fuir, mais il était resté paralysé, aphone.

Après un moment, elle s'était arrêtée.

— Je ne te plais pas ?

Il avait secoué la tête, incapable de parler.

Elle avait insisté.

— Qu'est-ce qui se passe, Niko ?

Il était parvenu à bafouiller.

— Ce n'est pas ça.

Elle s'était radoucie.

— Tu es gay ?

— Non, je ne peux pas. Je ne veux pas. Jamais.

Il pensait subir des rebuffades, comme il en avait tant essuyé durant ses années en Allemagne.

Elle lui avait caressé la joue.

— Je comprends, Niko. Je suis désolée. Tu es comme tu es. Tu n'as pas à en avoir honte. Tu es différent. Sans doute mieux que beaucoup. Personne ne peut te juger ou exiger de toi ce que tu ne peux donner.

56

Un duo de choc

À l'égal des réseaux sociaux, du Concours Eurovision de la chanson ou de la trottinette électrique, Pauline Derval considérait que la Saint-Valentin faisait partie des inventions humaines les plus abêtissantes.

Elle ne pouvait déterminer ce qui était le plus sordide, du mâle pataud qui poireautait chez le fleuriste, de la femme qui s'achetait des dessous affriolants ou des couples moribonds qui échangeaient des regards transparents dans les restaurants.

Elle n'avait jamais souscrit à cette coutume et n'y souscrirait jamais. Le dernier homme qui lui avait envoyé une carte mièvre constellée de petits cœurs s'était retrouvé sur le trottoir.

Pendant que les Valentin honoreraient leur Valentine, elle accompagnerait Fabienne à la soirée d'inauguration de la Foire du livre de Bruxelles.

En taxi, cette fois.

Petits fours et champagne au menu.

Pour la partie littéraire, on verrait.

Elle fuyait les phénomènes de mode et les écrivains médiatiques.

Les gens qui faisaient le pied de grue pendant des heures pour grappiller une dédicace et un selfie en compagnie d'un romancier à succès se couvraient de ridicule. On peut aimer les œufs brouillés sans pour autant chercher à rencontrer la poule qui les a pondus. Seul le texte compte, que son auteur soit un homme ou une femme, connu ou non, mort ou vivant.

Dans cet ordre d'idée, il ne viendrait à personne l'envie de louer les qualités littéraires du rapport qu'elle avait rédigé concernant Nikola Stankovic.

Les formules administratives et le vocabulaire abscons y étaient à l'honneur.

En résumé, *elle ne disposait pas d'éléments scientifiquement prouvés lui permettant d'établir un diagnostic complet. Néanmoins, à la réserve du cas où M. Stankovic aurait été atteint d'un trouble psychique ou neuropsychique ayant aboli son sens du discernement ou le contrôle de ses actes lors des faits qui lui sont reprochés, les différents examens réalisés par l'équipe pluridisciplinaire durant la période d'observation l'autorisaient à conclure que M. Stankovic était en pleine possession de ses facultés mentales.*

Qu'ils se débrouillent avec ça.

Il ne restait qu'à mettre le document sous enveloppe et à l'expédier.

Elle jeta un coup d'œil à l'horloge murale.

17 h 45.

En retard, comme d'habitude.

Le téléphone sonna.

— Bonsoir, madame, c'est la réception. Votre visiteur est arrivé.

Elle sortit de son bureau et descendit l'escalier.

Planté devant la fenêtre, Philippe Larivière regardait la neige tomber.

Elle l'observa du coin de l'œil.

Il avait le teint brouillé et le nez rougi. Elle avait appris par la presse que son client avait écopé de vingt-quatre ans de prison.

Il la vit et redressa les épaules.

— Je suis en retard, je suis désolé. Avec la neige, tout est bloqué.

Pourquoi les hommes doivent-ils sans cesse se justifier ?

— Suivez-moi.

Elle parcourut le couloir à vive allure et s'arrêta devant la porte de l'atelier.

Elle l'entendit souffler dans son dos.

— Vous marchez vite.

Elle glissa la clé dans la serrure, éclaira le hall et le guida vers le fond.

— Voilà.

Il s'arrêta devant le mur, leva les yeux et siffla.

— Eh bien dites donc, elle est encore plus impressionnante en vrai.

Le chauffage était coupé, il faisait glacial.

Malgré la température, il ôta son manteau et le secoua avec vigueur, parsemant le sol de neige fondue. Sa chemise à carreaux, sa cravate à pois et son costume fripé n'arrangeaient rien à son allure.

Il sortit un mouchoir et s'essuya le nez.

— Je vais regarder ça de près. Peut-être y a-t-il des détails que je n'ai pas vus sur la photo. Vous avez une échelle, des torches ?

— Suivez-moi.

Ils trouvèrent le nécessaire dans le local technique.

Elle se saisit de deux baladeuses électriques pendant qu'il chargeait une échelle coulissante sur ses épaules.

Elle lui indiqua un escabeau.

— Prenez aussi ce truc.

Il la dévisagea avec inquiétude.

— Ne faites pas ça. Vous allez vous casser la figure avec votre robe.

Elle se souvint avec émoi de la scène torride qu'elle avait vécue avec son partenaire de bridge dans les vestiaires déserts du club, à l'issue d'un tournoi victorieux.

— Une robe, ça se soulève.

Il haussa les sourcils et obtempéra.

Il se dirigea vers le mur, se planta devant la fresque et retira sa veste.

Il ausculta la paroi, ne sachant par où commencer.

— Passez-moi une lampe.

Elle lui tendit une baladeuse et observa la scène.

Il posa l'échelle, grimpa de quelques échelons et colla le nez contre le mur. Sa chemise sortait de son pantalon, exhibant le sommet de ses fesses.

Elle ouvrit à son tour l'escabeau et s'assura qu'il était stable. Elle remonta sa robe jusqu'aux genoux et se hissa à hauteur du tas de briques.

Ils formaient un duo de choc. Elle pria pour que personne n'entre dans la pièce.

La baladeuse à bout de bras, elle commença l'inspection de chaque pierre.

Elle frissonnait.

En équilibre précaire au-dessus d'elle, l'avocat promenait sa lampe le long de la paroi en soufflant comme une baleine à l'agonie.

Après quelques minutes, il poussa une exclamation.

— Ça y est ! J'ai trouvé quelque chose. Sur le manche de la pioche, en tout petit.

— Du concret ?

— Difficile à dire.

Il s'empara de son smartphone et prit une photo. Il redescendit, agrandit le détail et lui présenta l'écran.

57

Petite sœur

Dès les premiers jours, il s'était senti bien à Bruxelles.

La ville avait un charme particulier. Il aimait ses quartiers disparates, son architecture singulière et l'ambiance bon enfant qui régnait dans les bistrots. Les gens étaient détendus et les horloges semblaient tourner moins vite qu'à Paris.

En consultant les petites annonces, il avait trouvé une chambre d'étudiant dans une petite maison appartenant à un couple de quinquagénaires. Attentionnés, conviviaux, ils lui avaient annoncé qu'il occuperait la chambre de leur fils, marié depuis.

En plus de l'hébergement, ils lui avaient proposé de partager le couvert avec eux pour un prix modeste. La solitude leur pesait et sa présence allait remettre un peu de vie dans la maison.

Il était resté chez eux pendant la durée de ses études à la Cambre. Cinq années durant lesquelles il avait trouvé un semblant d'apaisement avec eux.

Pour subvenir à ses dépenses, sa bourse universitaire arrivant à son terme, il profitait de tous les instants pour installer son chevalet sur la Grand-Place et proposer aux touristes de les caricaturer pour quelques euros.

Ses études terminées et son master obtenu, il avait commencé à peindre dans le but de gagner sa vie et s'était installé dans un petit appartement de la rue de la Perche, dans la commune de Saint-Gilles.

Hormis quelques toiles qu'il parvenait à vendre sur les marchés et l'une ou l'autre fresque réalisées sur commande, il tirait le diable par la queue. Il parvenait à peine à payer son loyer, mangeait rarement à sa faim et se voyait obligé d'exécuter des lettrages de vitrines ou des logos d'entreprises sur des véhicules.

Plus d'une fois, l'envie d'exprimer sa frustration sur les murs de Bruxelles l'avait démangé, mais ce temps était révolu et sans Jérôme pour le seconder, la démarche aurait été suicidaire.

En 2013, l'année de ses trente ans, il avait fait la connaissance de Tomislav, un peintre croate de son âge.

Ce dernier l'avait invité dans son atelier et lui avait demandé d'amener quelques toiles. Impressionné par les multiples facettes de son talent, il avait eu l'idée d'organiser une exposition « 100 % croate ».

Débrouillard, beau parleur, Tomislav s'était aussitôt mis au travail, avait prospecté le marché, déniché la galerie et contacté le gérant. Pour vaincre les dernières résistances du galeriste, il lui avait garanti la présence de trois compatriotes doués, émergents et prometteurs.

Pour ce faire, il avait recruté Zlatan, le troisième artiste pressenti.

Le vernissage avait eu lieu le 10 octobre 2013.

Les trois peintres étaient aussi différents dans leur manière d'être que dans leur production.

Les tableaux de Tomislav étaient colorés, fantasques et chaotiques. À la manière d'un vendeur de foire, il parlait fort, tourbillonnait dans la salle, accrochait les visiteurs, les bombardait d'arguments percutants et passait au marchandage du prix.

Zlatan jouait sur son physique avec affectation. Grand, svelte, le visage buriné, portant costume et cravate – article vestimentaire créé par ses ancêtres, comme il se plaisait à le préciser –, il répondait aux canons de la beauté masculine croate.

Ses peintures étaient raffinées, esthétiques et élégantes, en majorité des nus féminins mis en valeur par de subtils jeux d'ombre.

Quant à lui, pareil à lui-même, il était mal à l'aise, effacé et taciturne. Il restait éloigné des invités, fuyait les regards et éludait les questions.

Malgré la présence envahissante de l'un et les belles manières de l'autre, ses œuvres suscitaient l'intérêt du public. Souvent en noir et blanc, assorties de quelques touches de couleur, elles reprenaient des parties de tableaux célèbres agrémentées de personnages insolites, de paysages imaginaires ou de détails hétéroclites. Chacune de ses peintures semblait renfermer une énigme que les amateurs tentaient d'élucider.

Des photos des fresques murales qu'il avait réalisées à Bruxelles et à Liège étaient également exposées.

Pour parfaire l'événement, le propriétaire de la galerie avait commandé des hors-d'œuvre typiques, du vin de Slavonie et quelques bouteilles de slivovitz.

À 21 heures, une centaine d'invités se pressaient dans la salle surchauffée, pour la plupart jeunes, croates, bruyants et un peu ivres. Il se sentait en décalage dans ce milieu et avait hâte d'en finir. Il n'avait bu qu'un verre de vin, mais le brouhaha incessant et les éclats de rire le soûlaient.

Alors qu'il inspectait ses chaussures pour la centième fois, une jeune femme s'était approchée. Une vingtaine d'années, blonde, des cheveux courts, énergique, le sourire effronté.

Un garçon plus âgé, pomponné et parfumé, lui collait au train, le regard noir, la main possessive.

Alors qu'elle jetait un regard lointain à ses œuvres, elle s'était immobilisée devant un des tableaux, avait examiné la toile et l'avait interpellé.

— C'est toi qui as peint ça ?

Il avait opiné.

Elle avait pointé un détail, visiblement troublée.

— C'est quoi ?

Il avait jeté un coup d'œil sur la partie qu'elle indiquait.

— Un château d'eau.

Le jeune bourgeois s'était interposé en français.

— Bon, tu viens ?

Elle s'était retournée et l'avait fusillé sur place.

— Tu me lâches deux minutes ?

Il s'était éloigné sans demander son reste.

La scène l'avait embarrassé.

Sous ses dehors avenants, cette fille était une véritable terreur.

Elle était repassée au croate.

— On dirait le château d'eau de Vukovar.

Il avait soupiré, importuné par son insistance.

— Je ne sais pas, c'est possible.

Elle l'avait dévisagé avec intensité.

— Je suis née là-bas. Mon père est mort à Vukovar pendant le siège.

Il avait accusé le coup, s'était mis à bafouiller, la gorge nouée.

— C'est vrai ? Tu étais à Vukovar pendant la guerre ?

— Je suis née à Vukovar le 15 octobre 1991, mais j'ai été évacuée avec ma mère le lendemain. Officiellement, je suis née à Zagreb. Ma mère a déclaré ma naissance là-bas. Elle était persuadée que Vukovar ferait partie de la Serbie.

Il avait baissé la tête et murmuré.

— Je suis né là-bas aussi, j'y ai passé mon enfance. J'ai vécu l'enfer de Vukovar. J'avais 8 ans.

Elle s'était décomposée.

— Je suis désolée. Ma mère m'en a souvent parlé. Il paraît que ça a été horrible.

Il s'était mis à trembler.

Des images s'étaient bousculées.

Il avait revu le corps de sa mère, le visage figé dans son dernier cri.

Il aurait aimé revenir en arrière, recommencer, trouver le courage de sortir de sa cache pour empêcher l'homme d'agir, quitte à y perdre la vie.

Le visage de la fille s'était assombri.

— Je suis navrée, je ne voulais pas te blesser.

Il avait tenté de parler, mais les mots n'étaient pas venus.

Son compagnon avait reparu, un verre à la main.

— Bon, tu viens maintenant, Ivanka ? Tout le monde t'attend.

Elle lui avait fait face et lui avait crié au visage.

— Eh bien, pars avec eux et fous-moi la paix.

Sa volte-face avait dévoilé la rose tatouée qu'elle portait sur la nuque.

Le garçon avait brandi son majeur et avait pris le chemin de la sortie.

Il avait attendu qu'il ait quitté la salle et avait balbutié.

— Tu t'appelles Ivanka ?

— Oui, pourquoi ?

— Pour rien.

Elle avait adouci le ton.

— Je vais acheter ton tableau, il est très beau.

Il était ébranlé.

— Merci.

— Je travaille dans un restaurant, tout près d'ici, Au Vieux Saint Martin. Passe prendre un café un midi, en fin de service, on pourra parler un peu.

Il était resté muet.

Elle avait insisté.

— Tu viendras ?

— D'accord.

Elle avait fait quelques pas, s'était retournée et lui avait adressé un signe de la main.

— À bientôt, grand frère.

Il avait répondu à mi-voix.

— À bientôt, petite sœur.

58

Par un heureux hasard

Philippe Larivière connaissait Catherine Fausty depuis bien avant sa nomination à la direction générale de la police judiciaire.

Quinquagénaire au physique imposant, son calme apparent et son élocution nonchalante laissaient penser qu'elle manquait d'énergie. Sous ces dehors trompeurs se dissimulaient une intelligence vive, une détermination farouche et un professionnalisme exemplaire.

Ils s'étaient croisés à de nombreuses reprises dans les locaux de la police judiciaire, au Palais de justice ou dans le cabinet d'un juge d'instruction.

Lors de certaines affaires où il représentait les victimes, ils s'étaient retrouvés dans le même camp. À d'autres occasions, dans la partie adverse, quand il défendait le prévenu ou l'accusé.

Leurs oppositions épisodiques et leurs affrontements verbaux n'avaient jamais porté atteinte au respect qu'ils se témoignaient. Tous deux savaient différencier la personne du dossier pour ne pas tomber dans la rancune et le ressentiment.

Bien que moins présente sur le terrain depuis son accession à la fonction supérieure, elle avait accepté son invitation à déjeuner sans marquer son étonnement.

Pour l'occasion, il avait réservé une table au Trappiste, une brasserie belge du haut de la ville.

Il était conscient qu'il ne suivait pas les règles déontologiques. Si elle apprenait que sa démarche était liée à une affaire en cours, elle risquait de le renvoyer sur-le-champ auprès de la juge d'instruction pour lui demander d'accomplir un acte d'instruction complémentaire.

Dans un tel cas, il lui faudrait compter sur le bon vouloir de la magistrate, celle-ci pouvant estimer que la requête n'était pas nécessaire à la manifestation de la vérité. Si elle validait le recours, il n'était pas exclu qu'il doive poireauter entre une et quatre semaines, le temps de réaliser les investigations.

Autant tenter d'en savoir plus avant d'entamer une telle démarche, pour autant que l'information en question vaille quelque chose.

Les recherches qu'il avait menées indiquaient que le mot inscrit par Niko sur le manche de la pioche n'était pas une quelconque marque d'outil, mais un patronyme courant dans les Balkans. Cette découverte ouvrait des perspectives d'autant plus intéressantes qu'il avait dessiné des étoiles à huit branches de part et d'autre du nom.

Il entra dans le restaurant à 12 h 50.

Catherine Fausty était assise sur une banquette en milieu de salle, un verre de rosé devant elle.

Sans un mot, elle indiqua sa montre du bout de l'index.

Il prit l'air confus.

— Bonjour, Catherine. J'ai quelques minutes de retard, je suis navré. Comment vas-tu ?

Elle le laissa s'installer.

— Bonjour, mon cher Philippe. Je vais comme je peux. D'après mon médecin, je frôle le *burnout*. Et toi ?

Il lui tendit le menu.

— D'après mon psy, je frôle la démence. Fais-toi plaisir, mais je te conseille le plat du jour, je n'ai jamais été déçu.

Elle jeta un coup d'œil sur l'ardoise pendue au mur.

— Chicons au gratin ? Allons-y.

Il héla le garçon et passa commande.

— Et côté boulot, comment ça se passe ?

— Plutôt bien. Les chiffres sont bons. Les cambriolages et les vols à main armée diminuent. Le trafic de drogue monte un peu, normal. Les homicides sont stables, environ deux cents par an, dont plus de nonante pour cent élucidés.

Il prit un ton admiratif.

— Bravo !

Elle esquissa un sourire.

— J'ai surtout de bonnes équipes.

— Des équipes bien encadrées.

Elle posa les coudes sur la table et croisa les mains.

— Je te remercie pour tes compliments, Philippe. Maintenant, pose ta question, celle pour laquelle tu m'as invitée. Je suis flic, n'oublie pas.

Il soupira.

— Tu as gagné. Ulemek, ça te dit quelque chose ?

À sa réaction, il comprit que ce nom ne lui était pas inconnu. Les traits de la policière se contractèrent.

— Oui, ça me dit quelque chose.

— Tu peux m'en dire plus ?

Comme il s'y attendait, elle se referma.

— Pourquoi veux-tu savoir cela ?

Il prit l'air embarrassé.

— Pour l'instant, je ne peux rien te dire, mais je te promets que dès que j'en saurai plus, tu seras la première informée.

Elle pesa le pour et le contre pendant quelques instants.

— Soit, je te fais confiance. Je peux t'en dire plus, mais seulement la partie officielle.

— C'est déjà ça.

Elle baissa la voix.

— Dragan Ulemek, de son vrai nom Dragan Lukovic, né à Belgrade en 1965, installé en Belgique depuis une dizaine d'années. Trafiquant d'armes. Si c'est celui dont tu parles.

Il opina.

— Peut-être bien. Continue.

— Comme tu le sais, la Belgique est la plaque tournante du trafic d'armes en Europe. La plupart proviennent des pays de l'Est, Kalachnikov en tête. Le RPG-7 se vend bien aussi, mais c'est plus encombrant. Revenons à Lukovic. Il a commencé tôt, braquages et vols avec violence quand il avait à peine 16 ans. Il a fait de la prison en Serbie et en Russie. Si ma mémoire est bonne, il est entré à la Légion étrangère et s'est évadé pour s'engager dans les milices serbes. On le retrouve impliqué dans le conflit en Yougoslavie. Soupçonné de crimes de guerre et activement recherché, il n'a jamais pu être localisé.

Elle marqua une pause avant de poursuivre.

— Jusqu'à ce qu'on tombe sur lui par un heureux hasard. Nous n'avons découvert sa véritable identité qu'à sa mort.

— Il est mort ?

— Et enterré.

— Comment ?

— Il a été abattu dans le parking souterrain de son immeuble quand il était au volant de sa voiture. Probablement un règlement de comptes, comme c'est souvent le cas chez ce genre d'individus. Trois balles dans la poitrine, une dans la tête. Le ou les assassins courent toujours.

— Quand était-ce ?

Elle soupira.

— Il y a un moment. Je ne connais pas la date par cœur, mais je peux te dire ça si je jette un coup d'œil au dossier, cette info n'a rien de confidentiel.

— De fait, ça m'intéresse.

Son cerveau tournait à plein régime.

La guerre en Yougoslavie, les crimes de guerre, la prison en Russie.

Il restait à mettre de l'ordre dans le rébus.

59

Electra Glide

Il avait revu Ivanka deux ou trois fois après la soirée du vernissage.

Elle lui avait posé des questions sur son enfance à Vukovar, mais il n'était pas parvenu à lui parler de ce qu'il avait vécu. Même s'il se sentait proche d'elle, leurs conversations restaient en surface.

Il lui montrait des photos de ses derniers tableaux, elle manifestait son désir de sortir à tout prix de son marasme financier.

— J'en ai marre de courir derrière le pognon, comme le font ma mère et ma demi-sœur. J'aimerais avoir une voiture, habiter un bel appartement, acheter des fringues de marque, partir en vacances au soleil, tu comprends ?

Il acquiesçait, mais ces préoccupations matérialistes lui semblaient dérisoires.

Il vivait pour la peinture et n'en attendait aucun enrichissement. Avoir un toit, quelques vêtements et de quoi manger à sa faim lui suffisaient.

Leurs rencontres s'étaient espacées avant de prendre fin.

En septembre 2016, il avait reçu un appel d'offres pour réaliser une fresque murale dans un salon de coiffure.

Situé au cœur du quartier Louise, Walter était l'un des coiffeurs les plus réputés de Bruxelles. Dans le but d'attirer les hipsters, il avait agrandi son établissement et s'était adjoint les services de spécialistes de la taille au rasoir à main. Pour parfaire le cadre, il avait agencé l'espace dans l'esprit des sixties : dallage à damier noir et blanc, briques apparentes, miroirs bordés d'ampoules et fauteuils en cuir bordeaux à l'ancienne.

Dans un deuxième temps, il avait eu l'idée de renforcer le côté *rock'n'roll* par une fresque symbolique sur un large pan de mur.

Il s'était adressé à un ami galeriste qui lui avait donné quelques noms de peintres qualifiés, dont celui de Nikola Stankovic.

Le cahier des charges était relativement ouvert et le prix attractif.

Il l'avait lu en diagonale, avait griffonné quelques croquis et les avait envoyés à Walter sans trop y croire. À sa surprise, sa proposition avait été retenue, à la condition qu'il s'engage à entamer les travaux dans les huit jours et rajoute une Harley-Davidson en avant-plan.

Cet artifice, qu'il trouvait superflu, dénaturerait l'œuvre, mais il n'avait pas discuté et avait accepté.

La première partie de la fresque avait été bouclée en une journée à la satisfaction du patron qui la trouvait *saisissante de réalisme*, des mots qui ne signifiaient rien pour lui et qui l'avaient laissé de marbre.

Il avait hâte d'être débarrassé de ce travail. L'endroit le rendait nostalgique. Les odeurs de shampoing et de laque le renvoyaient dans sa petite enfance, quand il passait de genoux en genoux dans le salon de sa mère. En plus, il n'aimait ni le quartier bruyant ni la musique tapageuse. Encore moins le remue-ménage incessant, les rires stridents et les ronds de jambe de l'équipe.

Le lendemain, il était arrivé dès l'ouverture, pressé d'en finir.

Alors qu'il finalisait l'emblématique moto américaine, un client était entré.

Sans qu'il sache pour quelle raison, sa silhouette avait attiré son attention. Grand, la cinquantaine, la démarche résolue, le genre d'homme qui aime en imposer. Il portait une barbe grisonnante qui masquait en partie une cicatrice qui lui sillonnait la joue et remontait jusqu'à la tempe. Ses yeux allaient et venaient sans cesse, comme s'il inspectait les lieux.

Une employée s'était précipitée.

— Bonjour, monsieur. Walter vous attend.

Il était retourné à son œuvre, pris d'un malaise dont il ne pouvait identifier l'origine.

La voix de l'homme avait tonné dans son dos.

— Electra Glide, la première Harley équipée d'un démarreur électrique. J'en ai deux dans ma collection. Votre modèle est très fidèle. Vous êtes doué, jeune homme.

Il était resté figé, incapable de prononcer un mot ou de faire un geste.

Ses jambes s'étaient mises à trembler.

En manque de souffle, pris de vertige, il avait posé une main sur le mur pour masquer son trouble. Une sensation d'épuisement lui avait envahi le ventre.

Saisi d'effroi, il avait baissé les yeux.

Une tache d'urine fleurissait sur le devant de sa salopette.

60

Insaisissable

Sébastien pensait avoir gagné la confiance de Niko, mais ses récents changements de comportement refroidissaient son optimisme.

Depuis le dîner au Danube Bleu, Niko était distant. Il évitait tout contact avec lui, se renfermait dans son mutisme ou marmonnait des phrases incompréhensibles.

Il mangeait peu, ne peignait plus et passait des heures à s'épuiser sur la piste Vita, multipliant les tours de terrain et les exercices sportifs comme s'il se préparait à une compétition olympique.

Il lui avait proposé de l'accompagner, mais Niko avait refusé.

— J'ai besoin d'être seul.

Il ne s'était pas découragé et avait tenté une autre approche. Il lui avait apporté une boîte de crayons et un pot de Nutella. Niko avait posé les objets sur la table sans le moindre merci. Même Karim paraissait en froid avec lui.

Il était désemparé.

Sa mission touchait à sa fin et risquait de se terminer sur un échec. Le climat favorable qu'il s'était efforcé de construire pendant des semaines s'écroulait comme un château de cartes.

Alors que Nikola revenait d'une énième course à pied, il était allé le trouver dans sa chambre pour crever l'abcès. Il s'était assis sur le lit et avait attendu qu'il sorte de sa douche glacée. Sa nouvelle manie.

— Il faut que je te parle, Niko. Qu'est-ce qui se passe ? Tu as l'air fâché contre moi et contre tout le monde. Qu'est-ce qui ne va pas ?

Niko avait détourné la tête tout en se rhabillant.

— Rien, tout va bien.

— Pourquoi tu ne peins plus ?

Niko avait contourné le lit, s'était planté devant la fenêtre et avait croisé les bras, l'air buté.

— Tant qu'on ne me laissera pas finir ma fresque dans l'atelier, je ne peindrai plus.

Il avait tenté de le raisonner.

— Ce n'est pas moi qui décide, tu le sais bien, mais je vais voir si je peux faire quelque chose. En attendant, calme-toi et arrête de courir dans tous les sens.

Il pensait avoir trouvé une explication à son revirement d'attitude, mais dans l'heure qui avait suivi, Niko avait déjoué la surveillance des gardiens et s'était introduit dans l'atelier. L'air préoccupé, il avait examiné sa fresque et inspecté les autres murs.

L'accès à l'atelier était réservé aux personnes autorisées et la situation aurait pu mal se terminer. Il s'était fait malmener par les travailleurs, schizophrènes pour la plupart, et l'altercation avait failli tourner en bagarre générale.

Il se perdait en conjectures.

Niko connaissait les règles. Que lui était-il passé par la tête ?

Étaient-ce les effets secondaires dus à la médication démesurée que Marchand lui avait imposée pendant sa mise en isolement ? Était-ce l'échéance imminente de l'envoi du rapport ? Et pourquoi insistait-il à ce point pour finaliser cette fresque ?

Démoralisé, il était allé trouver Pauline Derval pour lui relater les faits.

Il s'attendait à ce qu'elle lui réponde de manière lapidaire et catégorique, comme elle avait l'habitude de le faire. À sa surprise, elle l'avait écouté avec attention et avait eu une réaction pour le moins surprenante.

— Vous n'êtes en rien responsable de la situation, Sébastien. Cet homme échappe à toutes les symptomatologies. Il est insaisissable.

61

Des héros nationaux

Il avait prétexté un malaise dû à l'inhalation des vapeurs d'aérosol et avait fui les lieux.

Ni le personnel ni l'homme qui lui avait adressé la parole ne semblaient avoir remarqué l'origine de son trouble. Incapable de remettre les pieds dans le salon, il avait contacté Tomislav et lui avait demandé de terminer le travail.

Ravi de cette aubaine, ce dernier avait mis la touche finale à la fresque.

Cette échappatoire n'avait pas suffi à apaiser son tourment.

Depuis la rencontre avec cet homme, il ne parvenait plus à peindre, à dormir, à respirer. Son cœur s'emballait, cognait dans sa poitrine. Une odeur de pourriture et d'humidité s'infiltrait dans ses narines. Les images qu'il cherchait à effacer depuis tant d'années revenaient le pourchasser, plus insidieuses, plus cruelles.

Il s'était renfermé et refusait tout contact. Il restait chez lui, assis à même le sol, le regard fixe.

Même s'il ne disposait d'aucune preuve hormis une vague silhouette et un ton de voix, une part de lui-même lui criait que cet homme était l'assassin de sa mère.

Après cinq nuits d'angoisse, il était reparti au combat.

Seul, mal équipé, prenant des risques insensés, il avait exorcisé son cauchemar sur les murs de la ville. Sa première fresque le projetait au premier soir du conflit, quand son père avait fait irruption dans sa chambre et que sa vie avait basculé.

Quelques jours plus tard, il s'était fait violence et avait reproduit la scène du viol. La chair meurtrie, il avait peint l'homme de dos, le corps arc-bouté de sa mère. Il la voyait se débattre, entendait ses cris qui déchiraient la nuit.

À l'aube naissante, l'envie de couper la corde et de se laisser tomber dans le vide l'avait tenaillé.

Au début de l'année suivante, il avait exorcisé son manque de courage. Arrêter le geste de l'homme, quitte à y laisser la vie.

Puis, près de la gare du Midi, la barbarie et la mort dans le village de Marinci.

Le cycle de la haine achevé, il s'était lancé dans de nouvelles œuvres, sombres et apocalyptiques, à la fois magnifiques et terrifiantes, au point que personne ne voulait les acheter.

À la fin de l'été, Ivanka l'avait appelé.

Elle semblait émue, sa voix tremblait. Elle regrettait de ne plus avoir de nouvelles de lui et souhaitait le voir au plus tôt.

Ils s'étaient donné rendez-vous dans un bistrot au cœur du quartier Matongé. Il n'avait pas reconnu la jeune femme enjouée qu'il connaissait. Ses traits étaient tendus, ses yeux cernés, sa fougue éteinte.

Un groupe de blues jouait à tue-tête au fond du café. Elle disait avoir besoin de bruit et d'agitation pour pouvoir se confier à lui.

Elle lui avait saisi les mains.

— J'ai des choses terribles à te dire, Niko.

Elle revenait de Zagreb. Sa mère était décédée une semaine auparavant.

Elle avait inspiré longuement.

— Avant de mourir, elle m'a révélé un secret qui la rongeait depuis plus de vingt ans.

Elle avait avalé un verre d'alcool avant de se livrer d'une traite.

En 1996, cinq ans après les faits, sa mère avait appris de quelle manière son père avait été tué. Quelques jours avant la prise de Vukovar, il avait été capturé par les milices serbes. Après l'avoir torturé, ses bourreaux l'avaient massacré à coups de pioche avant de l'asperger d'essence et d'y mettre le feu. Son corps avait été retrouvé dans une fosse commune en dehors de Vukovar. Malgré les nombreuses recherches menées par le Tribunal pénal international, les coupables n'avaient jamais été arrêtés.

Son récit terminé, elle s'était effondrée.

— Je ne savais pas à qui en parler. Je me suis dit que tu comprendrais. Je suis désolée de t'avoir perturbé avec ça.

Il était pétrifié.

Alors qu'elle prenait ses affaires pour s'en aller, il l'avait retenue.

— Attends, ne pars pas.

Elle l'avait dévisagé.

— Qu'est-ce qui se passe, Niko ?

Il avait hésité.

— Moi aussi j'ai des choses à te dire.

— Je suis ton amie, je t'écoute.

Pour la première fois de sa vie, il s'était entendu raconter d'une voix sourde ce qu'il avait vécu.

Les images, les sensations et les émotions étaient devenues des mots. Des mots qui, une fois exprimés, seraient gravés dans sa mémoire et ne pourraient jamais plus être effacés.

Les blessures à vif, ils étaient sortis du bistrot et avaient marché en silence, unis dans la douleur et le chagrin.

Au moment de la quitter, il lui avait parlé de sa rencontre dans le salon de coiffure.

Elle s'était immobilisée, les yeux pleins d'effroi.

— Tu penses que c'est lui ?

— Je ne sais pas. J'avais 9 ans. J'ai entendu sa voix. Il faisait noir dans la pièce. Je n'ai pas vu son visage, seulement sa silhouette et les tatouages qu'il avait sur les épaules.

Sa confession avait agi sur elle comme un électrochoc.

Elle s'était enflammée.

— Mais tu sens que c'est lui ? C'est ça ? Chaque parcelle de ton corps te dit que c'est lui.

Il avait acquiescé.

— Je n'oublierai jamais sa voix.

Elle s'était emportée.

— Putain, Niko. Ces salopards vivent en toute impunité en Serbie. Certains sont considérés comme des héros nationaux. Ils ont une rue ou une place à leur nom. D'autres ont changé d'identité et de pays. Quelques-uns ont été démasqués et arrêtés, mais la plupart courent toujours. Réveille-toi, Niko, ils t'ont volé tes parents, ton enfance, ton pays. Il faut savoir qui est ce type, le dénoncer, porter plainte, l'interroger, le faire avouer.

Elle bouillonnait de colère.

Il retrouvait la jeune femme exaltée qu'il avait croisée au vernissage.

— Je ne sais pas, Ivanka. Ça s'est passé il y a un an. Je ne l'ai vu que quelques secondes. Il avait la même voix, c'est tout ce que je peux dire. Je ne sais pas s'il est serbe. Je ne connais même pas son nom.

Elle frappa du pied contre le sol.

— Merde ! Il faut te bouger le cul. Tu dois trouver comment il s'appelle, où il habite, ce qu'il fait. Si c'est lui, il faut le coincer, le traîner devant les tribunaux, l'envoyer en taule pour le reste de ses jours.

Il avait secoué la tête avec dépit.

— Je ne peux pas faire ça. Je ne veux pas le revoir. Je n'aurais pas la force de l'affronter. Je serais incapable de faire quoi que ce soit.

Elle avait explosé.

— Bon, il est où, ce salon de coiffure ?

62

Ne pas éveiller de soupçons

Ivanka n'avait pas tenu compte de ses avertissements et s'était lancée dans la quête de vérité avec la détermination qu'il lui connaissait.

Elle s'était rendue chez Walter et s'était fait passer pour une actrice excentrique au futur prometteur. Tout en échangeant avec la femme qui la coiffait, elle l'avait interrogée sur les célébrités qui fréquentaient le salon, lâchant au passage des noms de gens en vue qu'elle disait côtoyer dans le gotha bruxellois.

De fil en aiguille, elle avait évoqué un bourgeois mondain dont elle avait oublié le nom. Un grand type, barbu, balafré, qu'elle croisait dans les cocktails, collectionneur de Harley-Davidson à ses heures.

La coiffeuse avait aussitôt réagi. Elle voyait de qui elle parlait. L'homme en question était un client régulier du salon. En général, il venait le vendredi en fin de matinée, quand il n'était pas à l'étranger. Walter s'occupait personnellement de lui. Elle ne savait pas ce qu'il faisait dans la vie, mais il était généreux. Il laissait de gros pourboires à chaque visite.

Ivanka était revenue chaque semaine, favorisant le jour prescrit.

En novembre, elle l'avait aperçu une première fois.

Dès le soir, elle l'avait contacté.

— Je l'ai vu, Niko. Il y a longtemps que les mecs ne m'impressionnent plus, mais celui-là me fait froid dans le dos. Il m'a à peine regardée, mais je sais comment m'y prendre. Je l'accrocherai la prochaine fois.

Cette perspective l'avait affolé.

— Fais attention, Ivanka ! Si c'est lui, il est dangereux.

— Je m'en doute. Il respire la bestialité. J'ai attendu qu'il sorte et je l'ai suivi en bagnole. Il s'appelle Dragan Ulemek. Il habite à Uccle. Je te donnerai son adresse, mais ne fais rien avant que je te le dise.

Trois semaines plus tard, elle l'avait à nouveau croisé.

Cette deuxième rencontre l'avait remuée.

Elle avait fait part de son trouble à Niko.

— Dès qu'il m'a vue, il a louché sur mes seins. Faut dire que j'étais habillée pour. Les clients avaient les yeux qui leur sortaient des orbites. Lui se tordait le cou dans son fauteuil pour me mater.

Il n'était pas revenu au salon et elle ne l'avait revu que début janvier. Cette fois, il l'avait abordée et avait échangé quelques mots avec elle.

Elle lui avait aussitôt rapporté la rencontre.

— J'ai laissé tomber mon téléphone façon fille en pâmoison et j'ai lâché un juron bien de chez nous, enfin bien de chez eux. Il a embrayé en serbo-croate. Je lui ai raconté que j'étais née à Belgrade et que j'étais venue en Belgique quand j'avais 3 ans. Il me transperçait des yeux. Une bête de sexe. Il me fout les jetons. Il a proposé de m'offrir un verre, mais j'ai refusé, pour la forme. Il m'a ensuite demandé mon numéro de portable et j'ai aussi refusé. Autant le faire lanterner pour ne pas éveiller de soupçons.

Il avait tenté de la décourager, mais elle s'était révoltée.

— Non, Niko. Pas question que je laisse tomber. Il faut qu'on sache si c'est lui. Après, on avisera.

Début mars, elle l'avait appelé.

Elle semblait très agitée.

— Ça bouge, Niko. Je dois te parler. Viens chez moi demain, dans l'après-midi.

63

En début de soirée

— Je te remercie, Catherine.

Philippe Larivière coupa la communication.

Il alluma une cigarette, les mains glacées, et tenta de mettre de l'ordre dans ses pensées.

Plusieurs scénarios tourbillonnaient dans sa tête sans qu'il puisse en mesurer la portée. Chacun méritait d'être envisagé avec sang-froid, mais il n'était pas dans l'état de se livrer à une analyse rationnelle.

Plus tard, quand il se serait calmé. S'il arrivait à se calmer.

Il composa le numéro de Pauline Derval dans la foulée.

— Pauline Derval.

Il tenta d'adopter un ton neutre.

— Bonjour, madame. J'ai du nouveau.

Elle poussa un soupir.

— Ça doit être important. En général, vous commencez par me demander si vous ne me dérangez pas.

Il n'était pas d'humeur à badiner.

— Oui, c'est important.

— Je vous écoute.

Il lui relata sa rencontre avec Catherine Fausty et ce qu'il en avait tiré.

Elle l'écouta sans l'interrompre.

Il avait l'impression qu'elle retenait son souffle pour ne manquer aucun détail.

Elle laissa passer quelques secondes avant de réagir, la voix mal assurée.

— En effet, c'est plus que troublant. Mais vous me dites que ce nom est courant dans les Balkans. Comment être sûr qu'il s'agit du même homme ?

Il déglutit.

— Catherine Fausty vient de me rappeler. Dragan Lukovic, alias Dragan Ulemek a été abattu le 5 mars 2018, en début de soirée, quelques heures après le meurtre d'Ivanka Jankovic.

64

Pour notre peuple

Le lendemain, il était allé chez Ivanka.

C'était la première fois qu'il se rendait chez elle. Elle habitait le long des étangs d'Ixelles. Il avait cadenassé son vélo devant la façade et était entré dans l'immeuble.

Niché au dernier étage, son appartement était vaste, lumineux et meublé avec soin. De nombreuses photos d'elle garnissaient les murs. Son parfum flottait dans la pièce. Une terrasse offrait une vue dégagée sur l'abbaye de la Cambre et l'institut où il avait étudié.

D'un coup d'œil circulaire, il avait cherché la toile qu'elle lui avait achetée lors du vernissage, le soir où ils avaient lié connaissance.

Elle avait anticipé sa question.

— Tu cherches ton tableau ? Il se trouve dans mon pied-à-terre d'Auderghem, à la place d'honneur.

Il avait manifesté sa surprise.

— Tu as deux appartements ? Comment tu te débrouilles pour te payer tout ça ?

Elle avait éludé la question.

— Ulemek est revenu à la charge. Il m'a invitée à déjeuner, je mange avec lui lundi midi.

Il avait tressailli.

— Tu es sûre que c'est une bonne idée ? Qu'est-ce que tu comptes faire ?

— L'allumer. Si ça prend, l'emmener dans mon pied-à-terre.

— Pour quoi faire ?

Elle avait soupiré.

— Ne sois pas naïf, Niko. Tu penses qu'une petite serveuse peut louer deux apparts, rouler dans une Mini neuve et s'acheter des fringues branchées ?

— Je ne comprends pas.

— Ce n'est pas grave. Tu vas faire exactement ce que je vais te dire.

Elle lui avait remis un papier.

— Lundi, vers 13 heures, prends ton vélo et va à cette adresse. Tu te planques en face, dans l'entrée de garage. Si Ulemek marche dans la combine, tu me verras arriver avec lui vers 14 heures. Prends des photos ou une vidéo, avec un appareil photo discret ou ton smartphone.

Ses yeux s'agrandirent.

— Tu es folle. Et après ?

— Une fois en haut, je regarderai s'il a des tatouages sur les épaules. S'il les a fait enlever, je le remarquerai. Après, enfin, après le reste, je tâcherai de le faire parler, mine de rien. Il me croit serbe, n'oublie pas. Les mecs adorent se vanter et faire des confidences quand ils ont bien baisé. S'il ne lâche rien ce coup-ci, je réessaierai la prochaine fois. Je sais comment les apprivoiser. Il ne pourra plus se passer de moi.

Il était horrifié.

— Tu ne peux pas faire ça, Ivanka !

Elle avait grimacé un sourire.

— Je fais ça deux ou trois fois par semaine, mais je lui ferai croire que j'ai succombé à son charme.

Il s'était mis à frissonner.

— Ne fais pas ça. Si c'est lui, il risque de se douter de quelque chose. Je ne veux pas que tu fasses ça pour moi.

Elle s'était approchée et lui avait passé une main dans les cheveux.

— Tu n'as rien compris, Niko. Je ne fais pas ça pour toi. Je le fais pour mon père, pour le tien, pour ta mère, pour notre peuple.

65

Res ipsa loquitur

Le cabinet de *Larivière et Associés* se trouvait le long de la chaussée de la Hulpe, dans le Building Glaverbel, un vaste complexe de quatre étages qui formait un cercle complet.

Elle était passée des centaines de fois devant le bâtiment, mais n'y avait jamais mis les pieds. Quelques marronniers et une pelouse digne d'un parcours de golf occupaient le centre. Prévenant, l'avocat avait réservé un emplacement à son nom dans le parking.

Il l'attendait à la sortie de l'ascenseur.

— Bonsoir, soyez la bienvenue.

Elle serra du bout des doigts la main qu'il lui tendait.

— Rendez plutôt hommage à ma ponctualité, j'ai dû me bagarrer avec tous les cinglés de Bruxelles pour arriver à l'heure.

Une jeune femme se précipita en brandissant un cintre.

Elle lui remit son manteau et le suivit.

Malgré l'heure tardive, les postes de travail étaient en majorité occupés. L'antre de l'avocat était situé au fond du couloir. En plus d'un bureau en acajou, une table ovale entourée d'une dizaine de chaises occupait le centre de la pièce.

De nombreux papiers et une série de photos étaient étalés sur celle-ci.

Elle huma l'air et lança un coup d'œil à l'auréole jaunâtre qui ternissait le plafond.

— Espace non-fumeurs, je vois.

— Chacun ses vices. Quel est le vôtre ?

— L'alcool et le sexe.

— Je m'en doutais. Café ? Thé ? Eau ?

— De l'eau.

Il décrocha le téléphone et passa commande.

Avant qu'il ait raccroché, son assistante fit irruption dans le bureau, un plateau chargé de boissons dans les mains.

Il attendit qu'elle quitte la pièce et indiqua la table.

— J'ai réuni tout ce que j'avais. Les photos des fresques bruxelloises, celles de ses peintures, mes notes personnelles, plus quelques pages glanées sur Internet. *Res ipsa loquitur*, comme disent les Anglo-Saxons, les faits parlent d'eux-mêmes. Je sais que c'est la seule chose qui importe. Essayons de tisser des liens aussi réalistes que possible pour joindre les éléments.

Elle trempa ses lèvres dans le verre d'eau.

Tiède.

— Je lui ai parlé ce matin. Je lui ai annoncé son transfert à Nivelles demain après-midi. Je l'ai aussi autorisé à terminer sa fresque de l'atelier. Il fera le travail cette nuit.

— Vous avez bien fait. Il a dû apprécier le geste.

Elle désigna les papiers.

— Je vous écoute.

Il prit un premier document.

— Niko est né à Vukovar en 1983. Comme il a quitté la Croatie en 1992, il y a tout lieu de croire qu'il a vécu le siège de Vukovar. Le fait qu'on le retrouve en famille d'accueil indiquerait que ses parents auraient été tués.

Elle acquiesça.

— La configuration de guerre et la mort de ses parents pourraient être à l'origine de son traumatisme.

Il poursuivit.

— Niko vous a confié avoir rencontré Ivanka Jankovic lors d'un vernissage où il présentait ses œuvres en compagnie d'autres peintres croates. J'ai récupéré cette information sur Internet. Cette exposition a eu lieu en octobre 2013. En outre, nous savons qu'Ivanka Jankovic est née à Zagreb en 1991. Sa mère s'est mariée une première fois en 1988, une deuxième fois en 1993. En 1994, elle a accouché d'une seconde fille. Qu'est devenu son premier mari ? Le dossier ne le précise pas.

Elle suivit le fil de sa pensée.

— Il aurait connu la guerre de Yougoslavie et serait mort durant le conflit ?

— C'est probable. Le 20 septembre 2016, Niko entame sa série de fresques sur les murs de Bruxelles. Pourquoi ?

Il s'interrompit et attendit qu'elle prenne la parole.

Le bruit de la circulation était étouffé. Seul le ronronnement de l'ordinateur troublait le silence.

Elle s'éclaircit la voix.

— J'ai étudié la séquence. Un pénis, une scène de pénétration, une tentative d'égorgement, un homme pendu par les pieds. Je pense qu'un événement a réactivé son traumatisme vers cette date et qu'il a cherché à l'exprimer. Ces images sont les représentations de ce qu'il a vécu.

Il marqua sa satisfaction.

— Nous nous rejoignons. Je rajouterais les étoiles à huit branches sur la fresque du canal. Entretemps, Catherine Fausty a consulté le rapport d'autopsie et m'a confirmé que le corps de Lukovic était couvert de tatouages, dont les fameuses étoiles sur les épaules. Selon le légiste, elles ont été exécutées de manière barbare.

— Ensuite ?

— Dragan Lukovic a fait partie des milices serbes. Je subodore qu'il a participé à la prise de Vukovar. Si c'est le cas, j'en déduis que Niko l'a croisé pendant cet épisode et a été témoin de ses atrocités. Lukovic a probablement joué un rôle dans la mort de son père ou de sa mère.

Elle hocha la tête.

— Ça tient la route. Dans le *Guernica*, il a logé une balle dans le crâne de l'homme au couteau, curieuse coïncidence.

Il ouvrit les mains.

— Ensuite, que s'est-il passé ?

Elle émit une hypothèse.

— Niko a vu Lukovic-Ulemek en septembre 2016 et en a parlé à Ivanka ?

Il opina.

— C'est possible, mais plus d'un an s'est écoulé entre septembre 2016 et mars 2018. Comment expliquer ce laps de temps ?

Elle entrevit une piste.

— Parce qu'il était incapable de lui en parler. Il a dû garder ça pour lui, mais un événement l'a fait sortir de son mutisme.

Il se contenta de cette réponse.

— Bref, Ivanka a accepté de l'aider à démasquer Ulemek, hypothèse d'autant plus concevable qu'ils sont tous deux croates et qu'il n'est pas exclu que le père d'Ivanka ait été tué par les Serbes.

Emporté par le fil du récit, il s'exprimait de plus en plus rapidement.

Elle embraya.

— Elle s'est arrangée pour le rencontrer. Comme elle savait s'y prendre avec les hommes, elle l'a charmé et l'a emmené dans son lieu de travail.

— Ce qui lui permettait de contrôler la présence des tatouages. Mais selon le rapport du légiste, il n'y a pas eu de relation sexuelle.

Elle chercha à imaginer la scène.

— Parce que quelque chose s'est produit avant qu'ils ne passent à l'acte.

Il se leva, tournoya autour de la table, prit son paquet de cigarettes, le reposa, revint vers les photos et en consulta quelques-unes

Il s'immobilisa d'un coup et la dévisagea pour ménager ses effets.

— Je crois que j'ai compris.

66

Un poids écrasant

La directrice avait fait irruption dans sa chambre en fin de matinée.

Elle était accompagnée du neurologue, du médecin généraliste et d'une jeune femme qu'il ne connaissait pas.

Le visage impénétrable, elle lui avait dit que la période de mise en observation était terminée et que le rapport final avait été envoyé. Elle avait ajouté qu'en accord avec les membres de l'équipe pluridisciplinaire, elle avait conclu qu'il n'était atteint d'aucun trouble psychique et qu'il était en pleine possession de ses facultés mentales. Par conséquent, il quitterait l'EDS pour être transféré à la prison de Nivelles. Un fourgon cellulaire viendrait le chercher le lendemain, en début d'après-midi.

Elle avait lâché la nouvelle à toute vitesse, comme si elle voulait se débarrasser d'un poids écrasant.

Le verdict prononcé, elle avait tourné les talons, suivie comme son ombre par les trois autres.

Au moment de franchir la porte, elle était revenue sur ses pas.

— Une chose encore, Nikola. Vous avez exprimé le souhait de terminer votre fresque dans l'atelier. Si vous en avez toujours envie, et si cela vous convient, vous pourriez faire ce travail cette nuit. J'ai pensé que vous préféreriez consacrer les dernières heures que vous passerez ici à votre art plutôt qu'à tourner en rond dans votre chambre. Si vous avez besoin de matériel, parlez-en à Sébastien.

Elle avait ensuite quitté la pièce.

Il appréciait cette femme, il se sentait en sécurité auprès d'elle.

Sous ses dehors bourrus, elle dégageait une chaleur et une force d'âme qui le rassérénaient. Il lui était reconnaissant d'avoir tenté de l'aider, mais certaines blessures ne guérissent jamais.

Il s'était posté devant la fenêtre.

Il se sentait perdu, désemparé.

Avec le temps, il avait fini par s'habituer à cet endroit, à ses couloirs sans fin, à sa chambre, même s'il avait peu de contacts avec les autres patients.

La solitude et l'isolement ne lui faisaient pas peur. Il aimait regarder les champs, le ciel changeant et la nature qui renaissait peu à peu.

À présent, il lui restait à préparer son départ.

67

Le tableau

Elle tapota nerveusement sur la table.

— Qu'avez-vous compris, maître ?

Il posa une série de photos devant elle.

— Voici des photos de l'appartement d'Ivanka. Examinez celles de la chambre.

Elle jeta un coup d'œil à la série.

— Je ne vois pas.

— Au-dessus du lit.

Elle s'empara d'une des photos, l'approcha de son visage et s'exclama.

— Le tableau !

Il plissa les yeux.

— Oui, le tableau. Le château d'eau de Vukovar, bien en vue, le symbole de la résistance croate. On le trouve souvent dans les œuvres de Niko. Le détail auquel elle n'a pas pensé, le grain de sable qui lui a été fatal.

Quelques secondes s'écoulèrent.

Elle se leva.

— Vous avez raison. Sans vous, je serais sûrement passée à côté. Lukovic a vu le tableau et a compris que c'était un piège.

Ivanka s'est rendu compte de son erreur et a tenté de prévenir Niko.

Il poursuivit.

— Mais Lukovic a coupé la communication, lui a asséné neuf coups de couteau et a pris la fuite. Niko a débarqué trop tard. Il a enregistré la scène de crime et s'est sauvé à son tour en laissant ses traces partout. Il a perdu la tête, s'est procuré une arme je ne sais où, s'est ensuite rendu chez Lukovic, a attendu sa venue dans le sous-sol et l'a exécuté.

Elle s'affala sur sa chaise.

— Le scénario colle avec les faits, j'ai fait fausse route depuis le début.

Il se montra magnanime.

— Comme tout le monde. Personne ne peut vous en vouloir.

Elle poussa un soupir.

— Si, moi. Je m'en veux. J'aurais dû comprendre. Ses gestes, ses peintures, ses messages, ses silences.

Il se rassit à son tour.

— Il reste néanmoins quelques interrogations. Où et comment Niko s'est-il procuré cette arme ? Si c'est avant le 5 mars, il y aurait préméditation. Ça change tout lors d'un procès.

Elle avala le restant de son eau, l'air anéanti.

— Comment se fait-il que la police n'ait pas fait un lien entre les deux meurtres ? La même journée ? Une Croate et un Serbe ?

Il acquiesça.

— Bonne question. Ils l'ont probablement fait. La police judiciaire dispose d'un service dans lequel des analystes criminalistes passent leur temps à établir des liens entre des faits, des auteurs et des lieux.

Il réfléchit quelques instants avant de reprendre.

— Mais dans ce cas, les modes opératoires étaient différents et ils ont cru avoir mis la main sur l'auteur du premier meurtre. Les homicides résolus n'apparaissent pas dans leur banque de données. Cela dit, il est fort possible qu'ils aient trouvé des liens entre les meurtres de Jankovic et Lukovic et qu'ils gardent cette info en réserve, pour le procès de Niko.

Elle lui jeta un regard anxieux.

— Parlons-en, du procès. Comment ça se présente ?

Il soupira.

— Dans le meilleur des cas, s'il passe aux aveux, il sera mis hors de cause pour le meurtre d'Ivanka, mais devra répondre de celui de Lukovic. Si la préméditation n'est pas retenue, il pourra bénéficier de circonstances atténuantes et s'en sortir à plus ou moins bon compte.

— Et dans le pire des cas ?

Ses épaules s'affaissèrent.

— Si Niko se mure dans son silence, je devrai d'abord le disculper pour le meurtre d'Ivanka. Ensuite, convaincre le jury qu'il n'y a pas eu préméditation dans le meurtre de Lukovic, qu'il ne s'agit donc pas d'un assassinat, mais d'un acte dicté sous le coup de la colère. Ensuite, plaider les circonstances atténuantes, pour autant que Niko accepte de raconter son passé. En deux mots, il risque de se retrouver avec deux meurtres sur les bras.

— Et de moisir trente ans en prison.

Il grimaça.

— Oui.

Un silence s'installa.

L'air accablé, il se mit à ranger les documents dans une chemise cartonnée.

Elle l'observa à la dérobée.

Elle le voyait sous un jour nouveau. Cet avocat ne se battait pas pour son enrichissement ou sa gloriole personnelle. Il n'avait rien à gagner dans cette affaire. Il combattait pour la justice et la vérité. Il faisait partie de ces rares hommes capables de mettre en avant les intérêts d'autres personnes avant les leurs. Elle se dit qu'il devait être un mari attentif, un père formidable et un grand-père en or.

Il rangea la chemise dans l'armoire et lui fit face.

— Je vous raccompagne.

Il l'escorta jusqu'à la réception.

La réceptionniste accourut et lui remit son manteau.

Il lui tendit la main.

— Merci d'avoir pris de votre temps et de vous être déplacée.

— C'est moi qui vous remercie, Philippe. Je peux vous appeler Philippe ?

Il sourit.

— Bien sûr. Je vous souhaite une bonne soirée, Pauline.

— Ma soirée n'est pas terminée, je dois retourner à mon bureau.

Il appela l'ascenseur.

— À cette heure ?

— Oui, je viens de penser à quelque chose.

68

Les dernières heures

Il se tenait face au mur, les mains croisées dans le dos, la tête penchée sur le côté.

Son matériel était disposé sur une table à côté de lui. Il avait demandé à Sébastien de lui apporter des bombes supplémentaires et deux pots de Nutella.

Il avait également réclamé une veste chaude. L'atelier n'était pas chauffé pendant la nuit et il avait eu les doigts engourdis la fois précédente.

Comme il l'avait exigé lors de sa première intervention, un gardien se tiendrait à l'extérieur et n'entrerait qu'au lever du jour.

Il jeta un coup d'œil au vasistas.

La nuit était tombée.

Le gardien s'apprêtait à quitter l'atelier et à refermer la porte quand la directrice fit son apparition.

Elle avança vers lui.

— Bonsoir, Niko. Je ne suis pas sûre que je vous verrai encore demain. Je voulais vous dire au revoir.

Il resta muet de surprise.

Elle indiqua la fresque.

— Qu'est-ce que vous nous réservez cette fois ?

Il secoua la tête.

— Je sais pas.

Elle sourit.

— Je vous fais confiance, je suis certaine que vous allez nous surprendre.

Elle s'approcha et posa un objet sur la table.

— C'est la clé du local technique. Si vous avez besoin de quoi que ce soit, vous le trouverez là-bas.

Il la dévisagea, stupéfait.

Des larmes lui montèrent aux yeux.

Il pensa à Vukovar, à ses parents, à Ivanka. Petite sœur. Il l'avait vue naître, il l'avait vue perdre la vie.

Il aurait aimé la remercier, mais les mots moururent sur ses lèvres.

Elle fit un pas dans sa direction et lui passa une main dans les cheveux.

— Bonne chance, Niko. Vous allez me manquer.

69

Le prolongement naturel

Il était 6 h 45 lorsque Pauline Derval passa les grilles de l'EDS.

Selon la radio – Musiq'3 – la météo serait clémente.

Tant mieux.

Elle sortit de sa Mercedes, passa devant l'entrée du personnel et se dirigea vers l'accès principal.

À cette heure, la réceptionniste n'était pas encore à son poste.

Elle prit les clés, ouvrit la porte et actionna l'interrupteur du hall d'accueil. Les néons clignotèrent avant de diffuser une lumière blafarde. Certains étaient hors d'usage, d'autres continuaient à hésiter.

Encore une chose qui devrait être améliorée. On se serait cru dans une morgue.

Elle grimpa l'escalier et s'installa dans son bureau.

Elle se fit du café, posa son ordinateur portable sur la table et parcourut sans conviction les dernières nouvelles du monde.

Il lui restait à attendre.

Les minutes lui parurent interminables, d'autant que sa nuit avait été courte.

Avait-elle pris une bonne décision ?

Elle médita sur la différence qu'on fait entre une erreur et une faute. La première se commet par ignorance, la seconde en toute conscience.

Avec Victor, elle avait commis une erreur, certes impardonnable, mais liée à son inexpérience.

La tentative de viol avait eu lieu un dimanche soir, alors qu'elle était de garde.

Il s'était rué sur elle dès qu'elle était entrée dans sa chambre. Il était nu, le sexe en érection, les yeux exorbités, l'air mauvais.

Par chance, un infirmier avait été alerté par ses cris. Les gardiens étaient aussitôt intervenus. Une rixe s'en était suivie. Victor avait sorti un bistouri d'on ne sait où et avait agressé l'un des gardes. Blessé au visage, l'homme avait dû être hospitalisé. Victor avait été neutralisé et envoyé au quartier de haute sécurité.

Trois jours plus tard, on l'avait retrouvé pendu dans sa cellule. Son geste avait été mis sur le compte du risque suicidaire et du passage à l'acte reconnu élevé chez les schizophrènes.

Personne n'avait mis en cause son propre comportement. Certains étaient allés jusqu'à la plaindre, considérant qu'elle était la victime malheureuse de l'affaire.

Elle seule savait qu'elle était responsable de sa mort. Elle ne se le pardonnerait jamais.

Une mouche se posa sur l'écran.

La première de la saison. L'insecte parut hésiter, reprit son envol, tournoya dans la pièce et se reposa au même endroit.

Elle détestait les mouches.

En temps normal, elle serait partie à sa poursuite, armée d'un journal.

Vers 7 h 30, un brouhaha s'éleva du rez-de-chaussée.

Son téléphone sonna.

— Madame Derval ? Vous êtes là ?

Elle reconnut la voix du chef de la sécurité, en apparence très agité.

— À votre avis ?

— Il faut que vous veniez tout de suite à l'atelier. C'est très urgent.

Elle ressentit un pincement à la poitrine.

— Je descends.

Elle parcourut le couloir à vive allure et pénétra dans la salle.

Un vent de panique soufflait dans le hangar. Une longue corde serpentait sur le sol. Des gardes couraient en tous sens dans les rayons. Une échelle était posée contre le mur, mais la fresque ne semblait pas avoir été modifiée.

Le chef de la sécurité l'aperçut et l'apostropha.

— Stankovic !

Elle maintint son ton calme.

— Quoi, Stankovic ?

Il paraissait affolé.

— Il a disparu.

— Comment ça, il a disparu ?

Il écarta les bras.

— Est-ce que je sais, moi ? On a ouvert à 7 h 20 comme prévu, et il n'était pas là.

Un autre gardien fit irruption derrière eux, essoufflé.

Il mit les mains en porte-voix.

— Par ici, les gars, venez voir !

Il tourna les talons, aussitôt suivi par la meute.

Elle leur embraya le pas.

L'homme les guida le long du couloir et prit la sortie qui menait vers les terrains de football. Il attendit que tout le monde soit dehors, contourna le bâtiment et indiqua le mur extérieur de l'atelier.

— Voilà !

Les exclamations fusèrent, pour l'essentiel des jurons et des insanités.

Il déverrouilla le cadenas de la porte grillagée pour leur permettre de se rapprocher du spectacle.

Une gigantesque fresque s'étalait sur la paroi.

Une brèche avait été peinte au même endroit et d'un diamètre identique à celle réalisée à l'intérieur.

Le trompe-l'œil était le prolongement naturel de sa première œuvre.

Elle s'approcha, ignorant les invectives lancées de toutes parts et examina la peinture.

L'homme à la pioche gisait au bas de l'ouverture, le buste dehors, les jambes en dedans. Il avait les yeux révulsés et la bouche béante. Une balle était logée dans son front, trois autres dans sa poitrine.

Elle grelotta et explora l'intérieur de la brèche.

L'impression de relief était saisissante.

Une quarantaine de personnes étaient debout dans le hangar, côte à côte, face à l'ouverture. Ils affichaient le visage décomposé des gens qui regardent s'éloigner un train. L'ensemble faisait penser à la pochette d'un célèbre album des Beatles.

Elle identifia quelques spectateurs.

Larivière, Sébastien, Karim. Les autres lui étaient inconnus. Au premier rang, deux militaires, une jeune femme, un gamin, un couple dans la trentaine, un vieil homme, un chat dans les bras.

Au centre, elle.

Reconnaissable à dix mètres.

Elle fit quelques pas et inspecta l'œuvre.

Le portrait était fidèle, même s'il avait adouci ses traits.

Un détail attira son attention. Elle avança et se planta au pied du mur.

Des frissons lui parcoururent la nuque.

Un fragment de papier était collé sur le sourcil droit. Sous l'effet du vent, elle semblait cligner de l'œil.

Elle réprima un sourire.

Sacré Niko.

Elle recula de quelques pas et retourna le clin d'œil à son double graphique.

Elle fit ensuite volte-face et interpella les gardiens.

— Et alors, qu'est-ce que vous attendez ? Appelez la police !

Épilogue

Sébastien remonta la rue à la recherche d'une hypothétique place de parking.

Peine perdue.

Il ne connaissait pas le quartier, les sens uniques se succédaient et les rues étaient étroites. Il frôlait les voitures en stationnement avec l'impression de tourner en rond depuis des heures.

Malgré lui, il perdait patience.

Il aurait dû prendre le train. Rouler dans Bruxelles était insupportable.

De plus, il faisait torride et sa vieille Peugeot n'était pas équipée d'un système de climatisation. Après un printemps pluvieux et un été torride, l'arrière-saison s'annonçait à nouveau caniculaire.

Alors qu'il passait au ralenti à hauteur de l'institut, une camionnette actionna son clignotant.

Le petit bonheur du jour.

Il donna un coup de frein, la laissa s'en aller et se gara à son emplacement.

Il coupa le moteur et eut un serrement de cœur.

Qu'est-ce qui l'attendait derrière ces murs ?

Il ne l'avait plus vue depuis six mois. Il s'en voulait de n'avoir pas pris contact avec elle plus tôt, mais tout était allé si vite.

Dès l'annonce de l'évasion, les autorités avaient déployé les grands moyens : barrages routiers, battues dans la campagne, chiens pisteurs, hélicoptère. Et pour cause. Quelques heures auparavant, le rapport concluant que Niko était conscient de ses actes avait été expédié. Dès lors, il n'était pas considéré comme un malade mental ayant échappé à la surveillance, mais comme un criminel en cavale.

Malgré ces mesures exceptionnelles, Niko était passé à travers les mailles du filet.

Dans le même temps, la police était venue interroger les membres du personnel.

Pour sa part, il avait répondu à leurs questions en toute objectivité, sans extrapoler, comme l'avait fait le chef de la sécurité. Cet imbécile avait raconté que Niko s'était battu avec un interné, avait dévasté sa chambre et semé la zizanie au sein de l'EDS. Il avait prétendu qu'il s'était toujours méfié de lui et avait plusieurs fois émis un avis négatif à la directrice, mais elle n'en avait pas tenu compte.

Il passa le portail d'entrée et déboucha dans une petite cour entourée de bâtiments vétustes.

De jeunes enfants jouaient dans le préau en poussant de grands cris. Les garçons disputaient une partie de football, les filles étaient assises sur les marches, en quête d'un peu d'ombre sous la verrière. Au fond, quelques enfants déambulaient en solitaires le long du mur.

Aussitôt informée, la presse s'était emparée de l'affaire. Le Funambule faisait à nouveau parler de lui.

Les photos des fresques qu'il avait réalisées dans l'atelier s'étalaient dans les quotidiens. Un hebdomadaire avait présenté un montage montrant que les peintures intérieures et extérieures concordaient au centimètre près, la deuxième étant le prolongement de la première.

Deux jours plus tard, *Le Soir* avait lancé un pavé dans la mare, avançant que le meurtre d'Ivanka Jankovic était lié à l'homicide d'un Serbe qui avait eu lieu dans la même journée. Comme il se doit, l'auteur de l'article ne citait pas ses sources, mais invitait la police à se pencher sur la question.

Dans la foulée, la porte-parole de la police judiciaire était montée au créneau. Elle avait annoncé qu'une nouvelle enquête avait été ouverte sur base d'éléments récents. Les empreintes du Serbe assassiné à Uccle avaient été identifiées parmi celles, nombreuses, qui avaient été relevées sur la scène de crime d'Auderghem.

La semaine suivante, nouveau coup de théâtre, la même porte-parole de la police avait déclaré lors d'une conférence de presse qu'un couteau avait été trouvé dans la voiture du Serbe après sa mort. L'objet avait été examiné en son temps, mais rien n'avait été trouvé. À toutes fins utiles, ils avaient réalisé de nouvelles analyses et avaient découvert de minuscules particules de sang dans le mécanisme d'ouverture. L'ADN prélevé appartenait à Ivanka Jankovic.

La femme s'était limitée à l'annonce et n'avait tiré aucune conclusion, se contentant de préciser que l'enquête se poursuivait.

Le mystère s'épaississant, l'opinion publique fut divisée. Nikola Stankovic était-il innocent, coupable d'un meurtre ou coupable de deux meurtres ?

Interrogé par les médias, son avocat, l'homme qu'il avait croisé à l'EDS, avait déclaré qu'il n'avait pas de nouvelles de son client et n'en dirait pas davantage.

Il approcha de l'entrée du bâtiment principal.

Assises près du porche, deux surveillantes en blouse bleue tenaient les enfants à l'œil en discutant à bâtons rompus.

— Bonjour, mesdames, pardonnez-moi de vous déranger. J'ai rendez-vous avec Mme Derval.

L'une d'elles hocha la tête.

— Premier étage, au fond du couloir.

Pauline avait pris tout le monde de court.

Le chef de la sécurité la suspectait d'avoir favorisé l'évasion de Niko et comptait réclamer une enquête interne. Elle avait répondu que la sécurité relevait de sa fonction et qu'il n'avait qu'à s'en prendre à son incompétence.

Le lendemain, à la surprise générale, elle avait remis sa démission pour raisons personnelles.

Son certificat médical à l'appui, elle avait quitté les lieux sur-le-champ et on ne l'avait jamais revue.

Il monta l'escalier, longea le couloir et frappa à la porte.

Elle vint ouvrir.

— Bonjour, Sébastien.

— Bonjour, madame. Je suis heureux de vous revoir.

— Moi aussi. Entrez.

Il la trouva changée, les traits adoucis, le masque de froideur atténué, le regard pétillant. Elle semblait ouverte et accessible.

Elle se dirigea vers la fenêtre.

— Venez voir.

Elle lui indiqua les enfants dans la cour.

— Ils viennent de Syrie, du Yémen, d'Afghanistan.

Elle marqua une pause.

— La guerre est une affaire d'hommes, on ne devrait jamais y mêler les enfants.

Il opina.

— C'est courageux, ce que vous avez fait.

Elle esquissa un sourire.

— Certains m'appellent tante Pauline, vous voyez le tableau ?

Il lui rendit son sourire.

— Ça ne m'étonne pas. Je suis certain que vous savez très bien vous y prendre avec eux.

Elle soupira.

— Je pensais tout connaître de la nature humaine. Depuis que je suis ici, j'apprends tous les jours.

Elle balaya l'air d'un geste évasif.

— Bon, dites-moi ce qui vous amène.

Il inspira.

— Voilà. J'ai reçu une lettre. Je reçois assez peu de courrier à l'EDS. J'étais un peu surpris, mais j'ai tout de suite reconnu l'écriture sur l'enveloppe.

Elle se figea.

— Niko ?

Il acquiesça.

— Dans l'enveloppe, j'en ai trouvé une seconde, fermée, à votre nom. J'ai été ému de constater qu'il me faisait autant confiance. Je pensais l'avoir déçu.

Elle semblait ébranlée.

— Je peux la voir ?

— Bien sûr.

Il lui remit l'enveloppe.

Elle l'ouvrit d'une main fébrile et en sortit une carte postale. Elle représentait un panorama de la vieille ville de Split avec une chaîne de montagnes en arrière-plan.

Elle retourna la carte et parcourut les quelques lignes.

Ses yeux s'embrumèrent.

Il fut troublé de la voir manifester son émotion sans retenue.

— Qu'est-ce qu'il écrit ?

Elle posa la carte, sécha ses larmes.

— De belles choses, Sébastien. De très belles choses.

Remerciements

L'idée de ce roman m'est venue après l'apparition d'une série de fresques sur les murs de Bruxelles.

Qualifiées de scandaleuses par certains, de chefs-d'œuvre par d'autres, j'ai imaginé qu'elles étaient liées et racontaient une histoire.

Mais laquelle ?

L'idéal aurait été de rencontrer l'auteur pour lui poser la question, mais ce dernier gardait l'anonymat. Comme il me fallait en savoir plus sur les techniques auxquelles il avait fait appel, tant sur le plan artistique que concernant la performance acrobatique, j'ai pris contact avec Vincent Glowinski, alias Bonom.

Vincent est né à Paris en 1986. Peintre, dessinateur, il s'est fait connaître en Belgique pour avoir peint quelques fresques monumentales sur les murs bruxellois entre 2005 et 2010, année où il est sorti de l'ombre après s'être fait appréhender.

Grâce à lui, j'ai pu en apprendre plus sur son art.

Mieux, après un subtil jeu de piste, j'ai pu rencontrer l'artiste (toujours anonyme à ce jour) qui a réalisé les fresques évoquées dans le roman. Contrairement à ce qui est écrit dans le roman, sa fresque représentant l'égorgement (en couverture) n'a pas été recouverte et est toujours visible le long du canal. Avis aux amateurs.

Vous trouverez en fin de cet ouvrage des extraits de l'entretien que j'ai eu avec lui.

Je tiens à les remercier tous les deux pour leur confiance et leur aide inestimable.

En ce qui concerne les aspects juridiques, j'ai bénéficié du support bienveillant de Jean-Philippe Rivière, avocat pénaliste bien connu, ancien bâtonnier du barreau de Tournai, mais avant tout homme sensible et généreux, doté d'un redoutable sens du détail. Il a relu chaque mot de mon texte pour s'assurer qu'il collait au mieux à la réalité du terrain sans en dénaturer la dimension fictionnelle.

Encore merci, cher maître.

J'ai également eu le grand plaisir de revoir à cette occasion Pierre Schepens, psychiatre, médecin-chef à la clinique de la Forêt de Soignes, qui m'avait déjà épaulé en 2012, lors de l'élaboration de *Back up*.

En 2018, Pierre Schepens a publié aux éditions Academia un livre intitulé *Petit essai impertinent sur l'internement* qui, selon moi, est très pertinent. Son expertise en ce domaine m'a été précieuse.

Merci, cher docteur.

Je tiens également à remercier Aska Sator, la guide érudite et souriante qui m'a éclairé sur l'histoire récente de son pays – au temps de la guerre de Yougoslavie en particulier – lors de mon séjour en Croatie.

Bon vent, Aska.

On dit qu'un livre n'existe que s'il est édité. Je salue le professionnalisme et les qualités humaines de mes éditeurs, Isabelle et Hervé Chopin, sans oublier Agnès Chalnot et Marie Belanger qui complètent l'équipe.

Chez vous, je me sens chez moi.

Je tiens à exprimer ma profonde gratitude à Valérie Miguel-Kraak, mon agente, qui me suit, me lit, me relit, me conseille et me challenge depuis cinq ans.

Comme je le lui dis souvent : « tu es la meilleure ».

Enfin, je ne pourrais terminer ces lignes sans adresser mes vifs remerciements aux libraires qui défendent mes couleurs avec opiniâtreté, contre vents et marées.

Interview de l'auteur des fresques reprises dans le roman

— Vos fresques ont été encensées par les amateurs d'art, pourquoi garder l'anonymat ?

En fait, je n'ai pas le sentiment de garder mon anonymat. Je reste chez moi et personne ne me demande rien. Je pourrais bien me mettre debout au milieu de la ville et crier « c'est moi qui ai fait ça ! », je l'ai peut-être déjà fait d'ailleurs et vous n'en savez rien.

Auprès de qui suis-je anonyme ?

Les amateurs d'art ? Mais on ne me cherche pas, je crois. Et si on me cherchait, ce serait pour quoi ? Si la question venait d'un agent de police ou d'une autorité, j'imagine que je répondrais avec prudence. Je peux même mentir si cela me protège. Pour le reste je ne me cache pas.

Les journalistes ? C'est encore autre chose, ils viennent souvent tous en même temps avec davantage de réponses que de questions. Je ne me sens pas concerné par ce qu'ils me demandent. Sur le buzz, il n'y a aucune place pour un propos fragile et incertain. Et puis je reste attentif à ne pas me mettre dans des dangers que je n'assume pas. Je crains beaucoup la rapidité et l'urgence de l'époque. J'essaie de m'en extraire le plus possible.

Par contre j'apprécie beaucoup ce qui se raconte sur mes œuvres sans que j'y participe. Ça leur donne une autre dimension et ça m'informe de ce que je transmets malgré moi. Comme dans votre livre, tout y est imaginé, mais la fiction touche parfois la réalité.

C'est très intéressant pour moi de voir ce qu'induisent mes peintures. Imaginer c'est concevoir, et ce qui est imaginé existe à partir du moment où il est imaginé. Quelle histoire est la plus juste désormais ? Celle qui existe dans la matière, dans les faits, ou celle qui existe dans les esprits ? Ce serait une belle tâche : mettre la matière en esprit et mettre les esprits en matière.

Mon anonymat, s'il existe, est pour que les peintures continuent d'en être. Qu'elles continuent d'être des œuvres d'art, qu'elles s'explorent avec les yeux. Je ne cherche pas à ce que soit saisi un sens, un propos, encore moins une identité, s'il est possible de faire traverser une histoire dans le corps des gens. Il ne me semble pas utile de savoir « d'où ça vient ? », mais plutôt de s'intéresser à « où ça va ? ». Et si l'auteur de l'œuvre se situait plutôt de ce côté-là ? Et si l'auteur de l'œuvre était d'abord la ville, les gens qui voient apparaître l'image et à qui, d'une certaine façon, elle revient. Parfois le sujet agit avec violence, et ça ne leur revient pas. C'est un peu pareil.

Chercher un auteur c'est déjà le concevoir, c'est le faire exister. Là, il m'est donné une force et j'ai un rôle. Alors que trouver un auteur c'est le rendre responsable, coupable parfois, et c'est le tuer.

— Qu'est-ce qui vous pousse à prendre autant de risques ?

Je ne sais pas si c'est si risqué. Pour moi c'est une grande mise en danger, c'est vrai. Pour qu'une fresque voie le jour, il a fallu que je traverse un « petit enfer ». Je me vis comme très peureux. Et c'est précisément là où j'ai peur que je suis poussé.

Je suis poussé : à un certain moment je n'ai plus le choix.

Ce soir, dehors, il fait peur. Mais il fait pire dedans !

On me pousse. C'est tout.

— Quelles sont les étapes de préparation avant de passer à l'exécution ?

Ça commence par une observation buissonnière. Avoir du temps, n'être obligé de rien. Je me balade dans la ville depuis des années. Il y a de beaux murs là, et là, et puis à plein d'endroits. C'est beau d'imaginer que tout est accessible, de voir la ville comme un paysage en deux dimensions, comme une photo sur laquelle on pourrait dessiner. Je flâne.

— Tiens, là, le toit est plat, il serait possible de peindre à la perche depuis la terrasse. Non, c'est pas facile, c'est directement devant la fenêtre d'un appartement... Ah, mais là, il y a peut-être moyen de passer par ce toit-là et arriver un peu plus haut, je pourrais atteindre toute une moitié du mur.

— Ou sur celui-là, il suffirait d'un endroit pour fixer la corde et je peux peindre sur toute une verticale. Ah oui, mais c'est chaud parce que c'est super visible et si on me grille je suis bloqué sur ma corde...

— Ce mur-là, il est trop beau, mais je ne vois vraiment pas comment y monter, c'est un immeuble tout neuf avec des clefs et des bips dans tous les sens. Tiens, il y a quelqu'un qui rentre... je m'incruste. « Bonjour ». Je monte au dernier étage, il y a une porte qui donne sur le toit, elle est fermée. Il y a peut-être une fenêtre dans la cage d'escalier. Oui. Ah, je peux passer par là puis traverser la terrasse et arriver là. O.K. Ce qui va être compliqué, c'est de pouvoir re-rentrer dans l'immeuble en pleine nuit avec tout le matos... Pff, y aurait moyen, mais c'est galère. On verra, un jour peut-être... et j'abandonne.

Un jour je pense à un dessin.

Ma vie prend un tournant. J'ai une émotion forte. Il faut que je me sorte les doigts du cul. Je n'ai rien à perdre. Je repense à ce mur. Il y avait un accès possible. O.K., il faut vraiment que je trouve le moyen de m'incruster dans ce bâtiment. Il faut que j'y aille comme un bourrin. J'y retourne de nuit. J'attends, je rôde. Je bricole, je tape un peu les portes s'il faut. Des fois, je trouve un truc ou j'ai du bol. Souvent je repars bredouille.

O.K., je suis dans le bâtiment. Je n'ai encore rien à me reprocher, je n'ai pas de peinture avec moi, c'est juste du repérage de niveau 2. Je reprends le passage que j'avais imaginé de jour. La fenêtre s'ouvre, elle donne bien sur une petite terrasse, mais il faut passer deux ou trois mètres sur une corniche avec cinq étages de vide. C'est O.K., le passage est techniquement simple, juste un peu vertigineux. Alors je me raisonne, plein de concentration je passe l'obstacle. Pff, c'est n'importe quoi! Et il faudra le faire dans l'autre sens. Mais là, je suis dehors, sur les toits. Là, je respire. Mon anxiété s'est transformée en jouissance. Je suis protégé ici.

J'ai horreur des boyaux, j'ai horreur des intérieurs, horreur des portes et de l'œil de bœuf. Horreur des espaces privés, des espaces communs... J'aime les espaces hors d'atteinte, j'aime être dehors, sur la couverture.

La ville est un petit paysage montagneux. J'aime les hauts sommets, mais j'ai horreur des crevasses et des milieux confinés.

Alors je respire et je profite du moment. Je laisse ma peur couler dans tout mon corps. Ce n'est plus de la peur, c'est un liquide chaud qui agit en profondeur. Parfois, ça donne envie de faire caca. Je regarde tout autour. Je profite de voir sans être vu. Puis je me remets au travail. Alors il est où ce mur ? Là-bas. J'y vais. Je me penche. Ah d'accord, c'est toujours plus haut d'en haut que d'en bas. Bien... Alors où je pourrais mettre la corde ? Cette petite cheminée est très bien placée pour descendre presque au milieu du mur. Mais elle n'est vraiment pas assez fiable. En vrai, je suis sûr qu'elle supportera mon poids, mais ça ne suffit pas comme assurance. Je reprends dans ma tête les enseignements de la formation cordiste : « il faut un amarrage **irréprochable**. » Les autres amarrages peuvent suivre, mais ne seront que des déviations. Bref, je me fais tout un dialogue avec moi-même pour imaginer le bon équipement du lieu. Il faut toujours être deux dans une aventure verticale. Alors je me dédouble et parle tout seul.

Tous les éléments sont maintenant réunis. J'ai parcouru une première fois le chemin pour du beurre, je peux penser à la maquette : le dessin final avec les repères que j'ai pu observer sur la façade. Je m'y mets le lendemain. Je ne pense plus qu'à ça. J'écarte tout sur mon bureau, toute l'administration, je ferme la boîte mail, parfois, je tire les rideaux... Je prépare mon dessin. Je cherche. J'ai déjà les mains moites. L'esquisse de l'œuvre est déjà imprégnée de l'action à venir. Le sujet monte, se creuse. Arghhh ! un premier jet. Je vais prendre l'air. Puis je reviens. C'est O.K., il est bien. Je peaufine. Je le refais plusieurs fois. Je le mémorise. J'imagine déjà la chorégraphie.

Et puis je flippe.

La journée passe et j'ai de plus en plus la flemme d'y aller. Je pourrais juste rester chez moi et faire de gentils dessins sur mon carnet après tout. Je pourrais faire des trucs magnifiques sans prendre de risque. La qualité artistique ne tient pas à cette mise en danger. La plupart des artistes dont j'admire le travail ont travaillé dans leur atelier. Ou dans leur cave. Je pourrais m'enfermer dans une cave et faire des œuvres cachées, magiques… Je pourrais peindre avec mon sang et toutes mes sécrétions, je pourrais y mettre de moi sans me confronter à la loi. Quel horrible système, pourquoi m'y confronter alors que je cherche à vivre au-delà ? Elle ne me concerne pas moi leur loi, leur morale. C'est une réalité inventée par d'autres, ça n'existe pas en vrai. Je pense à tout ça et pourtant rester chez moi ne me libère pas, au contraire. Alors j'y vais quand même. J'y suis forcé.

Ah quel inconfort ! C'est pas possible de vivre comme ça…

J'essaie d'éteindre toutes ces pensées stérilisantes et me mets en chemin. J'ai peur, mais je pousse les portes, je monte. J'ai froid, mais je sors la corde du sac. Je pense déjà à l'instant délicieux où j'aurai fini et que je pourrai regarder mon œuvre avec un café chaud. J'ai hâte de finir. Quelle fatigue déjà ! Je laisse tomber la corde le long de la façade. Je colle le dessin sur ma cuisse. Je regarde le vide, j'hésite encore une dernière fois. Tout est bien accroché ? Je repense à ma formation cordiste : « on ne remet pas en question : la corde, le baudrier, le mousqueton... » O.K., alors ces 8 mm de diamètre sont bien suffisants hein, la corde est solide oui, oui… Pfff. Je descends de quelques mètres sur la façade. Ffffoou, je respire, ça va aller. Je sors le rouleau du seau de peinture, j'imagine de grandes lignes sur la façade qui vont d'un repère à l'autre. Je projette le dessin. Il est là, il m'apparaît en partie. Je jette le premier coup de peinture. Et vlam ! Mon sang chauffe d'un coup. J'y suis. Je le vois. Je suis dedans. Oh oui ! Le temps est suspendu. Je n'ai plus peur d'être vu. S'il y a un problème, je m'en fous. Je resterai sur la façade et je finirai la peinture. Je travaille rapidement. J'ai tout le temps, mais que pour un instant. Quelle force, quelle liberté, quelle beauté !

La peinture se fait sans moi. Je ne sais plus. Je ne me souviens pas. Elle est finie ? Oui, il est temps. Je remonte sur la corde. Je décroche tout mon équipement dans la hâte. Je fourre tout dans le sac en vrac, on verra à la maison. Je regarde une dernière fois la vue et retraverse les boyaux du bâtiment, sans peur cette fois. Je suis dans la rue, je n'ose pas me retourner et lever la tête, je file dans le sens opposé à la peinture.

Je rentre chez moi et on verra demain.

— Qu'est-ce que cela vous fait de voir que certaines de vos fresques ont été recouvertes ?

Leur apparition est magique. Leur disparition le confirme. Ces images sont des projections fragiles. Elles sont là pour passer. Elles s'impriment d'une étonnante façon dans la mémoire des gens.

Souvent on me rapporte avoir vu tel ou tel dessin, mais on ne sait plus trop où. Récemment, quelqu'un m'a dit passer en train tous les jours devant l'homme ensanglanté pendu par les pieds et penser à moi à chaque fois. Je lui réponds que ce dessin est repassé en blanc depuis un an et demi. Elle n'y croit pas, elle me dit encore être passée devant hier. Pourtant la fresque est bien recouverte en blanc. La personne qui me parle a vu apparaître la peinture à son époque, elle prend le train tous les jours, la peinture est restée imprimée sur son trajet et dans sa tête.

D'autres pensent avoir vu une œuvre à un autre endroit qu'elle n'est, ou intervertissent un dessin avec un autre. D'autres encore ont l'impression que l'œuvre a toujours été là. Ou encore vous, Paul Colize, qui en vous intéressant de près à l'œuvre inspirée du Caravage avez fermement pensé qu'elle était effacée. Parfois c'est une œuvre toujours existante qui s'efface aux yeux des gens. Ils ne la voient plus, elle est fondue dans le paysage comme la plupart des éléments urbains.

J'ai beaucoup d'exemples qui montrent à quel point les peintures en question sont flottantes et trouvent leur place ailleurs que sur les murs. Elles sont dans les têtes, dans les corps, floues des fois et très précises en même temps.

C'est comme des semis que j'abandonne derrière moi. Un jour, au détour d'une rue, je suis content de me faire surprendre par une de mes œuvres qui m'apparaît autrement. Elle est plus en place qu'avant. Elle a grandi peut-être, ou l'inverse ?...

Je laisse faire. C'est très agréable.

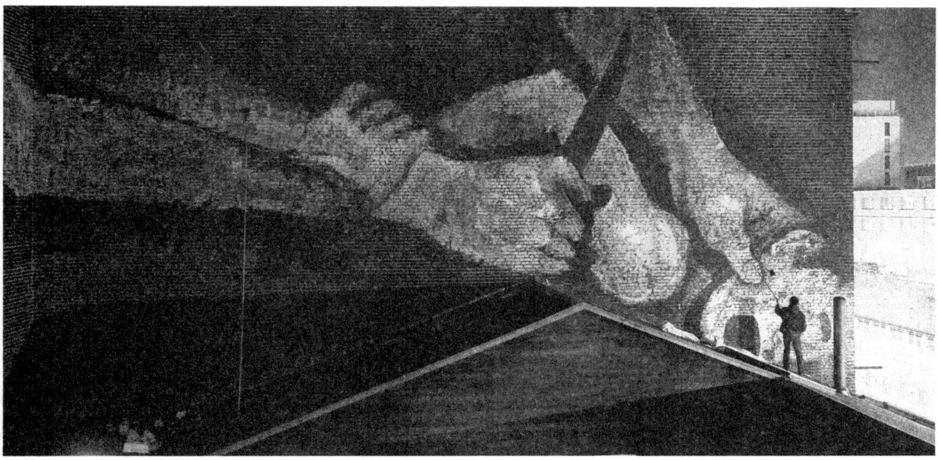

Dépôt légal 1er trimestre 2020
ISBN 9782357205253
Directrice éditoriale : Isabelle Chopin
Conception de couverture : Philippe Arno-Pons
Maquette : Point Libre

Imprimé en France

32 rue Lafaurie de Monbadon – 33000 Bordeaux
www.hc-editions.com